魅丽文化

余烬星火

孙黯 著

江苏凤凰文艺出版社

图书在版编目（CIP）数据

余烬星火 / 孙黯著 . -- 南京 : 江苏凤凰文艺出版社 , 2022.10

ISBN 978-7-5594-6450-7

Ⅰ . ①余… Ⅱ . ①孙… Ⅲ . ①幻想小说 – 中国 – 当代 Ⅳ . ① I247.5

中国版本图书馆 CIP 数据核字 (2022) 第 168596 号

余烬星火

孙黯 著

出版统筹 曾英姿

责任编辑 张 倩

特约编辑 雷凤伶

封面设计 阿 和

出版发行 江苏凤凰文艺出版社

南京市中央路 165 号，邮编： 210009

网 址 http://www.jswenyi.com

印 刷 湖南天闻新华印务有限公司

开 本 880mm × 1230mm 1/32

印 张 9.5

字 数 255 千字

版 次 2022 年 10 月第 1 版

印 次 2022 年 10 月第 1 次印刷

书 号 ISBN 978-7-5594-6450-7

定 价 45.00 元

目录

CONTENTS

第一章

黑巷

最后一个挑战者迟迟不上场，她等得不耐烦，站在擂台中央抽起了烟。

场下被围观的人群挤得密不透风，一眼望过去，是一张张兴奋的面孔。这不是赌博，也没人下注，他们高涨的情绪却丝毫不受影响，对接下来的对战期待万分。起哄的，叫嚷的，对着她的腿吹口哨的，煮成一锅沸水，在她耳边不停地冒泡。

聚光灯当头打下来，照穿升腾的白雾，刺得她睁不开眼。她扭头避开，皱着眉毛对场外的裁判说："不来我可走了啊，回家吃饭。"

"别急嘛！"

所谓的裁判不过是位爱管闲事的民间志愿者，没有半分职业操守，抱着看热闹不嫌事大的心态极力挽留："万一这回来了个能打的，给你找点乐子啊！"

"每回都这么说。"她冷哼一声，嘴角敷衍地上翘，"我已经腻了。"

四年了，没有人能打赢她。裁判猜中她想什么，还想再游说两句，语调却陡地一扬："嗐……哎！来了！"

她循着人群瞩目的方向往场外看，一道魁梧的身影从暗处渐渐显现出轮廓，而后纵身跃上擂台。来人是个彪形大汉，光头，身高近两米，后颈上纹了个黑色的数字"8"。

"哦？"

这下她来了兴致，眼睛微微发亮，食指和拇指捏住烟蒂轻轻一搓，跳跃的火星子便连同烟丝一并被碾成粉末，洒在铺着沙土的地面上。

"嚯！"男人跟她打了个照面，浓眉大眼的，有点儿鹰钩鼻，笑时咧开一嘴金牙，"没想到是个姑娘！失礼了！"

他很强壮，想必自己也引以为傲，脱了外衣，亮出一身虬结成块的发达肌肉，惹得台下的喧嚣更甚。反观对面的她体型悬殊，穿一双旧的切尔西靴，擦色的鞋面蒙了灰尘，脚踝纤细，青黑色的文身直爬到左边小腿，右脚斜伸出去，站姿落拓不雅。

再往上看，她撕边的牛仔短裤紧绷住臀部，破洞T恤短到肚脐以上，露出扁平的腹部和清晰漂亮的马甲线。双手缠满脏兮兮的白色绷带，挽在胸前，眼神居高临下。她的锁骨很深，长发浓密凌乱，一侧别在耳后，其余的随便披散下来盖住肩膀，她朝后撩了一把，客气地回以微笑："不要紧。"

男人对她很感兴趣，趁着双方热身的空当，一边活动着手腕与脖颈，一边与她攀谈："听说你是'黑巷第一'，连续四年没人能在这个擂台上打败你。"

"第一这个名号不敢当吧。"她说着，将双手拇指和食指的绷带依次解开，想了想，为保险起见，把中指上的也解了，"我只是没输过。"

"哟——"台下的人拖长声音起哄。

男人面露惊讶："这么厉害？"

"实不相瞒，姑娘，我到现在还没与比我异化指数高的非常人交过手，今天无论输赢，我都算开眼界了。"他抱拳道，比先前同她较量过的那些挑战者都要诚恳，"我们不拿性别说事，互相尊重，公平、公正地分个高下，你觉得怎么样？"

"谢谢。"她说，"我正有此意。"

她磨磨脚底，确定环境无碍，适合发挥，便凝神进入状态，伏低身体，左腿在前，呈"弓"字步，右腿蓄力准备。

"您可千万别手下留情。"

倒数三秒钟：三，二，一。

"聊够没有？"裁判早就等不及了，一只手高高举起，猛地向下一挥，喊道，"开始！"

她像一支离弦的箭般弹了出去，奔跑时带起一阵灰尘，速度快得能够甩脱台下上百道目光的追逐，练过的人心里都有数，这种程度的爆发力只有经验丰富的老手才具备，她绝不是个仅看外表就敢轻视的对象。

"来了！"

男人的反应也不逊色，一条钢铁似的手臂横扫过来，被她俯身躲过。她的长发随风扬起，虽然没有切实碰到，她的脸颊却能感觉到那看似普通的一拳所蕴含的劲力，称得上字面意义上的“千刀万剐”。风刃擦过她的颧骨，这一下极险，她可不愿意破相，立刻单手撑地往后撤退，暂时拉开彼此的距离，同时扬声道：“不错啊！容我多问一句，您是哪种异化？”

这次换作她守，对方进攻。

男人分足而立，两只脚竟然把水泥砖块砌成的擂台踩出将近十厘米深的塌陷。他放低身体重心，吸了口气，冲她一乐：“压强。”

说话间对方就冲上来了，力量与敏捷兼具，躲过她一记侧踢，紧接着是冲撞。她可以想象，一旦被对方压制，下场会有多惨。所以她只能放弃下路，转而攻击上路，出了个直拳作掩饰，实则攀上对方肩头，双手掐住关节往外一掰，明明看上去没用什么力气，却听“咔嚓”一声，让人毛骨悚然的脆响伴随着男人的痛呼传来，他的双臂无力地垂下，显然是脱臼了。

“差不多了吧。”她绕到他身后，并未放松警惕，“别担心，我待会儿给您重新接上。”

男人腿还能动，但他和台下的观众都明白，失去双手的他再怎么反击，也难扳回这一局，索性给了句痛快话。

“行了，我认输。”

胜负已决，裁判也懒得掐表，既尽兴又遗憾地叫了一声：“停！”

“我宣布！黑巷最强非常人，你们的不败女神，鹿谜，守擂成功！”

此起彼伏的欢呼声中，鹿谜松了口气，用手背抹去鼻尖上的汗。成败与她无关，她只守自己的信用，绕回对方身前，请他半蹲下来，双手摸到他胳膊上脱臼的位置，稍一用力就将关节复位。

“好了。”

“谢谢。”

男人站起来，拍拍裤腿，还想再和鹿谜说几句话，她却已自顾自地转身离去。她伸了个大大的懒腰，背影妩媚慵懒，走路动胯，曲线性感，比在四方台上多了几分风情。她抬手拢起被汗黏在颈后的头发，后脑勺下方剃了半截，很特别。

她灰色的毛寸下面，和他相同的部位也有一处文身——每个非常人自出生起都会打上的记号。

她的是“9”。

鹿谜穿过幽绿的出场通道，像游鱼钻入摇曳的水草，尾鳍一摆，晃进选手准备室，顶开虚掩的双扉，水烟、土烟、电子烟的浓雾扑面而来，犹如破开一对老烟枪的肺叶。

“蒸桑拿呢？”

“一起来啊，漂亮丫头！”

她笑着哼一声，抬脚跨过地上三三两两扎堆的烟鬼和赌徒，径直走向立在墙边的储物柜。倒数第二排第一格是她的专属柜子，她从中拖出自己的旧帆布包，掩上老掉牙的柜门，看到柜子边蹲守已久的男人。她把背包甩到肩上：“有何贵干？”

“哎，嘿。”

男人长得油头滑脑，小眼睛，瘦颧骨，穿了件软趴趴的花衬衫，成卷的钞票塞在胸前的口袋里：“明天也来吗？来的话我还押你赢。”

“你们私自开的盘，不关我的事。”她看了一下时间，朝拳场出口走去，“不来了。”

“别呀！”

男人死皮赖脸地追上去，尾随她走过拳场后门无人供奉的小神龛。积了灰的武财神像前的炉鼎里插满烟头，一旁是被打得凹进去的灯箱，曲面屏依旧敬业地播放着武器商店或陪酒女郎的广告。

“我们可都指望着你翻盘呢！”他在聒噪的脉冲电子音乐背景声中

扯着嗓子喊，“还不上贷款我非把自己卖了不可！姐姐，行行好啊！”

“别指望我。”

她不睬他，单脚踮地，跳舞似的旋身避过步道转角一对相拥的男女。眉梢打了钉子的高壮男人搂着身穿改良旗袍的女伴高声调笑，头顶低悬着中式的大红灯笼。整条“回”字形步行街因此又被戏称为“红灯区”。它位于整个地下建筑的一层，主营风俗和娱乐业。武斗场、赌场和没挂牌的药店则集聚在二层，经营各色不法生意的商贩和掮客盘踞于此，做着要别人命或要自己命的买卖。

楼层与楼层间靠“回”字的四个角上，东南西北四座升降梯来传送通行，鹿谜踏入其中一座，运载装置“咔咔”启动。男人紧赶慢赶，惹得一路谩骂相随，总算扒着缓缓合拢的感应门挤进去，投降似的高举双手挤到她跟前，听她道：“我今后都不再来了。”

“我找了新的工作，打算离开这儿。”

轮轴卡定，闸门打开，将地底的人送至地上。外面淫雨霏霏，浸湿满城霓虹流光，十月份的秋风中挟裹着沁人的凉意。扣上扣子的衬衫已不足以抵御傍晚时分断崖式下降的气温，鹿谜打开背包，用两根缠着绷带的手指小心翼翼地钩出一件男士连帽衫，套在身上，兜帽一戴，完美阻隔了寒风和他人的视线。

她从这里步行回家，途经一条狭长街道。沿路净是衰败景象，老化的供电设施、荒废的化工厂、断裂的石墙和倒闭的商店……在她记忆中，焦土铺就的路面从未翻修过，像烫伤的疤痕一般板结，纵横交错，遍布整个城区。走起来磕磕绊绊，好在经年日久已被人踏平。

人，许许多多的人，灰头土脸的人，常人和非常人，极少数普通人和大多数后颈上背负着漆黑烙印的人，被大都市驱逐到这里或像她一样自出生起就没离开过的人，在街上来往穿行。

这里是黑巷，远离天堂市中心的贫民窟。

二十二年前，天堂市和黑巷还不像如今这般泾渭分明，隔着一道肉眼可见的藩篱，这里也不叫黑巷，有个正经又动听的名字，“即兴31号”，只因有人在路标处的涂鸦墙上临摹了康定斯基那幅著名的绘画作品，遂以此命名。

直到一场大范围的天灾降临。

音乐、色彩、灵魂、精神，所有美好的事物都消失了。极端恶劣的自然灾害持续一年之久，本地水土遭受严重的破坏，即兴31号是受灾最严重的地区，没有之一。当年的人死了一半，剩下一半虽然幸存，但都遭受了不同程度的影响，患上各种闻所未闻、难以言喻的怪病。

鹿谜的父母便是那场梦魇的亲历者。

鹿谜的母亲在怀孕期间不幸染病，病情相对较轻的父亲鹿岩带着母亲四处奔走，寻找医治的方法。然而一无所获，母亲每天生不如死，靠着身为母亲的执念勉强支撑到鹿谜出生，历经了难以想象的艰难生产后不幸身亡。鹿谜也从母胎中继承了一种由病变引起的可怕力量，名曰“异化”。

发生异化的人类由于和常人存在区别，故称之为“非常人”。非常人的异化种类繁多，除血缘遗传，几乎找不到完全相同的类型。研究这方面的学者为此专门编纂了一本《异化百科全书》，按照异化现象对本人或他人的危害系数，将非常人进行了从一到十的等级划分，鹿谜的父亲鹿岩的异化等级排得靠前，她的异化等级则排在倒数第二。

此时鹿谜正专注地往裸露的手指上缠绷带。和一般药店售卖的不同，她的绷带是找邻居黑心大夫私人定制的，浸泡过一种特殊的药水，可以限制和弱化她的能力。

鹿谜把手缠好，这才掏出手机和耳机，想给父亲打个电话，问家里缺不缺日用品，她好顺道买了捎回去。打开手机忽然发现一条新的未读信息，接收时间是一小时前。先前地下太吵闹，她根本没听见手机的信息提示音。

她用指尖敲击屏幕，解锁音效过后，屏幕忽地镀了一层亮光，巴掌大的全息投影跃向空中，展开信息内容——

来自：天堂市治安局（已认证）

亲爱的非常人公民，鹿谜女士，您好。很高兴通知您，您已通过天堂市治安局特别行动部门“特殊探员－警探”岗位的初试与复试，请于明天上午十点到总部参加最终面试。

联系人：别动队队长 迟洲泉

地址：钟摆大街666号

读完信息，她关闭了信箱页面，借着手机屏幕的反光，掏出口红补了个妆，佯装平静地继续往前走。

没走两步她便再也矜持不了，弯下腰抱紧手机，克制地发出一声狂喜的尖叫。

这条路走到头，就是她和父亲共同居住的公寓，房价超低，环境超烂，各方面都很诚实。一进大楼，强力消毒水和除霉剂的味道便扑面而来。走廊幽暗曲折，常年不见阳光，空间狭小逼仄。天花板上蜿蜒着几股粗大的黑色电线，像缠绕的蟒，苔绿色的墙壁霉迹斑斑，潮得往外渗水。姑且用作照明的是大幅全息影像广告海报，色彩斑斓的荧光线条相互穿插，中、英、法、日四种语言混合着写了一行醒目的大字：天堂市中心区优选楼盘，顶级配置，限量一千套！

她从边上经过，不屑地一摆头，嘴角倒挂，活生生的反派女主角一般，翻了个尖酸入髓的大白眼。

说得跟谁买得起似的。

鹿谜沿着歪斜的楼道一路往前，在转角处熟练地抬高脚底，跨过裸露于地表的输水管道，走进电梯轿厢，按下字迹模糊的“18”。

鹿谜到家，屋里空空，鹿岩还没回来。关上门，门后内嵌的LED屏弹出一个执行窗口，人工智能管家清亮悦耳的女声传出：“是否反锁？”

她在玄关换鞋，脱衣服，挂背包，然后用皮筋把头发扎起来，答道："不锁，还有人没回。"

"遵命，主人。"

管家说完，体贴地为她调节了室内照明，打开音响和电子熏香。舒缓的轻音乐搭配她喜欢的味道，六十平方米的小屋气氛登时变得温馨起来。

她长舒一口气，逐渐放松身体。

等待洗澡水烧开的时间里，她抱着枕头坐到客厅的飘窗边上，隔着湿漉漉的玻璃往外看。熟悉而又陌生的城市笼罩在雨雾里，朦胧犹如幻象。数十座高达百层的建筑，沉默地矗立在黑色的天穹之下，远处还有更多、更高的楼，模糊的轮廓隐于夜幕，仿佛彷徨的巨兽。

悬浮列车飞驰其间，在半空中的车站短暂停靠，渺小如同蝼蚁般的人们进进出出。他们多数刚刚下班，在反复的崩溃与振作之间徘徊了整整八个小时，终于结束了一天的辛苦工作，迫不及待地奔赴属于自己的温暖巢穴。

霓虹灯光交错闪耀，烘托出远方市中心的绚丽与繁华。

那是人人都向往的天堂。

鹿谜吹着口哨从浴缸里出来，赤脚踩在地上，长发盘到头顶，露出修长的脖颈。她不着急穿衣服，而是对着浴室镜子弯屈手臂，满意地审视自己轮廓分明的肱二头肌。

门外传来有人进屋的动静，她知道是谁。

"女儿啊！！！"

热血男儿一贯的打招呼方式，每次都让她觉得这是亲生父女失散三十年重逢时才该有的浓烈。于是她也深吸一口气，拿出同样的分贝大声回应："父亲啊！！！"

一般这时候人工智能都会受不了他们的肉麻，暂时选择闭麦。

“我告诉你！！！”她抢先宣布喜讯，“我被市治安局录取了！！！”

外面静了两秒，又是一声大吼：“啊！！！”不过这是在表达喜悦。

“是不是又出去打架了？？？”男人隔着门问她，乒乒乓乓一顿捣鼓，大概是在准备食材做饭。

“是啊！！！你要修理我吗？”

她换了身材质柔软的居家服，趿拉着拖鞋走出去。开着灯的厨房里，一个人高马大、肩宽腿长的男人背对着她，正在砧板上切一块方方正正的固体蛋白复合肉。

“我哪儿修理得动。”

鹿岩转过身来，四十多岁的面相，二十出头的眼神，与她相似的五官因性别和年龄的关系更显刚毅，下巴上蓄了短短一撮胡子。他手举一把菜刀，腰上系了条豹纹图案的性感围裙，摇着头啧啧有声：“整个黑巷的男人加起来都打不过我闺女，一群废物。”

“父亲，不要强人所难。”

鹿谜走到他右手边与他并排站着，想倒两杯白开水。她刚洗完澡，没缠绷带，长着纯黑色指甲的手刚拿起一只玻璃杯，杯壁就在眨眼间裂开十几条细纹，下一瞬便碎成一把银沙，从她的指缝漏下来。

她愣了愣，垂下手，恨恨地看着那一地玻璃屑。

鹿岩倒不气馁，盖好炖菜的锅盖，手握着汤勺，用肘轻轻顶她，鼓励道：“没关系，丫头，杯子有的是，再试试。”

在鹿岩的督促下，她只得将注意力全部集中在手上，从柜子里又取了一只同样的杯子，倒了两杯白开水，往一杯里面丢了片维生素泡腾片。水很快变成鲜亮的橙黄色，她端起来一饮而尽。

“做得很好。”鹿岩笑了，就着灶火点了支烟，宽厚的大手伸向她头顶，在那上面来回揉搓，“这样就行。”

她依然嘟着嘴，但是看起来心情好转了些。她说：“我明天去报到。”

“我记得挺远的吧？”鹿岩把肉下到另一口锅里，用铲子一块块推散，“起早一点儿，你化妆能化两个小时，偶像包袱那么重呢。”

“啰唆死了，以后管你叫妈。”

鹿谜战战兢兢地捧了三副碗筷到客厅的餐桌上去。

“先烧一炷香问你妈同不同意。”鹿岩看了一眼摆在客厅一角的妻子的遗照，叮嘱道，“去那儿可别一言不合就跟人动手啊，给领导留个好印象……不是说这样不好，我的意思是，没人打得过你，知道吗……遵纪守法，记住了吗？跟同事好好相处，不要搞什么办公室恋情。我跟你说，只有男人最了解男人，职场上那些风度翩翩的老油条，口口声声说要照顾你的，没一个好东西……”

一顿饭吃得鹿谜几欲窒息。

她爸，一位情深义重的单身猛男，在黑巷灰扑扑的商业街上独自经营着一家生意尚可的小酒馆，含辛茹苦把她拉扯大，不知受过多少伤，流了多少泪。他每年冬天都给她织一条奇丑无比的围巾，喝醉的时候想起她妈就会哭晕在厕所。时至今日，她家还保留着一个习惯，就是在只有两个人的餐桌上摆三副碗筷，空着的那一副是留给她妈妈的，算是一种象征着全家人永不分离的仪式。

他年轻时历经起落，心态比一般人好得多，对女儿也没有过高的要求。她能找到一份合适的、喜欢的工作，就由着她去，她乐意就行。

“我闺女找份工作不容易啊……”他长叹一声，“太好啦。”

众所周知，非常人由于体质特殊，求职会受到诸多限制，不少企业认为他们自身带有不稳定因素，总是婉言谢绝。等级一到五的还好商量，五级以上的就被认定为危险异化，九级就是名副其实的高危异化。鹿谜每三个月就要去医院检查身体重新做判定，这样的人就业更是难上加难。

好不容易有一个愿意招收，甚至可以说是专门针对高危异化非常人的岗位出现，工资很高，工作也很体面，且对学历的要求并不苛刻。女儿能成功应聘上，长了翅膀飞出这条黑巷，当爹的高兴还来不及。

“放心吧。”临睡前，鹿谜摸摸他脸上的胡楂，“我从来没输过。”

第二天一早，鹿谜便收拾妥当，搭车去天堂市。

新历 2069 年，最普及的交通工具是空轨，据说设计灵感来自游乐园里的过山车，凌空搭建的轨道轻盈便捷，穿针引线般勾连在建得一年比一年高的大厦之间，最大限度节省地面空间。但是在黑巷这样穷困落后的地方，她还要用腿跑两条街才能到达这儿唯一通往外界的车站。

这里是始发站，不到八点，鹿谜已经带着顶级配置，谁碰谁死的精致全妆在三十层楼的站台上候车了。她浑身笼罩着金色的晨曦，却因睡眠不足而透出恐怖气压。旁边有两个穿高中校服的女孩儿，看样子将和她搭乘同一趟专线，去天堂市上学。

即使她们留着长长的头发，故意盖住颈窝那刺眼的标识，鹿谜还是能在她们低头或蹦跳的某个瞬间看清她们后颈的数字，一个是“3”，一个是“4”。轮到她迈进车门，电子安检的感应装置扫过她的左耳，识别出植入耳垂之中的身份芯片，“嘀”了声后，广播提示音回荡在略显空旷的车厢里：“非常人，九级。车内设有监控，请注意您的言行举止，谢谢配合。”

如果说黑巷是个藏污纳垢，滋生邪秽的垃圾场，天堂市就完全与之相反，是个以先进和文明著称的钢铁花园。

当年的灾难毁掉了黑巷，却成就了天堂。灾后重建二十年，为了长久发展考虑，经济和文化重心自然而然地迁移向受灾程度小的地区。各类产业慢慢形成集群之后，天堂市当之无愧成为整个城市集群的“首脑”和“心脏”，黑巷则是“污点”和难以祛除的“毒瘤”。

贫富差距犹如地壳运动中形成的裂谷，且呈日益扩大的趋势，地域冲突时有发生，早年间便爆发过一次声势浩大的“围城”运动，策划并煽动那场暴乱的，从主使到参与者皆为非常人，他们有组织、有预谋地从彼时还是“病变隔离区”的黑巷出发，大举朝天堂市迫近，争取他们的健康、口粮和人权。

越得不到，就越想要，于是去偷，去闹，去抢。那场动乱造成数千人伤亡，最后以时任市长引咎辞职，黑巷彻底沦为“法外之地”告终。虽然在地域概念上，黑巷仍作为一个区从属于天堂市，可在非常人心里，他们是被放逐的，不受正视的“异类”，因而越得不到，越面目可憎，越教人避而远之，恶性循环。

隔阂历久弥坚，资源分配不均导致地区纷争、分歧和交恶从个体扩散至集体，没有人能独善其身。

对鹿谜来说，切身地感受到自己是“异类”，就是每季度去市里最权威的综合医院——遗迹医院做全身体检和异化指数再鉴定的时候。

异化指数再鉴定是一种对非常人的异化情况进行检测与评估、预防二次病变的医疗手段，是由政府统一组织，面向先天或后天异化的全体非常人的强制性的定期筛查。鹿谜并未亲眼见识，仅仅是听说，存在兼有两种及两种以上异化的非常人，《异化百科全书》将其定义为“双重异化”和“多重异化”，是比她这种九级异化还稀有的极罕个例，发生的概率为亿分之一，约等于零。

其实，查也查不出什么名堂，图个心理安慰罢了。于是每次她都把“进城”当作逛街，大兜小兜买一堆东西让鹿岩拎着，然后父女俩下顿馆子，吃饱喝足，再打道回府。

至于那些排斥和提防的冷眼，她根本不在乎，甚至昂首阔步，走路带风。

到站下车，眼前赫然是光怪陆离的另一个世界。

大块浓烈、鲜艳的色彩，以排山倒海之势不容置疑地霸占视野，即刻唤醒鹿谜迟钝的感官，与她平时习惯的景致反差过强，以至于令她感到不适。

出站口外是街心广场，摩天大厦直入云霄，侧面是纵向的巨幅荧幕，轮流播放新型电子产品和家用机器人的宣传影片，广场中央的圆形舞台上，当下风头正劲的虚拟偶像在放声歌唱，那歌声甜美而梦幻，混进耳机里来，却让鹿谜无故烦躁不安。

她随大流等红灯，停在地图上星星标注的路口，对照了一下箭头所指的地标性建筑，钟摆大街在东南方向。

绿灯一亮，她汇入人海，穿过马路。

天堂市治安局，位于市中心的钟摆大街，天堂市博物馆对面，下辖巡逻、情报、反恐、交通、战术行动、犯罪监视、技术援助等多个职能部门。

特别行动部门又称特别行动队、别动队，是后来设立的，目的是应对近年来频发的非常人犯罪案件，作为战术行动部门的一个支队，因其工作范围和服务群体特殊，具有相对独立性。

这个名字特别，性质特别的部门今年的招聘标准更是特别：他们点名要“高危非常人”，且异化指数要大于或等于八。

不穷凶极恶、丧心病狂还不要的那种。

不一定非得名校毕业，但是必须通过笔试、机试、面试这三重针对体能状况、心理素质和应变能力的全方面、多角度评估，从事过相关行业或有一定实战经验的优先。

天天打架算经验吗？鹿谜掰着手指头算，那她的经验可太丰富了。

鹿谜走近市局前院的大门，看了一眼时间，正好。门岗里没有门卫，统一使用电子安保，扫描后自动登记来人身份信息。她把耳机摘了，礼貌地排在一个高个子男人身后准备进去。

那男人驼着背，半长的黑发邋里邋遢地乱翘着，左手拎着鼓囊囊的小牛皮纸袋，右手握着电话接听：“啊……哦……”

他叼着烟，呛辣的烟雾顺着风往后飘，蒙到鹿谜脸上。他人没回头，却像脊背长了眼睛一样，发现后面跟着一位女士，主动把烟掐灭。

接着他侧过脸，对她点了点头，抱歉的意味。

看五官是个三十多岁的帅哥，然而，除五官外的所有部位都在拉低他的颜值。深邃的眼眶搭着乌青的黑眼圈，削薄的嘴唇配着起码三天没剃的胡楂，领口的扣子系错一个，衬衣一角散在皮带外面，还算浑厚的嗓音也像是弥留之际发出来的那般，大清早提不起丝毫干劲："嗯……还那样啊，能哪样……勉强维持吧……"

丧穿地心的语气让鹿谜不禁加快脚步走到了他前面，她怕再听几句自己就会被这悲观情绪传染，彻底丧失对生活的渴望与追求，改变主意回家给鹿岩当跑堂的。

"嗯，今天要面试一个新来的……这会儿应该已经到了吧，我看没时间吃饭，就打包回来了。"

她站住了。

"是个九级，嗯……少见，笔试、机试都过了，系统评分很高。是……但愿她肯留下，再招不来人这个部门真得解散……"男人挠挠眉心，接着讲电话，"叫什么名字？我忘了，好像是两个字？"

"鹿谜。"她转过身，拦住了他的去路，"我来面试。"

男人那耷拉的单眼皮总算不情愿地翻动了一下。

他挂了电话，依旧是清汤寡水的一张脸，右手把手机塞进西裤口袋，又冲她伸出来。

"你上司，迟洲泉。"

热烈祝贺别动队队长迟先生在市局门口的台阶上喜提一位新人。

"不好意思……见笑了。"

"没事。"

进入治安局一楼大厅，气温无端直降了几摄氏度，比阳光灿烂的室外阴凉许多，铅色的色调庄严肃穆，让人步伐也不由得变得郑重起来。

鹿谜嘴里嚼着两颗木糖醇，吊儿郎当地跟在拎着早饭的迟洲泉背后，看他和靓丽的前台接线员没劲地打招呼。

他们出了大厅，来到中庭，他在征求她同意之后续上支烟，觑着她包裹严实的手，开门见山地问："什么异化？"

鹿谜随他走到廊下："破坏。"

迟洲泉的眉梢一挑，并不像其他人听到这个词便面露惧色，他停下脚步，饶有兴致地说："表演一下？"

"确定？"鹿谜反问。

见他颔首，她便挽起袖子，左手拆了右手的绷带，将手指和手掌统统暴露在外。她伸手轻轻捏住了迟洲泉衔在唇上，刚燃了个头的烟。

明火"嗤"的一声熄灭。

手再松开的时候，纹路清晰的掌心里只剩一把握不住的死灰，烟叶和烟蒂化成的齑粉随风而散，一晃就不见了。

"就是这样。"

她左右手相互拍了拍，慢悠悠地说："原谅我的无礼。"

"动手会让您残废的。"

"我天生如此。我的手会毁掉触碰到的一切东西，死的、活的，动物、人，除了自己。

"有个人例外，我爸。他的异化名称叫作'无伤'，他不会受伤，不会死，只是会疼。

"我小时候不懂事，以为人人都能像他似的安然无恙，结果不小心弄断了邻居家小孩的胳膊。他登门去道歉，低声下气的，赔了好多钱，回到家就把我关禁闭。从那以后，我不再尝试跟任何人亲近，也没有朋友。

"等我长到五六岁，能听懂话的时候，他开始教我控制力量，过程很艰难，您想象一下。我今年二十一岁了，倒杯水都不敢分心。

"十岁那年，我们家隔壁搬来个大夫，是个疯子，开黑诊所的。他给了我一种经过药物处理的绷带，让我缠在手上，避免手上的皮肤与外物直接接触，能够在一定程度上削弱破坏力。喏，就是我用的这个。配方？他怎么可能告诉我，这是行业机密。

“我生在黑巷，您知道的，那里穷山恶水，戾气冲天。我吧，又是个女孩儿。我爸不许我欺负别人，同样的，也不许别人欺负我，所以他利用我本身具有的特性，教我格斗，将它转化成我的优势、本领。

“迟队，您要是觉得，我来这里是为了出人头地，实现辉煌理想和远大抱负，说实话，您高看我了。

“我不相信自己降生在这世界上只是为了当个怪物，我想要证明这一点，所以要爬出泥沼，寻找容身之处。

“我的初衷，仅此而已。”

面试地点在一栋远离治安局总部的二层小楼里，那是特别行动部门的办公楼。和市局其他建筑的风格不同，这里通体纯白，棱角分明，有很多四四方方的窗户，一律朝外敞开，玻璃表面映着天空的倒影。

这里内部设有单独的训练场和档案馆，还有负一层地下室，看上去不像办公楼，倒像是医院或科研机构，半天不见有人出入，与世隔绝般冷清。

鹿谜的话音一落，空旷的房间便陷入寂静，她少有机会说这么多，表达超出所持额度，并没有让她感受到倾诉的畅快，反而有种反刍的乏味。

隔着一张杂乱不堪的办公桌，她双腿交叠，斜靠在椅背上，望着窗外游弋的浮云出神。对面的男人暂未给出答复，无言地把玩着手中的钢笔，他的外套脱在一旁，扣错的衬衫纽扣干脆解开了，枪套和皮带将他的肩膀勒出精瘦却饱满的形状。

“你的想法我大致了解了。”他似在斟酌这话的分量，捋了一把额前的头发，终于下定决心道，“作为交换……我也提前告知一下我这边的情况，请认真听。”他从堆积如山的卷宗下刨出一块褐色的桌面，敲了敲，感应屏幕便将一份协议铺开在她面前，“关乎你即将做出的决定。

“首先自我介绍，我是个常人，如你所见，我脖子上没有刺青。别动队目前共有四位骨干成员，除了我，其余三位都是异化指数大于等于八的非常人。

“其中两位早晨出任务去了，余下的那位和你一样，是新来的，但情况比你还要特殊。

“他是十级异化。

“对，十级。现存的最高等级的非常人，异化名称叫作‘武器’。顾名思义，他身体的任意部分都能当成杀人工具。两年前，他因防卫过当，解决掉了一伙企图绑架他到黑市贩卖的匪徒，其中包括他的父母。

“鉴于他未成年，并非出于主观意愿伤人，案情又相对复杂，当年的法律条文尚不完备，不好界定，他被判死缓，剥夺政治权利终身，拘禁至成年后执行死刑。但他改造得不错，行刑的时限可酌情延长……这些都是后话了。

“依照规定，他应该在少年管教所内服刑，但少管所以安全隐患为由拒绝接收，他被移交给重度设防监狱。那里是有重刑、死刑犯牢房，但对于一个十六岁的孩子来说，太过残酷，太不人道了。如果服刑期间出了意外，他们也不愿为此担责……总之，几经辗转，他最终还是落到了警方手里。

“于是我们的上层大胆提议，不妨借此机会教化他，培养他成为警方的一员。因为力量是中性的，不分好与坏，区别只在于为谁所用。”

“所以，”鹿谜说，“你们有目的性地收留了他，一方面避免他落入歹徒或是有心之人手中；另一方面，你们刚好可以利用他的特性对付非常人罪犯，因为身为‘武器’，他是无敌的。”

“但也是不稳定的。”迟洲泉苦笑了一下。

“如你所说，他是武器就有走火的可能。稳妥起见，我们需要一个跟他各方面条件相当的人牵制他，做他的搭档和‘监护人’。”他顿了顿，斟酌着自己的用词，“普通人没法和他相提并论，百分之九十九的非常人又都不是他的对手。而你，鹿小姐，是唯一一个各项指标、数据、水平都与他相当，且没有前科，又通过了考核和心理评估的人。

“说白了……假如这个世界上还有人能跟他抗衡，这个人绝对是你。”

正午时分，没有太阳，天空被四面八方围拢过来的云割据，洒入室内的光线转成淡淡的水蓝色，笼罩着迟洲泉落拓的脸。

他又是什么人？

一个常人，却能凭一己之力管理着三个平均异化指数在八级以上的“怪物”，隐于平凡表象之下的城府，究竟有多深？

“我把丑话说在前头，是想让你对这份工作有一个详尽和真实的认知，你有回绝的权利，不同的立场有不同的考量，我们都能理解。”迟洲泉摊开手，“况且这一行升迁空间有限，非常人能择取的正式岗位不多，你现在是探员，实习半年后通过认证考试成为正式警探，这就到顶了，待遇也就那样……”

说到这儿，他吸了一口气，话锋和画风却是转了一百八十度，整个人化作一摊扶不上墙的烂泥，顺着椅座往下溜：“留下来吧，求求你了！我一个人带三个熊孩子，别说长命百岁，活到四十都够呛……”

鹿谜：“够了，知道了！”

她瞟了一眼协议，并不急于签署，也没当场回绝：“先让我见见他？”

办公楼总共两层，上下走楼梯就行，但想去地下室只有乘电梯这一种途径，且要经过指纹识别。

“至于吗？”她扬眉，毫不掩饰言语间流露的轻蔑，“他再牛也是人类，贵局是不是紧张过头了？”

“我说了不算。”

迟洲泉和她并肩踏出电梯。门外是一条直通到底的走廊，照明灯光雪亮惨白，左右两个房间门的颜色一黑一灰，都上了锁。

地下空气流通不畅，土腥气里夹带着蒸发不掉的潮气，寒意扑面而来。

“左手边那个。”迟洲泉说，“他就在里面。”

那是鹿谜第一次见到凌刃。

他被关在一间比监狱多了四面防撞墙的密闭房间里，像幽灵，也像不可触及的幻影。他双眼紧闭，似在沉睡，面孔被防咬面罩遮去大半，皮带勒进黑色的头发里，佝偻着背，双手呈交叉状被拘束衣包裹在胸前，蜷缩在合金材质的吊床上一动不动，脚背上爬满淡青色的筋脉，静得察觉不到丝毫生命体征。

她屏住呼吸，凑近了重重固锁的门上仅有一掌宽的视窗，轻柔沙哑的烟嗓不自觉地压低了音量，像是忌惮着对方随时惊醒似的："他到底有多危险？"

"相比你只需要遮住手，他连嘴都要遮住。"迟洲泉缓缓地说。

"因为他差点儿咬断我的大动脉。"

异化指数十级，目前最高等级非常人，肉体的每一部分都能成为夺命武器，货真价实的人间凶器。

是这个世界上，与她最相似的存在。

第二章

武器

她隔着防弹玻璃偷看他，像透过潘多拉盒子窥视着关在里面的恶魔。

迟洲泉与她相识不过寥寥半日，交流有限，探知到的性格也太片面，没见她发自内心地露过笑容。她的淡漠而不认真的面孔背后暗藏着身为强者特有的倨傲，此刻却一改先前的散漫，眼底焕发出灼灼光芒，连带着整个神态都掩饰不住地生动起来。

短短几秒钟，她的好奇心便以压倒性优势战胜了畏惧。不，她根本不知“畏惧”为何物。

凌刃之于她，是同类、劲敌、互斥的磁极，是两头在广袤原野中偶遇的野兽，是千载难逢的绝佳对手。

“迟队。”

良久她才开口，视线如利箭钉死在靶心，几乎是贪婪和着迷的。这份憧憬本应出现在她这个年纪的女孩儿趴在时装店或珠宝行橱窗上的时候。糖果、香水、匕首，她都喜欢，与他相比，却都是唾手可得的消遣，不值得浪费时间。

打定主意之前，她将父亲的教诲逐字逐句、仔仔细细地默念了一遍，随即连同犹豫和顾虑一起，彻底抛向脑后。

她虔诚地问迟洲泉：“我能和他打一架吗？”

迟洲泉点烟的手僵在半空，他闭了一下眼睛，不想面对他早有预料的事态发展。

也难怪，他想，两个都不是省油的灯，所谓王不见王，见了不分个高下，谁会甘心？

迟洲泉一转念，换了个思考角度，心中另有盘算，说：“我会全程旁观，把你们的战力数据记录下来，当作参考资料，往后分配工作的时候各取所长，以及……”

“好的。”

他的话还没说完，鹿谜的耐心已经告罄，多一个字都听不进去，直接撸起盖过手背的衣袖，不费吹灰之力，徒手破拆了面前这扇完美通过防火、防盗、防爆测试的安全门。

“给我服从上级指示啊。”迟洲泉自暴自弃地补上后面半句，对自己空有队长虚名实则备受欺压的未来有了一番客观抑或是悲观的估计。

第一道锁解除的刹那，屋内的凌刃便睁开了眼。

待两人踏入这个纯白的牢笼之内，他已完全苏醒，但纹丝未动，唯独目光跟着鹿谜转。他的瞳孔极黑，浓得像雾，反射不出外物的色彩，还吞噬着室内本就稀薄的光明，与之四目相对时，犹如凝视深渊。

当她涉足他的领地，浑身毛孔不由得紧缩，压迫感如影随形，哪怕气息是看不见摸不着的东西，也令人切肤地感受到周遭弥漫的杀意——一举一动都在他掌控之中，无论巨细。

鹿谜毫无理由地相信，暴露在他的活动范围内，但凡有一丁点儿对他不利的小动作，都会被他当场猎杀，哪怕他缚着双手。

离近了鹿谜才看清楚，他的颈间还戴着个枪灰色的项圈，短时间内她辨认不出是什么材质、什么用途，但她能想象其沉重和坚固——牢牢箍着他的脖子，防止他挣脱和失控。

迟洲泉倒是习以为常，在和高危非常人相处这一方面，他俨然是个专家，自有方寸。他径直走到凌刃面前单膝跪下，唤道：“阿刃。”

凌刃闻而不答，被面罩遮挡的脸表情难辨，他歪了歪头，疏于修剪的头发掠过耳际，姿势透出一种病态的天真。

“和你的新搭档打个招呼吧。”

凌刃并没有看他。那双墨色的眼睛自始至终地紧跟着鹿谜，一秒都没有离开，好像仅凭嗅觉就能确认，她的身份对他构成了威胁。

他站了起来，身高足足超她一头，瘦得形销骨立，裤管空荡荡的，赤脚踩着地，冷暖不知。

她仰头看他，并没有因为身高上的差距输了气势，反而微微扬起下巴，神色睥睨，似笑非笑，侧脸有种煞人的艳丽。

“你好啊。”她朱唇轻启，舌尖刮过上齿，每个字音都发得刻意和挑衅，“小家伙。”

他的眉头猝然紧皱。

不等迟洲泉出言阻拦，凌刃已经先下手为强，猛地弓身跃起，以左腿为支点，右肩撞向她的太阳穴，既准又狠。他爆发得毫无先兆，也没有行动轨迹可供判断，速度快得让人反应不及，不像人类，倒像机器。

鹿谜小臂交叉在前防住要害，结结实实挨了这一下，整个人被撞得往后滑行了将近一米，直到鞋跟抵住软软的防撞墙才算稳住，两条胳膊震得发麻，好一会儿都没有恢复知觉。为争取片刻宝贵的缓冲时间，她借势往右拧身，左拳在空中划出一道弧线，鞭子似的抽向他右边的空当，他却连一丝喘息的时间都不需要，缚着的双手丝毫不影响他动作的灵活性，他躲闪过，她屈起的小拇指骨只擦过他防咬面罩上镶嵌的钢钉。追加一记撞膝，可惜没能正中胸口。

分秒间第三次冲突即将发生，两个人猛然意识到了什么，不约而同地罢手。

眼角的余光里，迟洲泉形象尽毁地跌坐在凌刃的床上，凄楚地呼喊：“就不能出去再打吗——”

关押凌刃的禁闭室对面，是个比这儿宽敞许多的大广间。

里面同样是白色的天花板，白色的地板，墙壁做了加固处理，附带一定的隔音效果。

迟洲泉说，这是凌刃的游乐场。

他在这个不见天日的地下室里关了整整两年，皮肤苍白，脆弱得仿佛吹弹可破，衬得眉眼越发黑白分明，像个精致的假人。

迟洲泉问鹿谜：“考虑好了？”

她把两只手的绷带全解了。她在凌刃这个年纪走上擂台，至今还没有哪个对手值得她用上十根手指全力以赴。

光是这一点就让她兴奋得浑身发热。

“好了。”

凌刃获得了暂时脱掉拘束衣的准许，从茧中解放的双手因长久保持一个姿势而僵硬、不灵活，他小幅度地活动着关节，手心、手背遍布着狰狞的伤疤。

随后他望向鹿谜，在面罩丛生的阴影之中，露出了一个邪恶又纯真的微笑。

时至今日，迟洲泉依然能够清晰而完整地回忆起两年前第一次见到凌刃时的情景。当时他十六岁，头发短得露出额头，面孔稚气未脱，又矮又瘦，穿着一身沾满血污的灰色睡衣，站在深夜荒凉的公路上，像一只迷途的羔羊。

他被前来追捕绑匪的警察们团团围住，几十把枪直指他的脑袋，他不害怕，亦不反抗，表情空洞麻木，对光和声音都无反应，像是不知道发生了什么事，也像是摧枯拉朽后的尘埃落定。

他身后的厢式车如同一头吃人的怪兽，吐出数具形貌可怖的尸体，五名常人，三名非常人，死状各异，其中有两个年纪约在四十岁上下的男女与他眉宇间多有神似，据调查证实，正是他的父母。他们隐瞒他的身份，将他藏起来长达十六年之久。他的耳垂没装芯片，颈后也没有文身，营养不良，精神状态极不稳定。

月色朦胧，少年站在一摊深红色的血污中央，缓缓举起右手，拇指朝上，食指向前，冲他们比画了一个“枪”的手势。

他笑起来，嘴角咧开。

“砰”。

鹿谜本能地躲开对方手指的方向，一股高速运行的炙热气流擦过耳际，直贯她身后的严丝合缝的门板，凭空打出一个焦黑的弹孔。

虽然难以置信，她还是维持着身体重心下沉的姿势，确保自己防御和进攻都有余地，视线飞快地往侧边一瞥又转回前方，左耳嗡嗡轰鸣，几根崩断的头发徐徐散落，证实了她的猜想。

他朝她“开枪”了。

的确是枪。看不见，摸不着，却能对攻击对象造成实质性伤害的隐形武器，擦过她闪避时甩动的头发，效果与实物无异，是“真枪实弹”。

十级异化。她暗自感叹，简直是为杀戮而生。

“犯规。”为保老命退往场外观战的迟洲泉见状，忍不住扬声提醒，“凌刃，这是活人，不是靶子，教你的都忘了吗？不许用枪，不能见血，不可以打小姑娘的脸。”

好不容易恢复自由身的凌刃正沉浸在久违的火药味里，闻言恶狠狠地瞪他，又倏地扭过头去，活像个正值叛逆期和家长闹别扭的青少年，从面罩里发出几不可闻的一声“嘁”。

往常的训练都是用机器人当靶子，好处有三：第一，机器人结实，不易打坏；第二，机器人是量产，要多少有多少；第三，机器人可以随时追踪并精准记录他击打的位置、力度、弱点、惯用招式等，再和前一次练习所得的各项数值进行对比分析，方便研究人员直观了解他的身体状态和训练效果，有目的地为他安排专训，大大提高了效率。

而这一次，是活靶子。

枪被禁用，还能进行近身战。他收起拇指，换了中指和食指并拢。鹿谜捕捉到了他不起眼的手势变化，从模拟的形态推测，是刀。

怪不得高她一级。她想，对比自己具有的纯粹破坏力，凌刃相当于在身上装载了几十种不同类型的冷热兵器，且能根据需求随时改变，神出鬼没，难以捉摸。

她的脑子飞转着想对策，人已像子弹出膛般瞬间移动，脱下的外衣留在了原地，乍一看像是障眼法，对手的注意力会被分散一到两秒，这就足够。

她在凌刃身前一步处突然改变攻势，仗着身量轻盈，双手交错撑地，侧腿踢向他肋下难防之处，掌心在地上划出两道裂痕，看得迟洲泉心惊肉跳。

又要花钱装修了。

然而那一脚对凌刃没有构成任何损伤，甚至一点儿也没能拖慢他的动作。他的手腕当空一劈，压下鹿谜的脚背，指尖的“刀刃”几乎是贴着她抬起的下颌削了过去，再近一寸就能致命，同时惊险地躲过她一记直拳。

背靠的墙壁被打穿了，层层叠叠的墙皮和内容物往空心的洞口里塌，她的手却毫发无伤。

凌刃的眉梢一挑，有意识地避着那手。他到底是经过两年打磨训练，和鹿谜这种自学成才的野生动物是风格迥异的两个流派，一个训练有素，一个野路子多。

但两个人皆是生就的杀坯，动作连贯，凶狠，不掺一点儿水分，也没有赘余和迟疑，目的明确，谁都不愿手下留情。

训练场外有个被防爆玻璃单独隔离出来的封闭房间，里面是用于观测和监听的各种仪器，墙边还放着三四台没有启动的机器人，都是凌刃小朋友的“玩具”。败家玩意儿下手没个轻重，两年间已被他弄坏了不下百台这样的“玩具”。

迟洲泉依次确认房间四角的监控正常运行，双臂环胸静静观战，视线在互不相让的两个人之间往返。

那个叫鹿谜的姑娘，生活经历应该和凌刃很像吧？背负着“最强”的诅咒，像牢笼里的困兽，区别在于一个是被迫套上枷锁，一个是主动选择孤独。

如此体力相搏，鹿谜自知拖得越久对她越没好处，于是一边耐着性子跟凌刃打持久战，一边仔细寻找对方严密防守中的破绽。想不到一分神的工夫，她就陡然落了下风，被他摁倒在残破不堪的地板上，攥住手腕压在头顶，震起一片扬尘。

胜负已分。

少年的手清瘦修长，指节细而匀称，倘若不是布满狰狞的疤痕，这会是一双弹钢琴或插花的手，应当去触摸世界上所有美好的事物，令女孩儿们迷恋，给予她们梦寐以求的温暖和拥抱。

他却用它扼住了她柔软又倔强的喉咙。

他居高临下，开口对她说出第一句话，只有三个字："你输了。"

第三章

协议

鹿谜仰面躺着，长长的黑发铺散开来，有几缕缠上了凌刃伤痕累累的手指。她敛起眸光，胸口起伏不定，空气涌入肺部，使她发热的大脑冷却了些许，可改变不了她的面部表情。

她笑了。笑得不甚明显，极易被忽略。她白白的门牙绊着一点儿下嘴唇，口红的颜色晕染出边缘，显得凌乱而暧昧。

可就是让人感到她的快乐发自肺腑，真心实意。

“我输了。”她已在最短时间内分析完局面。

她翻盘的概率微乎其微。毕竟以往凌刃对战的都是机器，机器多么精巧缜密，怎会像人一样有软肋和死穴？他用制服机器那套方法来制服人类，无疑是严谨和残酷的。

她被锁喉，要害被人握着；面对着面，视线也无死角；腿被压着，动弹不得；手还能动，然而对方铁钳般的手比她更快，她来不及挣脱就会窒息而死。

鹿谜寻思半天没找到可钻的空子，意识到，自己输了。

曾几何时，“输”这个词对她来说都是遥远和失真的，但她对胜负成败没有执念，更何况输得正当、体面。对方是正人君子，没使什么下三滥的伎俩，或许确是自己疏忽了，又或者是能力不足，她并不觉得意难平，相反，还挺新鲜。

好像她输过，败过，疼过，束手无策过，就算是个囫囵完整的人了。

她甚至开始埋怨自己，早知道外面有如此厉害的狠角色，就该提前两年出来见见世面，体会这种前所未有的愉悦。

可惜面前好战的少年完全不理解她的愉悦，在迟洲泉明示了“到此为止”之后，他颈间的项圈发出了间隔三秒的振动警告，逼他就此罢休。

他唯有放开她，一脸鄙薄地走远了，阴沉沉地低着头，轻飘飘抛下一句：“没劲。”

反正不论输赢，她都将成为他的搭档和监护人。

待走到背光处，被勒令再次裹上拘束衣前，他倏地转过身面对墙角，悄悄掀起上衣查看。

他腰部左侧连着下腹的部位，沟壑分明的内外斜肌表面有一块颜色偏深的瘀青，轻轻一蹭就疼。

他不记得是什么时候被打中的。

“臭婆娘。”他挠了挠箍着项圈的脖颈，咬着牙嘟囔。

“还好吗？”

见她胳膊撑地想要爬起来，迟洲泉赶忙去帮了把手。她摇摇头，表示自己不需搀扶，又用绷带缠了手，捡起弄脏的外套，不拘小节地抖了三抖，披在肩上，然后向他讨了一支烟。

“没事。”她拨弄着不大称手的打火机，意有所指地笑，“人家让了我一枪呢。”

凌刃已经走到门口，外面有三位穿白大褂的医务人员在走廊里等候，见了迟洲泉微笑着打招呼。

“这是我们预约的大夫。”迟洲泉跟鹿谜解释，“每周五下午准时来给凌刃做体检和心理疏导，今天应该是他入职前的最后一次……哦，你入职前也记得给我一份体检报告留底，文字版和电子档都行。”

大夫们熟络地向凌刃问好，凌刃一如既往地置之不理。看得出他的脾气很差，幼稚，易怒，讨厌和人打交道，对外界有一种没来由的抵触和不可撼动的敌意。

“好。”

鹿谜路过房间门口的时候忍不住又探头往里看。凌刃坐在床边，脚趾蜷起，女医生跟他讲话，他只点头或摇头，眼神阴鸷，配合得十分勉强。

哪怕间距已经够远，他们还是有所防备，怕他发难。

而他似乎早已习惯了他们这样。

回到二楼办公室，迟洲泉接到别动队另外两名成员的电话，汇报任务执行完毕，准备回来。

“去了挺久啊。”迟洲泉正在泡茶，腾不出手，便开了免提，“那你们回来的时候估计碰不到新同事了。”

“新同事是男的还是女的？”对面兴致勃勃。

“女的。”迟洲泉冷笑一声，“你打不过。”

跳跃的声线一个跟头跌入谷底：“哦。”

他们聊天的时候，鹿谜又把合同以及附录从头到尾细细地看了一遍，花了比第一遍更久的时间。

手环（1）对应项圈（1），由监护人和被监护人双方持有，不得破坏和损毁。

监护人应对被监护人的日常行为（包括但不限于）起到监督、约束和引导作用，如有违法、违纪、违规情况发生，则监护人负有连带责任。

如被监护人失控、脱控，危害监护人及他人生命安全，视情节轻重，予以其一次、二次、三次警告。如警告无效，或情节严重，则监护人有权将其处理。

她提笔，一边在签字处签上自己的大名，一边状若无意地问：“我拿到手环之后……要是想把他放了呢？”

按过手印后，她把印油抹在白色的纸巾上，将签妥的两份合同递还给迟洲泉，等他一一盖上公章，一份交回给她，一份归档。

“那我们就得抓你了。”迟洲泉答得也很随意，眼中锐意尽收，宽容敦厚地朝她笑了笑。

约定好周一来办入职和住宿手续，鹿谜便和迟洲泉告别，搭空轨回了黑巷。

她在车上听着音乐，回顾白天经历的种种，反思自己的决定是否草率。

即将面对崭新的开端和未知的将来，她不可避免地想起凌刃那双漆黑的，暗流般的眼睛。

输给他了。

她的身子往后仰，脑袋抵住车窗。

终有一天会赢回来。

时间还早，她想了想，在家门口拐了个弯，打算先去趟别处。

黑巷本身地形复杂，典型的人多地少，资源紧缺，所有土地都得到了最大限度的利用，因而显得拥挤闭塞，对外来人士极不友好，完全是个进了就出不来的迷宫。

鹿谜要找的地方更是偏僻难寻，那家伙生怕别人不知道他背地里干着见不得人的勾当似的，恨不得在门面上挂一块匾广而告之：杀人不偿命。

鹿谜见怪不怪，推开没锁的门走了进去。外面才刚傍晚，屋内却黑如三更，阴风阵阵，吹得人一身鸡皮疙瘩。

这是一家隐没在小巷深处的私人诊所，主治医师姓常，是一个靠着妙手回春的精湛医术和惊艳绝伦的英俊面孔，成功笼络街坊邻居和无知妇孺的疯子。

这里的“疯子”是字面意思，绝无夸大和诋毁。

据说他自幼学医，少年时代曾经尝试用自己做临床实验，把头部以下能下刀的地方全部剖开，再亲手一针针缝合起来，只为探索人体的奥秘。

是真是假，鹿谜也没问个究竟，她并没有追问别人的过往的闲趣。她只是来买几卷绷带，她的存货似乎不足了。

诊室、病房都没人，每一扇门都大方敞开，处处可见晃动的鬼影，鹿谜懒得玩儿捉迷藏，直接威胁道：“常命，常大夫，我数三声，再不出来就砸店。”

“一。”

她垂着眼帘，懒懒地伸出一根手指。

“二。”

她松松关节，计划着从哪儿砸起。

“咝——”

“三”字还未出口，一只冰凉的手臂自后方揽住她的肩膀，皮肤表面纵贯着两条巨型蜈蚣般瘆人的针脚，不知何时出现在她身后的男人笑眼弯弯，低头靠近她的耳朵。

“我在这儿。”

被她粗鲁地甩手格开，男人也不愠不恼，眼帘半垂，慢条斯理地扣着敞怀的衬衫，从下到上，将支离破碎的胴体一寸寸遮掩住，问她：“什么风把你吹来了？”

他语调狎昵，嗓音含情，一张脸害人不浅，单看外表很难猜对他的真实年龄。他的笑容亦正亦邪，隐在晦暗之中，有点儿险恶，又有点儿挑逗。

他的“好看”不是丰神俊朗之类积极、正面的美感，而是一种充满某种暗示，旖旎而堕落的色相，少不更事还没定力的女孩儿，往往很难抵抗。

可惜鹿谜与他相识十年有余，知根知底，对这等低级诱惑早已免疫，她生硬地答：“买绷带。”

常命佯装失望，叹道：“原来不是因为想我。”

一把锃亮的手术刀被他从衣袖中抖落出来，轻轻巧巧地握在手中，冷光一闪，妥帖地收进了裤子口袋里。

他调头领她去诊所阴面一间从不对外开放的私人药房，两个人一前一后，潜入一条夹在病房与诊室之间的幽闭长廊。

这里不通风，滞重的空气陈腐难闻，混着一股奇特的药味，路窄得过分，给人一种两侧的墙壁正倾斜着朝中间挤压的错觉。天花板上悬着有且仅有的一颗灯泡，瓦数本来就低，还又旧又脏，刮花的玻璃削弱了透出的光，影影绰绰的。

“我记得你上次来拿绷带……好像没过多久吧？”常命的声音拖沓，像午睡刚醒似的，闲庭信步地走在前面，“这么快就祸祸完了？”

“没，还剩两三卷。”

鹿谜不如常命个子高，腿长莫及，迈步自然就赶一拍。两个人不同频率的脚步声交织在一起，在狭窄的空间里震荡。

“但我估计不够。我下周要去市里上班，住在那边，以后不会频繁回来，囤几卷备用吧。”她说。

走到长廊尽头一扇上锁的门前，常命停住，鹿谜受惯性驱使，猛地撞近他的背，又后退了半步。她看着对方宽阔的肩，挺拔的脊，发尾和衣领中间露出的一截脖颈，干净、苍白，上面横亘着一道黑线缝合的刀疤，不像真人的血肉，倒像破裂的瓷器。

小时候，不少同龄孩子都被这个长相犹如凶杀现场的邻居惊吓过。以貌取人是儿童的本能，看动画片只需几个镜头就能辨别出谁是坏人，也难怪他们对常命这种教科书般的典型反派长相退避三舍，唯独鹿谜不为所惧，宽以待人，当鹿岩满心欢喜以为女儿终于能自行实现正常社交的时候，她郑重地向他介绍了自己的朋友。

“一款微瑕的大哥哥。”

鹿岩：“……”

“上班？”

2069年了，常大夫还在用钥匙这种过时的保险工具守护着他最宝贵的身家，倾尽心血的研究成果，到死都不愿割舍的物质和精神遗产——他的密室。

他摸索着捅锁眼，似笑非笑地侧过脸来，吊着眼梢看她，语气带着些刻意的讥诮：“去‘天堂’啊？”

鹿谜没接话，也不进去，就在门外等着常命给她拿绷带。

外面门庭冷落的破旧诊所只是个皮囊，里面才是内核所在。

常命名义上是个平平无奇的赤脚郎中，私底下从事的“非法”行当在黑巷却是公开的秘密。大家主动遵守着口耳相传的规矩，自觉从中受益，没有人试图揭穿或披露它。

以鹿谜为例，还有相当一部分非常人像她一样饱受自身异化带来的困扰，经济条件却不允许生活拮据的他们花费大笔钱财到天堂市的正规医院就医。在治疗异化病变这一领域，国内医疗行业首屈一指的就是“遗迹（Vestiges）”公司，其研发的疫苗在灾后疫情爆发时期曾拯救数以万计的人，后又致力于新型药物的研发和医疗设备的完善，受到社会各界的广泛认可。

但权威就意味着昂贵的价格，对于绝大部分的黑巷人来说，高昂的治疗费用他们根本负担不起，更何况病变异化是医学界几十年来都无法破解的难题，只能靠药物或手术减轻和缓解病情，暂时还没有痊愈的先例。

因此他们毅然投奔了常命的草根诊所，明知他没有这方面的医疗资质，是“非法”和“不正规”的，可世界有时就是这样，没有绝对的非黑即白。

他们确实得到了帮助，从常命这里获取便宜有效尽管来路不明的药。他们尊敬他，视他为救命恩人，尽自己所能付他报酬，没钱也不要紧，因为他并不贪财，也不好色，除了偶尔提出一些诸如“把身体借我钻研钻研”的无理要求，让大姑娘、小媳妇羞红着脸抽他耳光。他像好人，也像坏人，有自己的坚持和追求。

鹿谜明白，维持这种交易全凭大夫的良知和病患的信任。

或蓝或紫的除菌灯幽幽地照着周围张牙舞爪的仪器，靠墙的铁架上陈列着一排排大小不一的玻璃瓶，里面装着成分可疑的溶液，用来保存主人引以为傲的标本。常命爱惜地抚摸它们，吹着口哨绕过一张宽大的手术台，顺手拿起搭在上面的白大褂，罔顾前襟大片猩红的血渍，随意地披在身上，又从兜里摸出一块棕色皮带的手表看了一眼时间。

“该收工啦。”他边在一个贴着字条的抽屉里翻找，边向鹿谜发出邀请，“待会儿一起回家？”

“你想开点儿。”鹿谜头也不抬，冷静地弹着指甲，“让我爸发现我跟你厮混，他会宰了你下酒。”

常命耸耸肩，从存放着胶带的密封盒中数了十个胶带出来，扯了张旧报纸将它们卷成筒，多余的纸往两头一塞，递给鹿谜。

一手交钱一手交货，她拿了就走。

半天不见常命追上，她催促道：“快点儿啊，磨蹭什么？”

第四章

入职

鹿岩终究还是没能宰了常命，尽管这货已经提前预备好酒，打算自行料理后事，将肉体奉献给辉煌的医学事业，但这天不行。

因为从小到大一直生活在黑巷的鹿谜明天起将独自一人外出闯荡，这晚得吃饯行饭。

不出所料，这个情感过剩的中年男子喝多了，一米九的大高个子埋在闺女怀里哭得上气不接下气。常命都看傻了。

鹿谜习惯了接受家中顶梁柱在酒后释放压力的行为，表情稀松平常地夹菜、舀饭，一只手和常命碰杯喝酒，另一只手胡撸她爸的后脑勺，两不耽误，老练地安慰她爸："好了，好了，乖啊。"

常命："……"

她思前想后，还是没把有关凌刃的事情告诉鹿岩。

她爸注定是个穷操心的命，与其说出来让他发愁，不如自己担待，尽己所能地给他"无知"的安宁，也算是做儿女的孝顺吧。

她能为他做的太有限了。

把鹿岩哄睡了，鹿谜收拾好桌上碗筷，统统往洗碗机里一堆，然后回过头去跟常命耳语："我送送你。"

"就住你家隔壁，送几步？"

他半嗔半笑，却不推辞。

常命知道她有话想说。

大门关上，隔断了屋内昏黄的暖光，楼道黑黢黢的，拐角才有一盏氙气灯，吝啬地照着两侧住户紧闭的门。他们往远处走了几步，站到楼梯间的窗边。这儿的玻璃全打碎了，没人修，也没人管，枯瘦的窗框挑着四根骨架，灌进夜晚料峭的寒风。

鹿谜背过身子点烟："我有事拜托你。"

"我就知道。"

她的脸被拢在掌中的火苗短暂地照亮，眉心嵌着一道深深的刻痕，常命记忆中并不曾见过。

“以下都是假设，但有成真的可能，好的、坏的都是。”

常命点点头，靠在干燥的窗台上，手扣住粗粝的边缘。她把烟灰也弹在那儿，堆成一座小小的沙丘。

“我入了这行，会跟一些丧心病狂的人打交道，幸好我情况特殊，亲人只有一位，熟人就你一个。”说到这儿，她笑了一下，短促而自嘲，“以前觉得挺可悲的，现在看来，完全就是优势嘛。”

见常命欲言又止，她裹紧身上洗得褪了色的毛衣，抱住自己的手臂，眼神被风吹得迷离：“万一遭人报复……希望你保护好自己，也留意我爸。”

最不擅长的煽情部分结束，她把烟蒂碾灭在墙上，像是要写什么字，最后又没写得出来。

“别的我就不牵挂了。”她松开手任它掉落在地上，和他挥别道，“再见。”

鹿谜回到家里，听着父亲浅浅的鼾声打点行李，贴身衣物和日常用品满满当当装了个二十四寸的皮箱。第二天一大早拖着走时，他连醒都没醒。

鹿岩起床后看着空荡荡的屋子，坐在床边唉声叹气。

床头摆着一杯放凉的蜂蜜水，他不死心，端起来先不喝，想找找看有没有留下的字条。

没有。相当舍得。

罢了，他自我安慰，鹿谜打小就不是黏人的孩子，她过早地懂得了那些成人世界的规则和道理，得不到的就不要，必须走就不回头，只做有用的事，没用的绝不白费力气。

他打了个哈欠，穿上拖鞋往厕所走，脚步沉重，宿醉让身体和大脑都变得迟钝了。

年纪大了，他想，总得服老。

谁知一照镜子，他又吓得活蹦乱跳。他扒着水池凑近些去，定睛一看，左脸颊上印着一枚鲜红的唇印，形状饱满漂亮。他用手一蹭，半张脸都花了，显得十分为老不尊。

这丫头。

他从鼻子里冷笑了一声，发誓坚决不接受此等敷衍的讨好，却虚伪地哼起小曲开始洗漱。

彼时的鹿谜已经顺利到达市局，由迟洲泉带着办理各项手续，领取证件和制服，再把这些送去住处。单位分配的宿舍就在市局正后方，步行十分钟路程，不光近便，室内装修、配套家具也是上乘，令她受宠若惊。

“领导，我是乡下来的，没见过世面，”鹿谜按住疯狂上扬的眉毛，“这是白送我的吗？”

独栋，复式，拎包入住，这不就是她每天路过楼道都要贡献一口唾沫的虚假广告上的楼盘吗？

“大白天的，醒一醒。”迟洲泉无情地击碎了她的妄想，“你是监护人，当然要和被监护人同住，履行好监管他的责任和义务。”

“哦，我是保姆。”她耸耸肩，“合着老娘恋爱还没谈过，就一步到位跟人同居了。”

“此言差矣。”

迟洲泉带她上了二楼，楼上看上去被布置成了凌刃专用的居室，房门是她在治安局地下室里见到的那种，有防弹、防爆、抗压等多种功能。他请她在门锁上录入了指纹和声纹。

“这叫非法监禁。”她眼角挤出几条媚人的笑纹，“好刺激。”

放完行李，两个人溜达回市局，反正这天没什么正事，走完入职流程，安排住宿，适应适应新环境，认识一下新同事，就差不多了。

至于新同事，老实说，鹿谜并没有把和他们搞好关系视纳入自己待办事项的队列。

她不渴望和谁成为朋友。保持距离，不要深入，把关系限制在可控范围之内，这样就不会伤害他们，或让他们恐惧和厌恶，也不会把那些美好和无辜的事物，“破坏”得一塌糊涂。

他们回到特别行动队的办公楼，正好碰见两年来首次从地下解禁的“人形武器”凌刃，他被几位工作人员簇拥着，众星捧月般地踏出电梯，和鹿谜错身而过。

他的面罩依然碍眼，她却仿佛洞穿了那层防卫，窥见他坚不可摧的壁垒下些微的局促和一点点儿属于少年的好奇心。

他和这个世界隔绝太久，猛然置身于人群之中，只感到浑身难受。

恰在此时，那个即将上任的监护人经过他身旁，他的视线本能追逐过去的时候，她敏锐地觉察到了，存心找碴似的，轻佻地朝他了吹声口哨：“嘿。”

他倏地把头转回来，转了足足九十度。

讨厌，他生气地想，居然换了口红的颜色。

他讨厌鲜艳的颜色，讨厌别人的眼光，讨厌那女人自以为洞悉一切的从容。

她究竟是什么来头？那样高调，化着浓妆，示威似的剃掉耳朵以下的头发，在毛寸上刮出醒目的几何图案，偏要让人看清她颈后的数字，知晓她的身份。非但不惧怕他，反而把他当成小孩，原谅他的“胡闹”，故意捉弄他，漫不经心地招惹，又随随便便认输。

叫人恼火。

他就差把“恼火”两个字写在脑门儿上昭告世人了，面罩都遮不住那张臭脸，像个一点就着的炮仗，用脚拖来一把椅子，一屁股坐在迟洲泉对面，无处安放的长腿跷到了办公桌上，横得不行。

而他旁边的鹿谜对此视若无睹，嚼着泡泡糖，腮帮子一鼓一鼓的，宽大的运动外套拉链拉到顶，下巴埋在竖高的衣领里，乌黑的长发盖过胸前，目光凛冽，冷得像是生铁。

迟洲泉实在看不下去，倒杯热水，冲了包稳心颗粒喝。

真的可以吗？

别动队是一支相对年轻的队伍，成立时间不如其他部门长，因为早期非常人的犯罪案件极其稀少，他们和常人在数量上的比例是三七开，本身基数就小，一年到头未必能有几个大案，有也是按照普通程序侦破，没拨出人手专攻这块。

后来案件频发，越来越多的有心人利用那些千奇百怪的异化达成各种不正当的目的，而常人力所难及，甚至为此殉职，市局决定更新战略：以毒攻毒。

对方很强？那就比他更强。

没有人才？那就招揽人才。

结果“人才”个个都跟从高中逃课，翻墙出来寻衅滋事的问题少年一样。

迟洲泉伸手掐了掐眉心，扼死撂挑子的念想，反手抽了一巴掌凌刃的脚背，恨铁不成钢地说：“给我下去。”

目前为止，作为天上地下凌刃唯一肯听从的人，他的话还是有分量的。凌刃不悦地收回了腿，腾出空地，被他放上一只手提密码箱。

迟洲泉背对着他们解了锁，盖子弹开，再转过来，朝前一推。

“实习探员鹿小姐，”他说，“你的手环。”

鹿谜探身过去想拿，忽然发现旁边的凌刃也是同样的动作，两个人对视一眼，气压骤降。

又来了。

迟洲泉已经逐渐摸索出了他们随时随地上演真人快打的规律和前兆，率先手动隔开了两个易燃易爆品，无奈道：“看什么看？你又拿不到。”

话音刚落，办公室的门就被人推开，一个面若桃花的男青年走了进来。

他脚步轻快，如伴春风，眉眼皆舒展，周身萦绕着一股无形的磁场，在场所有人的注意力都被抓牢，连凌刃都不例外。

他摇晃着立正，冲迟洲泉敬了个不太正式的礼，笑得露出八颗牙：“迟队。”

嗓音听着耳熟。鹿谜想了一会儿，原来他就是在迟洲泉的电话里问“新同事是男的还是女的”的那位仁兄。

“来得正好。”迟洲泉扳正他的肩膀，趁机和新人介绍，“这是你们的师兄，别意，异化能力是……”

“读心。”别意接上后半句话，像是为了证明自己的诚恳，迎向鹿谜质疑的目光说，“我在队里主要负责审讯。别介意，我不会对自己人用……”

“你已经用了，”鹿谜干脆地打断了他的话，“师兄。”

他的眉梢上挑。

她站起来以示礼貌，伸出缠着绷带的手和他相握，自我介绍：“鹿谜，九级异化，破坏。”

“真是漂亮又危险。”他“善解人意”道，嘴角微扬，标准的商业化微笑，弧度是经由多次练习乃至娴熟把握的友好，瞳孔是剔透的翡翠色，眸光潋滟，看久了几乎要沉在里面。

他知道对方想听什么，读心的人深谙此道——以技巧性的交流方式，引诱加暗示，适当地佐以个人魅力，让生人卸下戒备，对他敞开心扉。

然而鹿谜并不买账：“为了你自己的安全考虑，最好跟我保持距离。”

“OK。”

别意看出这个师妹不好惹，继而去问候似乎更不好惹的师弟：“你好啊……”

师弟蒙着脸，缚着手，心中却坦坦荡荡地写着四个大字——莫挨老子。

师兄的笑容渐渐苦涩。

“迟总，管管你儿子！”

“管不……他不是我儿子！”

鹿谜转过脸，不再理会他们，拿起保险箱里包裹着黑色丝绒的圆形手环。手环跟凌刃的项圈用的是同一材质的合成金属，具有振动、麻痹和电击三种功能。

闭合时二次锁定，启动并录入身份，不可更改。接榫处有个机关，如以蛮力拆解，她的手也会断。

戴上后有种沉重的宿命感。就像把另一个人的性命握在手中，不能逃避，不能反悔。

她忍不住望向坐在窗边的少年。他蜷缩着双腿，防御的坐姿，避开阴影与明亮的分界线，尽量使自己全身都沐浴在久违的阳光里，这一幕温暖又安静。

他闭上眼睛，便如收刀入鞘，杀气尽敛，变得像普通十八岁男孩儿一样纯洁无害。见他睁眼，她立刻把头别向一边，装作若无其事。

她能保护他，也能杀死他。她的力量因他的存在有了用武之地，她也成为他重新进入这个世界的媒介。

她和凌刃，自此成为彼此牵制，不可分割的共同体。

鹿谜在下午开全体会议的时候见到了别动队剩下的那名成员孔未眠。他是个极度内向、自闭的青年，见了鹿谜和凌刃只敢躲在别意身后，红着脸不敢出来。别意说自他入队以来，就没听见过小孔张嘴说过一句话。

孔未眠和别意一样，都是八级非常人，异化能力为“追踪”，给他目标人物的指纹、毛发、体液、贴身衣物乃至经常触摸的东西，他都可以追踪对方的实时位置，在功能性上等同于一台人肉定位仪。

由此可见，这支新成立不久的队伍分工相当明确：孔未眠负责找人，别意负责审人，鹿谜和凌刃负责抓人，迟洲泉负责维稳、加班、自费请客，以及在他们闯祸之后给领导写千字检讨。

多么的高效、团结。

“晚上要一起吃个饭吗？”散会后别意提议道，“弄个简单的欢迎仪式。”

鹿谜看着发出善意邀请的同事。他们会请新人一起聚餐，闲暇时聊天，组队玩游戏，逛街，互相开玩笑，到对方家里做客。像是理所当然的。

她笑起来，很客气地说道：“不要了吧。”

第五章

夜袭

天色将晚未晚，鸽群像云一般散尽。凌刃站在向下延伸的台阶顶端，大口呼吸着外面世界的空气，呛得鼻腔刺痛也不在意。

人的体味、风的腥味、食物的香味、钞票的臭味……各种气味混合其中，有时甘甜，有时浑浊。他时而喜欢，时而又觉得恶心。

肩膀倏地一沉，被人搭上一件旧毛衣，藏青色的，编织的突起处被磨得有些粗糙，但勾线紧密，厚实暖和。他没有拒绝，任凭这双带着焦油味的手替他对齐前襟，毛毛躁躁地翻折衣领，捋顺袖管的褶皱。

他回想起他们第一次在外面的世界相见时，男人也是拿一件旧衣服笨手笨脚地把他包起来，好像刚刚成为父亲。

“想出去吗？”迟洲泉问他，衔在嘴角的烟随之抖落灰烬，火星熄灭在风里，烟灰吹向远方的薄暮。

“想。”他皱皱眉，“也不想。”

迟洲泉的眼皮往上抬高，瞟见他胡子拉碴的下巴，和无可奈何的嘴角，又耷拉下来。他说：“你啊。”

“选择不了自己的死法，就选一种活法吧。”

不去和命运较量一下，怎么能知道谁更强大呢？

“把它当作修行吧。监护人会根据你的表现撤掉防具，目前是考察期，自由要靠自己争取，懂吗？”迟洲泉呼出一口白烟，“至于决策那边，有我和监护人为你做担保，他们不会反悔的，放心吧。”

他没点头，也没摇头，耳朵尖冻得泛红，不知听没听进去。

下班的同事陆续经过，笑声嘈杂入耳，这里便不再适合吐露心事，凌刃张了张嘴，最后莫名其妙地说了句“对不起”。

少年低着头，黑发被风吹得偏向一侧，露出高耸的眉骨和深凹的眼眶，夜幕之下，阴影丛生。迟洲泉本不知道此时对方突兀提及的是什么事，却基于记忆里根植的默契，当下就听懂了。

“道什么歉啊。”他笑得释怀，眼角勾出两条细纹，抽过烟后的嗓音有些沙哑，他更正道，“说多少遍了，不是你的错。”

“……”

“她不是你害死的，你没必要对我唯命是从，或总想弥补我什么。人家都当我是马戏团的驯兽师，收了你这么个百兽之王，我多大脸啊。”

他话说得轻松，语气却往下坠：“确实，我是因为她没了，才提议组建这个别动队，我不想再有人像她那样死去。”

颠来倒去的车轱辘话，迟洲泉磨破了嘴皮子，解释过千万遍，凌刃却依然绕在两年前那个盘根错节的死结里。他笑叹一声，食指别着中指，弹了一下少年冰凉的脑门儿。

“你啊，这不派上用场了吗？少瞎琢磨。”他推着凌刃的肩膀道，“小小年纪，心思倒是挺重。”

凌刃被他推得虚晃，见鹿谜朝这边走来，他便潇洒地一撒手，恢复了往常的散漫，懒洋洋地一抬下巴：“去吧。”

告别社会整整两年的十级非常人凌刃，由他的监护人作陪，在一天中最热闹时段走上了天堂市的街道。

他不说话，鹿谜也没兴趣开口，两个人默默前行，像被河流冲刷的顽石。大都市里霓虹闪耀，热闹喧嚣，路人面目相仿，皆是过眼云烟。

经过一家音乐轰鸣的夜店，醉汉们踉跄着挤出门框，其中一个不小心撞到凌刃身上，他猛地闪身一躲，让那人一头栽到马路中间，吓得行驶车辆纷纷急刹避让，刹那间骂声一片。

他厌恶至极地锁着眉，像碰到会传染的瘟疫。醉汉满腹的怒火正无处发，见他这副表情顿时急赤白脸地嚷嚷：“你什么意思？啊？你再瞅一眼试试？毛头小子还挺……”

他高亢的叫骂声和推搡的手臂霎时间顿在少年投来的视线里。

那不是看人的眼神，他在那目光里被碾碎化作尘屑。少年的额角青筋浮起，刚刚抬起的脚仿佛被看不见的东西绊住，又放了下去。

凌刃脖子上的项圈发出长振动。

他充满怨恨地回头。

往来人潮之中，鹿谜冷眼旁观着，一只手伸进另一只手的袖口，隐蔽地压着手环，冲他一抬下巴："回来。"

凌刃陷入狂躁。

公共场合不便声张，到了住处，鹿谜认为两个人应坐下来心平气和地聊聊同住事宜。今后要一起工作和生活，应当借此机会明确一下双方必须遵守的规则，保证相互尊重，不践踏彼此底线，最好能列张单子，白纸黑字有个依据，免得将来闹得不愉快。

然而她刚说了句"你住二层的阁楼"，凌刃听都不听后文，径自闷头"咣咣"踩着楼梯上去了，将门一摔，再没出来。

鹿谜一个人傻站在客厅，在扫地机器人的除尘声中，背诵了十遍《莫生气》。

她绝非倒贴的主儿，要忙的事情还有很多，便随他去了。

鹿谜花了近三个小时整理新家，归置个人物品，大致熟悉了各个房间的布局和用途，研究了一些她以前从没接触过的新奇玩意儿，大都市才有条件享用的高科技电器，例如会自主变换颜色的壁纸，精通服装穿搭的镜子，比她都要智慧。

躺在浴缸里享受全身按摩的时候，她恍惚给了自己肯定：来这里是对的。

就算她年少的搭档很轻狂。

洗完澡，她换好睡衣和绷带，清清爽爽地站在厨房，惬意地点上支烟，看锅自己炒菜。新的人工智能是位男性，声音斯文成熟，还会陪人聊天。

她随遇而安，特别容易知足。

尽管凌刃还是不肯出来，她仍然下令做了两人份的晚饭，有主食、配菜、汤，搭配合理。她自己吃了一份，留下一份在餐桌上，然后回房间看书，等头发自然风干，定好闹钟睡觉。

明天就该正式上班了。

她躺在床上，右手摸到左手上的金属环，它有所感应，指示灯微弱地闪烁。她想了想，将睡姿从右侧改为左侧，把手盖在被子底下，闭上眼睛。

不知过去多久，她又睁开了眼。

她的睡眠很浅，醒得轻易且不拖沓，不必花时间从梦中脱身，两种状态可以无缝对接。

周遭并无异响，她并不是被吵醒的，说来也离奇，是来者的气息惊动了她。她坐起身，眼神清明地和蹲在床头的少年对视，场景十分诡异。

房门开着，朦胧的月光潜入室内，洒了遍地。

凌刃死死盯着她的手环，好像要靠目光把它折断。

假如这算偷袭未遂，他应该是被抓了现行，作战彻底宣告失败，可十八岁男孩儿的尊严不许他认命，怎么也要编个借口挽回颜面。

他瓮声瓮气地说：“我饿了。”

凌刃知道，只要手环还在监护人手上一天，他就得像条狗一样任人使唤一天。

他也知道，倘若他顺利得手，趁监护人酣睡时夺去手环，甚至杀人灭口，做个彻头彻尾的亡命之徒，虽痛快一时，又能逃到哪儿去？

两个人在黑暗中对峙良久，如同托着一根看不见的弦，双方力气相当，谁都不肯松懈，都有要捍卫的东西，但凡有一方先打破平衡，今夜必定无法收场。

这次迟洲泉不在，没人拉架，他们就算夷平整栋楼，新闻也是明早才报，这样做得付出莫大的代价，显然不划算。

所以鹿谜选择“松手”。

她歪着脑袋，马马虎虎地提了一把背心裙滑落的吊带，轻薄的丝缎兜住胸前一条若隐若现的沟壑，凸显浑圆挺实的轮廓，她却全无避嫌的自知：“不是给你放桌上了吗？”

巧的是凌刃也根本没往那儿看。他就像偶然抓到了她疏忽的把柄，促狭地说道：“你让我怎么吃？”

这是他迄今说过的最长的一句话了，有六个字之多，情感也很丰沛，简直欠揍。

鹿谜打量着他被禁锢的嘴和手，顿悟：“哦。”

她无所谓地动了动手指：“转过身去。”

他光脚跳到地上：“我不想背对你。”

她嗤笑一声：“那你饿着。”

他又生气了。

她反而心情愉快，下了床径自往外走，敢于将缺少提防的后背大大方方地亮给他。她手腕上的绷带没系紧，散开了一截，贴着她的裙角飘扬。

凌刃跟着她来到没开灯的厨房，看她把冷掉的食物端进微波炉加热，又给他倒了一杯牛奶，放到桌上，腾出手给他解拘束衣。

“在家的时候不用穿。”她边为他拆绑带边说，“我规定的。”

凌刃的手垂下来，落在绷紧的身体两侧，忽地攥成了拳，手背青筋隆起。

“你不怕我？”

话说得多了她才发觉，他的嗓音竟然很有磁性。有着少年初长成的浑厚，低沉中掺杂着男孩儿发育末期残留的纤细，单靠听就能合理联想其长相的迷人。她把那白色的裹布信手一卷扔了，嘲讽道：“真把自己当回事了？”

凌刃不言语，抬手绕到脑后解面罩。厨房那边加热定时终止，微波炉响起提示音，鹿谜端饭回来时他已经落了座，面孔再无遮挡。

借着幽微的月光，可从侧面窥见他下颌的线条，如雕刻的一般锋利。

她刚把烫手的盘子放好，在心中祝贺自己这回没有“碎碎平安”，小臂突然被人一握，推搡得双脚都离了地，身体重重地坐在餐桌上，桌腿剐蹭地板，发出刺耳的噪声。

她的手本能地往身后撑，掌心摩擦桌面，碰倒了盛牛奶的杯子，乳白色的液体洒了半张桌子，腥香四溢，很快便将手指浸湿，两根、三根。她被温热包围。

杯子滚了一圈，险些掉在地上摔碎，流质却不受限制，顺着桌边淌了下去。

滴答，滴答，像雨水、心跳、钟表的走针声。待她近距离地注视咫尺之遥这张令人叹服的脸，那些声音又都消失了，像波澜消失在汪洋里。

“和我做个交易。”他说，每个字都咬得很硬，“发誓你不碰手腕上的那东西。”

他的嘴唇薄，眼皮也薄，末梢微微上挑，透着难驯的桀骜之气。鼻梁直挺，五官清秀，轮廓很深，骨相英气逼人，俊得凛然不可接近。

“我就供你差遣，悉听尊便。”

沉默片刻，她将裙摆提高，腿到脚尖完全绷直，趾头才触得到地面。她维持住身体的平衡，没有立即答应或拒绝，而是问：“他们……对你做过可怕的事情吗？”

凌刃的眼睛一黯，像反光的石英，眸光一晃，又望回她，态度是默认的。

他怕电击。

夜深人静，没人知晓此刻的秘密，她压低声音问他：“疼吗？”

凌刃将头一扭，犟道：“反正你不能碰。”

鹿谜看着他，万千思绪掠过眼底，目光却轻得像是尘埃：“行。”

他还是梗着脖子，眼珠却悄悄回转，像是有所期许：“说话算数？”

“算数。”她点头，“我也没想怎么着你。”

她把弄湿的绷带拆下来，用手背碰碰凌刃的脸颊。

“你守规矩，配合我，一切都好说。”

凌刃愣住，甚至忘了还手。下一瞬，她已将他推开，走去厨柜边抽了一沓吸水纸，摁在桌上擦。

“这个家里禁止暴力、偷袭、面罩、束缚带、威胁、电击。怎么样，公平吗？”

他的眼珠跟着她转，感觉这谈判轻率得很不真实：“那你什么时候把我的项圈摘了？”

她勾勾嘴角，皮笑肉不笑道：“看你的表现。”

“……”

果然。

凌刃咬着牙，用手指做餐刀，恶狠狠地切了几块面包，吃相却斯文含蓄，一副教养良好的模样，与其动辄就打打杀杀的行事风格十分不符。他嚼了一会儿，又拿起空杯子，底冲着她。

鹿谜站着直犯瞌睡，上下眼皮往一块儿粘，没好气地说：“干吗？”

他理直气壮道：“没了。”

她单手拉开冰箱门，重新倒了牛奶，把杯子放到桌上。她终于可以睡觉了。

一夜无恙。

这结果比鹿谜预料的温和许多，毕竟她以为一场私斗在所难免，早就做好“同室操戈”的准备，没想到倒一杯牛奶就哄得住。

这次平等交涉获得的效果显著，却也有限。因为他们彼此都有保留，远谈不上真诚。不过鹿谜的要求也没那么高，互不干涉，表面和平，对监护人和被监护人来说已经足够。

清晨，她被闹钟叫醒，发现凌刃还在客厅。他刚冲了澡，上身赤裸，穿着一条白色的睡裤，头顶搭着一条干毛巾，精神还挺足。

他正趴在窗台前，专注观察一盆含苞的昙花。它昨晚开了，可惜他们都错过了。

凌刃不用回头就知道她在，硬邦邦地开口问道：“它什么时候还会开啊？”

“不知道。”鹿谜说，“但你今晚最好乖乖睡觉。”

第六章

无引力

蹲在沙发上嚼巧克力能量棒的少年大概永远也无法理解，一位女士的早晨为何如此充实和忙碌。

她脚踩十三厘米的高跟鞋，钢钉般凿着地面，立体声在他耳边环绕，从左往右，从右往左，健步如飞地往返于起居室和卫生间。她弄早餐，换衣服，化妆，听人工智能播报今日快讯和天气情况，给空调和加湿器定时，同时操持好几件事却有条不紊，前一秒还在扎马尾，下一秒就把一个黑匣子扔到他的腿上。

“你的联络终端。”

她穿了一件款式正统的白色衬衫，搭了一条带着两条细窄的背带，贴合腰身但不限制活动的黑色西装裤。裤腿笔直，长度到脚踝以上，左腿的文身被盖住大半，分辨不出具体图案。鞋尖呈三角形，像毒蛇的头，将要吐出鲜红的信子。

“通讯录里暂时只有三个号码，分别是迟队、救援和我。”鹿谜晃了晃她手里同款式的终端机，补充道，“当然，我应该不可能远离你，监护人守则里写了，要避免单独行动，因此我会时刻在你身边。”

凌刃舔着指尖被体温融化的巧克力酱，黏糊糊的，他皱着鼻子道:“恶心死了。”

“随你的便。”她不以为意，轻哼一声，声调带着并无恶意的戏谑，“半夜喊我起来热牛奶也行。”

凌刃含怒裹上拘束衣，戴好防咬面罩，态度完全背离想法可又不得不遵守昨晚二人达成的口头协议，讲信用和心情无关，只是坚决拒绝再走临街那条宽阔的主干道。

“不要人群。”他生硬地说道，“不去。”

他又蒙上了脸，将自己武装起来，不再像昨夜那般易于触碰，一绺留长的头发从眉间垂下，鹿谜不想帮他拨开。

她回想起他在黑暗中的面容，像一场虚幻的梦。

“注意你的言辞，这位实习探员。”她叹了口气，锁好屋门，“好吧，我们换一条路。”

地图显示，还有一条小路通向市局，不过绕得远了些。从居住区背面走出去，经过钟摆大街的街心公园，能够直达市局后门。从那儿走的人不多，门口也是电子安保。时间允许的前提下，鹿谜没有意见，权当陪被监护人散步，舒缓心情，帮助他尽快融入社会。这不是她的义务，但做了也没坏处。

他们穿过清晨的林荫，薄纱般的雾笼罩着大片苍郁的长青绿植，每一棵树的树干上都挂着铭牌，登记着它们的名称、品种。鹿谜在黑巷没见过类似的树，那里的土地无论栽种什么都很难养活，仿佛被施了诅咒。

这会儿街上人少，只有稀稀拉拉几个晨练的老人和上学的孩子，再就是勤勤恳恳，不知疲倦地清扫街道的机器人，一片安逸祥和的景象。有个穿运动衫的小孩在人行道上飞奔，背后的书包拖着两条纤弱的带子上下颠腾，他本想赶上马路对面倒数计时的绿灯，跑过凌刃身边时却猛地刹住，咋咋呼呼的，使劲儿盯着人家的脸看，惊奇万分的模样。

凌刃一记眼刀扫过去，他又浑身发毛，仓皇逃窜，结果被红灯拦了下来，还在探头探脑地朝后张望。

凌刃不再理会他，一片树叶落在他的头顶，他也懒得管。

鹿谜伸长胳膊把那片叶子拿了下来，用手捏着。叶脉有点儿发黄，干燥得像纸。

“他们怎么看，怎么说，怎么认为，都对你没有影响，不是吗？”她说，“像它一样。”

她手一松，树叶随风而动，远远地飘向身后。

迟洲泉昨天一宿没睡，被吓的。直到亲眼看见凌刃和鹿谜踩着上班的点进了市局的门，他的担忧才彻底打消。

谢天谢地。两个人看上去四肢健全，好胳膊好腿的，证明私下里相处还算不错。他欣慰地捏了捏鼻梁。

“早。”他向他们打招呼。

他换了新的衬衣，没经熨烫，有点儿打褶，独居男人不太讲究也挺正常。眼下发青，仍是烟不离手，伸手遥遥一指，活像火车烟囱：“你们的桌子在那边。”

因为睡不着觉，他今早提前了二十分钟过来，好心多带了一份早饭，打算赏给工作积极性最高的那位同志。结果到办公室一看，只有天生就不需要睡觉的孔未眠，顶着满脸铺张的胶原蛋白，正连着局里的网神采奕奕地打游戏。

反观他，饱经沧桑的脸上黑眼圈已经顽固不消。他的睡眠质量一直很差，夜里睡不着，白天醒不了，一度依赖药物辅助，断药之后便离不开烟草。未婚妻毓如琢刚刚去世那段时间，他的失眠最为严重，伴随着幻听和神经衰弱，几乎每晚都能听见她推开房门，躺上床榻的动静。

有时对他耳语，字字句句都清晰鲜活，好像前一天、每一天都听过，他打开灯却空空如也。床头的照片蒙着白布，积了厚厚一层灰，第二天全被他收了，锁在她的梳妆台里。他不愿意丢掉。

万不得已，他停职三个月集中治疗，好转之后才重返岗位。那时也还没有别动队，他身边只有孔未眠一个人。

“早饭。”他将热乎乎的纸袋丢到孔未眠的桌上，环视一圈少了个人的办公区，“别意怎么还没来？”

孔未眠脖子上挂着耳麦，一只手从纸袋里掏出沾满糖霜的甜甜圈，另一只手伸到别意空着的工位上，摸了一把他的电脑键盘。接触过对方平时使用最频繁的物品，他在手写屏上输入：堵在半路上了。

迟洲泉低头看表：“哪条路？”

“平西大道。”

“他在那儿干吗？”

鹿谜忙着收拾她的办公桌，单位统一发放了台式机、掌上电脑和电子笔记簿。邻桌是凌刃，一脸茫然地看着那一摊花里胡哨的高科技用品，半分钟后果断地无视了，缩着身子猫在一旁的椅子上。她觉得他可能和自己一样，都不认为自己需要配备办公桌这种东西。

他们是来当合法打手的。

正当此时，办公室的内线电话响了起来，每个人的工位上都弹出了一页半透明的全息投影，迟洲泉就近点开了别意桌上那个："您好，天堂市治安局特别行动队。"

"哟，赶早不如赶巧，我就不走流程打外线了。"

对面那人恰是他打算记"迟到"的那位。

"我在上班路上，平西百货九十五层，奉乾珠宝，遭到入室盗窃。"

"那你找分局……"

"监控没拍到人。"

入职第一天，工位的椅子都没坐热就被拉去出外勤，应该说是好事还是坏事呢？

"按照惯例，只要不是杀人、贩毒这种性质恶劣的案件，一般无须市局介入，分局自会处理，除非遇到重案或'非常案件'，他们才会请求支援。"

由迟洲泉带队，四人驱车前往事发地点。时机不巧，与壮观的早高峰狭路相逢，不得已卡在空轨和地铁中间这块被飞速发展的现代科技遗忘的原始陆地上龟速爬行。

开车的是孔未眠，那位疑似哑巴的娃娃脸青年，看面相像凌刃的同龄人，论资历却是几人中的"老前辈"。迟洲泉坐副驾驶座，正用终端机翻阅着别意传送过来的现场快照，鹿谜从后座也看得到被他放大的全息图片，以及戴在他左手无名指上一枚暗沉发灰的戒指。

"这次的情况可能有点儿复杂。"车流缓慢疏通，他为三名队员转述已知的前情提要，“据第一现场目击者，也就是奉乾珠宝的店长交代，她来的时候内外两扇门都锁着，没有任何从外突入或人为破拆的痕迹，她是进去之后才发现丢了东西。

“其次，大楼的安保人员刚去调了监控，楼道、走廊、电梯间和消防通道都没有拍到可疑人物，不排除有监守自盗的可能。但你知道，现在好多职业都是机器代替人力，比如清洁工和保安……”

“到了。”

他们抵达了目的地，平西百货大楼楼下。孔未眠停稳了车，几人踏出车门，钻进大厦投下的庞大阴影里，汇至一处没入其中。

这天是周二，工作日，逛街休闲的主力军们上班的上班，上学的上学，加上时间尚早，许多商铺没开门，大厦冷冷清清的，越发显得奉乾珠宝门口人多势众。喧哗声在环形走廊里回响，一道尖细的女声夹杂着哭腔传入耳朵。

“昨天是我锁的门，钥匙一直归我保管……”

正在人群中哭诉的是奉乾珠宝的店长，三十多岁，穿着笔挺的裤装，佩戴在胸前的名卡昭示着她的身份。

“平时我们是九点钟开门营业，今天我特意早到，是约了维修工人来修我们店里的监控。”

店里的摄像头出了故障，昨晚临下班前，店员告知了她这一状况，于是她联系了维修人员，这天早上提前上门检修，免得耽误白天营业。

“我八点钟来的，先开了门……”

门锁、地板、水晶玻璃展柜，都和她前一天关店时看到的别无二致。那些价值连城、雍容华贵的珠宝，却在近乎“密室”的店铺里不翼而飞。

她的大脑宕机了半分钟，才跳起来往外跑，边拨打报警电话边去找同一楼层的保安室。谁料刚冲出门，她就一头撞进了途经此地，正要下楼去八十层空轨站换乘的别意警官怀里。

也算是另类的“抱警”了。

“我去上班奈何班来上我，都是命运。”“热心市民”别意朴实无华地说，“群众有求我必应，义不容辞对不对？”

别意是第二个加入别动队的成员，部门成立初期，他和孔未眠曾一度是迟洲泉的左膀右臂。一个不说话，一个话忒多，两极分化，此人业务能力在市局算不上数一数二，美貌倒是人尽皆知。入职未满一周便俘获了全局上下各年龄段女同志的芳心，艳福深厚，人送外号“妇女之宝”“雌激素调节器”……没有哪个女性能拒绝一个容貌俊秀，知冷知热，能洞悉并体贴她们所有的难以启齿和口是心非的男人，尤其这人还是个帅哥。

“你只对美女义不容辞。”

迟洲泉毫不留情地拆穿了他，向在场几位制服后背印有天堂市治安局西区分局徽标的警员出示个人证件：“你们好，市治安局特别行动队，协助调查专员迟洲泉。”

“您好，您好！”

西区分局接到报案，出动的警力跟他们一前一后赶到，一拨警员封锁店面，另一拨人去了商场的监控室回放录像，排查昨晚十点至今晨八点这一时段内曾在奉乾珠宝店铺附近出没的可疑人员。

“目前进展如何？”迟洲泉问。

适才问询店长的警员走了过来，和迟洲泉握手：“犯人明显是故意挑监控坏掉的时段行窃，换言之，他是此事的知情者。”

知道监控坏了的人，除店长外，还有奉乾珠宝的四位导购小姐和来换新摄像头的修理工小哥。

五个人现在到齐了。四位导购清一色都是二十出头，亭亭玉立的小姑娘，小羊羔似的挤在一块儿，躲闪着四面包抄的议论和瞩目。修理工小哥拎着工具箱，穿一身蓝色连体工装，满脸迷茫。

“好。”迟洲泉点点头，揪住别意的衣领把人往前一拎，“这儿交给你了，小孔做笔录。”然后扭头招呼鹿谜和凌刃，“你们跟我来。”

分局几位警员相互交换了一下眼色，怎么看，这位胡楂泛青，眼圈乌黑的迟警官都不像主事的人。那个叫别意的更不像。倘若不是衬衫胸前口袋边上夹着警官证，浑然是个刚从摄影棚里走出来的男模，身高腿长，比例优越，过于出众的五官本会显得不合群，他的笑容却轻易地化解了那种距离感，如春日暖阳一般和煦。

“别紧张。”他道。

那双令人过目难忘的绿色眼睛，恰似品相绝佳的翡翠，瞳孔深处焕发着奇异的光彩，一旦和他对视，意志就像被某种神秘力量所牵制，诱人不由自主地吐露实情。这是他的能力之一。

“只是问几个简单的问题，如实回答就好。”

他悠闲的脚步停驻一个导购女孩儿面前，微微俯了身，似乎是别有用心地加上了一句：“有隐瞒或撒谎的话，会当场被我识破哦。”

迟洲泉再次向看守在案发现场外的警员出示了证件，手动拉高明黄色的警示带，放自己和两位实习探员进入珠宝店内。

门楣上高悬着古色古香的牌匾，题字却是十分现代的像素体，“奉乾珠宝”四个大字匀速滚动。室内格局通透，方方正正，一览无余，正对门的墙上有一扇窗，窗帘上绣着精美的刺绣，倒“凹”字形的水晶玻璃展柜三面环绕，各自与墙壁保持一米五的间距，容店员在里侧自由活动，左右两边的展柜没人动过，唯独中间的展柜被洗劫一空。

柜门是从里面打开的。

迟洲泉探头往光纤照射的展柜里看，视线慎密地扫过如云海般恣意翻卷或舒展的绸缎衬布上，金箔羽毛形状的价格标签。

失窃的几样饰物总价值将近六十万。

“这么贵……”

奉乾珠宝是老字号，主打上世纪流行的复古风格，跟当今的流行趋势有些格格不入。现在什么都能人造，人工合成的晶石能够焕发出更多样、更美妙的光彩，奉乾却坚守传统，传承老一辈的匠人精神，沿袭着被视作“老土”的手作工艺，绝不量产，许多饰物已经成了市面上千金难求的绝版。

他从兜里掏出两双一次性手套，分给鹿谜一双，两个人进入柜台内部，让凌刃在外面待命：“别急，还没到用你的时候呢。”

少年只好退到牌匾下面站着，和守门的分局警员大眼瞪小眼，不一会儿就把人家瞪得心里发毛，僵硬地转过身脸冲着外面，只感觉脊背凉飕飕的。

鹿谜在展柜前蹲下，双眼恰好和柜门齐平，鼻尖下方就是那团锦缎，褶皱凌乱，饰物似乎是被人一把摸走的。她凑近观察锦缎表面压痕的走势，那些蜿蜒的纹路都有迹可循，呈半片不规整的扇形。她伸出手模拟“摸”这个动作，像画一个反的问号，弯钩的尾部合为一股，通向唯一的出口。

“的确是被人从这里取走的。”鹿谜套着橡胶薄膜的手指了指柜子侧面的小推拉门。

可他是怎么进来的呢？

大门从外面上锁，展柜完好无损，没有夯击痕迹，没有留下指纹、毛发，以及小偷在情急之中可能遗落的首饰残片、链条、碎钻、串珠等，地板光可鉴人，没找到除店长外任何一个人的鞋印。

不从正门进，不踩踏地面，想入侵这间“密室”，就只剩下一条途径。

姑且称之为“途径”吧。

她和迟洲泉同时看向展柜正对的窗户——九十五层楼的窗户。

别意驻足在女孩儿身前，出于绅士风度，抑或怜香惜玉的天性，给了她片刻的缓冲时间。

她低着头，脸颊滚烫，十根手指都快编到一块儿了。这个好看到有点儿慑人的青年倾身在她耳畔，衣襟上染着香水味，像一朵围拢过来的云。

“女孩子都喜欢让别人猜。”他轻声说，“但我更喜欢坦诚一点儿的。”

“我没说谎……”

女孩儿咬着嘴唇据理力争：“不是我……我昨天一下班就走了……你们能替我作证，对不对？”她求救般地望向其他三位同事，“不是我偷的！”

“是的，我相信不是你，也请你相信，我们不会冤枉任何一个好人。”别意看着她，慢慢地眨了一下眼睛，“但你知道，我问的不是这个。”

“知道监控坏了的人，还有谁？”

她愣了许久，终于弄明白他指的是什么。

“知道的……就有嫌疑吗？”

“我有个事想请教你。”

迟洲泉一边说着，一边在鹿谜身后拉开合拢的窗帘。

他的女下属抬头看过来，表情冷漠：“只要不是情感问题我都乐意为您排忧解难。”

“你看这像讨论情感问题的场合吗？”

他打开闭合的窗户，淡薄的日光落下来，纸一样干燥。他曾做过类似的事，但这次不是为了死。

他屏着一口气，向外探出半个身体，悬在让人眩晕的高空之中。

“你说存不存在这么一种异化，”他开口说话，灌了一嘴风，“能让人在墙上走啊？”

一百层楼上的景色蔚为壮观，地面上的物事几乎看不清楚，行人小得像针孔，汽车如移动的甲虫。他眯起眼睛打量着墙面，却一无所获。

难不成这思路也错了？

鹿谜说：“还真有。”

头顶的发丝狂舞，他抑制着呕吐的冲动，视线聚焦在窗下将近一米处，一个残缺的脚印上。

“昨晚下班……我和男朋友打电话的时候，顺口提了一句……真的就是随口一说……不会吧……他不是坏人！你们听我说！虽然他是非常人，那也不代表他就会偷东西啊！这没道理，这是偏见！

“对……他是非常人，六级。异化名称好像叫作‘无引力’。”

别意身旁的孔未眠正专心致志地做笔录，眼角余光却瞥见奉乾珠宝的牌匾底下，一头乱发的迟洲泉正朝他勾手指。

他示意自己在忙，走不开，对方却很执着，于是他往别意手里塞了支录音笔，好奇地走上前去。然后他被迟洲泉抱了起来，扛到窗边，将上半身探出到了大敞的窗户外面。

鹿谜蹲在地上，瞻仰这盛世奇景。门外的别意“啊哈哈哈”地笑着，拍了拍一旁目瞪口呆的警员的肩膀，豪迈地说道：“没事没事，不用担心！我们队就是这样的！”

“哦，说起来，能麻烦您帮我个忙吗？登录一下治安局内网，查点儿东西。”

《异化百科全书》，遗迹文渊出版社 2060 年修订版，第 384 页倒数第七行词条——

六级异化，无引力。

引力，即重力，指“具有质量的物体之间相互吸引”。发生该异化的非常人能够克服自身与外物之间天然存在的吸引力，使其挣脱自然规律的束缚。

备注一：该异化仅作用于异化者本体，无法施加、嫁接给外物。

备注二：该异化等级为六，属危险异化。需担保人 / 监护人签字 / 登记。

在“天堂市公民信息系统”里输入这一词条进行搜索，不到三秒钟，与之对应的非常人的身份、照片等相关资料便一目了然。

“他叫程津。”胸卡上名字叫“祁嫣然”的女孩儿说，“我们上个月确立关系并开始交往，认识不算太久……他人不坏，只是条件一般，工作不太稳定，我爸妈一听他是非常人就反对我们在一起……”

她前言不搭后语地说了一长串，却全是无效信息，察觉到自己的失态，她顿时面露窘迫：“抱歉，我有点儿语无伦次。”

这是个像鸟儿一样娇小可人的女孩儿，黑发及肩，刘海用玫瑰花形的发卡别到一侧，瓜子脸上嵌着一双不谙世事的大眼睛，说话不假思索，一颗心就像水晶展柜那样透明，里面有什么，少什么，一看便知。

“没关系。”

别意垂眸，静静站在对面做倾听者，眼神中不掺杂分毫私人情绪，镇定，平和，一如他的语气：“讲讲昨晚那通电话吧。”

“昨天晚上下班，大家都准备好走了，等店长锁门的时候，程津给我打电话，我们聊了一会儿。

“就……随便聊啊，讲白天发生的各种琐事，吃了什么，猫猫狗狗，情侣打电话嘛，什么都说。我根本没往其他方面想……我说我们店监控坏了，得赶紧修，还开玩笑说奉乾这么小众，又贵，平时逛的人都不多，监控也只是个摆设而已，我可不想加班。他笑了我两句。”

祁嫣然从包里取出手机，粉色的外壳下角吊着一只兔子玩偶挂坠，长耳朵娇憨地晃来晃去。她调出昨晚的通话记录，十点零一分的呼入来电，人名显示的是“津津有味”。

初坠爱河的小女生作风。

“后来他问要不要来接我，我说不用，我有伙伴同行，况且他那时在空轨站候车，我一听那头有报站声，他该坐车了，再来找我怪麻烦的。我说，你直接走吧，不用担心我，我到家给你发信息。”

“报站声？”别意做个手势打断了她的话，“你是说店铺关门的时候他人已经在空轨站候车了？”

“对呀。”祁嫣然道，“而且他坐的六号线当时正好来了一班，所以我让他上车走，我又不是那种一天不见面就会死的女朋友，我们可以明天再约……”

“可他现在连我电话都不接了。”她的眼圈有点儿红，“这个傻瓜。”

她已和盘托出她知晓的，没有欺骗和隐瞒。别意亲自确认过了，但这些还不够。他尝试继续在她心里翻找，却再没发掘出什么有价值的东西，全是鸡毛蒜皮的生活琐事。

撇去遇人不淑这点，还真是个无忧无虑的小女孩儿。

“我了解了。”他收好录音笔，露出个得体的微笑，“谢谢你的配合。”

“那……他会怎么样呢？”

她咬着嘴唇，乞求似的看着他。

身后，迟洲泉的声音由远及近。

“别意，八十楼的空轨站末班车是几点？”

“十二点。”他说。

“那就对得上了。”

迟洲泉从珠宝店里出来，腋下夹着脸色惨白，生死未卜的孔未眠。刚才没有采取任何防护措施就把大半个身子悬在九十五层楼的窗外采集证据，孔未眠灵魂都出窍了，弥留之际还不忘向别意展示豁出命换来的成果——满手的黑鞋印。

“大楼外墙上发现的。”迟洲泉和几位西区分局的警员解释，“我们没考虑到这一点……监控应该查外部的。”

“贼从窗外翻进来的？果然是非常人吗？”“高发际线”和他的同事们难以置信，又暗暗觉得是情理之中，“这么说犯人已经锁定了？”

“程津，六级异化，无引力。”

别意谢过那个帮忙查资料的警员，问迟洲泉：“现在去追？”

“你留下来，”迟洲泉说，“跟着分局查一下八十楼到九十五楼之间的外置摄像头。天桥、空中花园和空轨站，我们四个过去。”

“再晚点儿赃物可能就被当掉了。”

比起常规侦查流程，他们这伙人的办案风格堪称极简，作弊似的完全不兜圈子，找不到半分大惑得解的乐趣，更别说循着线索抽丝剥茧的成就感。

鹿谜像所有菜鸟一样，在入行之前受太多神乎其神的影视作品的影响，编织了一个惊险刺激的刑侦梦，以为自己终于有了能够大展拳脚的天地——各种诡谲的疑案等待她侦破，无数残暴的罪犯亟需她制服，每天出生入死，脑袋别在裤腰带上过日子。太酷了，简直是为她这种“独孤求败”量身打造的生活。

然而实际并没有那样精彩、炫酷，只是抓小偷而已。

“领导，”上车时，她忍耐不住问迟洲泉，“别告诉我，您招我来就是为了抓贼。”

她指着邻座的凌刃，罔顾后者狂翻的白眼：“这是大炮打蚊子，杀鸡用牛刀，也太没劲了吧！”

“是吗？”

这一次，驾驶座上的人换成了迟洲泉。她忽然感到一丝寒意袭上后脊，后视镜里，识时务的孔未眠已经为自己系好安全带，向她投来自求多福的一眼。

“那你可坐稳了。”

握住方向盘的那一刻起，迟洲泉就不再是他自己了。他的躯壳里住着一名战士，一个疯子，一头看见了红布的斗牛。

他一掌拍上中控台的黑色按钮，把车身外观和车牌样式都改成治安局的涂标，肩膀像弓弩一般蓄势紧绷，仿佛要把油门直接踩进地里。

听到轮胎摩擦地面的嘶鸣，路上车辆纷纷避让，唯恐妨碍公务。车内三位非常人则齐刷刷被甩上椅背，撞得眼冒金星，五脏移位。可怜凌刃这朵昨天刚出温室的娇花，乍然领略社会人飙车的毒辣，才转了三个路口就快吐了。

有的人活着，他已经死了；有的人死了，他还活着。

孔未眠手动修改了车载导航的定位，目标地点在五千米外一个叫作“点金”的典当行，大楼外墙上脚印的主人正向那里移动。迟洲泉在狂打转向的间隙睨了一眼地图，此地位于西区边界，紧邻南区。

南区是知名的“混血区”，以各色人种杂居、多类文化融合为显著特征，风气开放，包容性强。天堂市的文娱产业大都集聚在南区，那儿的建筑风格都和其他区不同，色彩明艳跳脱，设计大胆新颖。

汽车驶入万花筒一般的街道，接近目标所在地，嫌疑人程津的当前位置已经停留在典当行一分多钟了。

“应该是在里面进行交易。”迟洲泉开始减速，“一旦他跑了，就把他往画廊社区那边引。那一带全是独立的小型展馆，楼高最多不超过三层，没有高层建筑，他就吃不开。”

“得令。”

迟洲泉刹了车，把两个花生米大小的通讯设备丢到后排，鹿谜手疾眼快地接住，一只塞进自己右耳，另一只塞进凌刃的左耳，又顺手撤掉他的防具，面罩除外。

她的手指细长而骨感，显出一种无性别的硬度和力度，不像女性那么绵柔，也不像男性那么粗拙。触碰到他的耳郭时，绷带的药水味儿混着似有若无的香氛钻入鼻孔。他不知道她还喷香水。

“在外面别露脸比较好。”她意有所指道，“你可是我们的‘秘密武器’。”

少年冷眼看她，面罩底下薄唇一启一合，当下未吐出什么字句，直到开关车门的时候，鹿谜才听见他的咕哝，被风声掩去八分嫌恶，说不清是受迫还是领情：“小题大做。”

“点金”典当行店内空空，只有老板一个人在。那是个长势喜人的胖子，戴了一副圆溜溜的太子镜，见有客上门，立刻热情迎接，还没开口就被一张带着皮革气味的警官证糊在脸上，堵成了个临时哑巴。

“治安局。”

老板笑容不改，唯有颊边鼓出来的肉微微抽搐：“找哪位啊？伙计？客户？客官您看，我们干这行的只管买和卖，进和出，其余一概——”

迟洲泉没心情跟他贫，抬手制止了这段单口相声，而孔未眠已经撒腿冲向小店关着门的隔间，旋即被人猛地撞了出来，玻璃破碎的声音震耳欲聋。

老板牙疼般的掩面哀号：“哎哟，小兔崽子！”

大力弹开又闭合的门里，一道人影像爬行动物似的蹿上了墙，瞬息之间便不见影踪。

“程津！”迟洲泉爆了句粗口。

“鹿谜，留神后门！”

后门早已有人蹲守。

目标人物打破天窗出现在屋外的时候，鹿谜以为自己的反应已经够快了，没想到凌刃的枪比她更快。

他不用拉保险栓，不必更换子弹，手稳得像是铁铸的，视线锁定范围内会动的活物都将被他瞄准并击毙。

熊孩子下手没轻没重，鹿谜担负着约束他的责任，必须提前杜绝伤亡发生，当即厉声喝止：“不许开枪！”

凌刃被她喊得一怔，分心不到半秒，枪就打歪了。

嫌疑人程津的身材不算高大，有点儿驼背，藏青色的连帽衫把他整个上半身都裹藏住了。他背了个黑色双肩包，穿着牛仔裤和那双在百货大楼的外墙上留下了罪证的旧运动鞋，飞檐走壁，相当熟练，看样子早已掌握这项违反自然规律的独门绝技，并将其修炼得炉火纯青了。

可惜身手再好，他也怕枪。

身后情况未明，他只听闻“开枪”二字便本能地抱头自保，有幸捡了条命，背包的肩带却被打断，它不能像主人那样摆脱地心引力，直直地往下坠落，连滚带颠地砸到一楼，掉进了草丛。

他不敢去捡，更不敢回头看，索性壁虎断尾，身影一晃便消失在楼顶。

楼下的目前最强非常人凌刃难以接受自己居然失手，正愁没有甩锅对象，转头就用相同的分贝冲他的监护人喊：“不许吼我！”

鹿谜：“……”

事态紧急，两个人互瞪一眼，又步调一致地追了出去。

“嫌疑人遗落了背包，黑色的，双肩，在后门外绿化带的草丛里。”

耳机里传来鹿谜吐字清晰的报告，孔未眠从地板上翻身而起，抖落满身的碎玻璃碴，就近跳出窗子，果真在墙根下取得了物证——一个旧帆布包。

他掂了掂，很轻，看样子使用时间不短。尼龙包边因频繁摩擦已起毛，拉锁轻微磨损、掉色，环形锁头上挂了个毛绒玩具，是一只脏兮兮的粉红色兔子玩偶，戴着可爱的发卡，跟男款背包有些不搭调。

没等孔未眠查看包内是否装着赃物，两位新人已从在他眼皮底下消失了。

鹿谜和凌刃同时起步，拔腿飞奔，在数米之外兵分两路：一个和程津保持平行甚至以更快的速度从地面追赶，另一个绕到楼房侧面，找到连接房顶的排水管道，约有食指到拇指间的一拃宽，两侧镶嵌着生锈的大铁钉，可以当作落脚点，拽了拽，确认足够坚固后便拱起身体，脚一蹬，借助墙面颗粒状环保涂料和鞋底产生的摩擦力，手脚并用地攀着水管向上爬去。

凌刃是上个月月末量的身高，185.5 厘米，四舍五入 186 厘米，同样体型的常人对于四肢和肌肉的把控很难达到他这种程度，力量与敏捷兼顾，且能运用自如的程度。

他更像是机械、野兽，或者其他素质远超人类的未知物种。

程津也被吓到了。他没想到有人能以这种速度对他穷追不舍。怎么上来的？和他一样？是他的同类吗？

戴着奇怪的面具，怎么看都不妙。

他绝对不想落到这人手里。

如此想着，程津几步跨上楼顶天台边缘高出一截的砖台，头朝下栽去下，仿佛从一个次元无缝衔接到了另一个次元，跑出个惊险的九十度直角又猛然转向，奔向三岔路口。

马路对面的居民楼上，一位妇女正在阳台上晒被子，见此情景举着晾衣杆发出了一声尖叫。

仅三秒钟之差，凌刃冲上了程津方才跳下去的砖台，砖台由于长年的风吹日晒已有些松动，他因惯性差点失足，替他掉下楼的是从砖台上剥落的砖块和沙土，无遮无拦地掼向地面，摔得粉碎。

速度较量不好取胜，只有远程攻击奏效，那女人又不准他开枪，导致他每次快要接近的时候都被迫拉开距离，这要怎么抓？

那女人呢？！

“喂！”

“那女人”尖锐的口哨声从街角传来，一辆车横冲直撞而来，单从这风骚的走位来看，司机只能是迟洲泉。

“你左边有楼梯。”鹿谜从副驾驶座的车窗探出半截身子，黑色的长发被风吹起，她冲着天台边的凌刃挥了一下手，“计划不变，跟上！”

喊完她就随着漂移的车身摔回了座位上。

好在她已逐渐适应迟队狂野的驾驶风格，一回生，二回熟，今后不用为了顾及上司的脸面忍辱负重，把呕出来的内脏再咽回去。相信在不久的将来，假如出任务的途中时间紧迫，她甚至可以从容而不失优雅地在领导车上吃泡面，喝汤都不会洒。

“对，把他往画廊那边赶。”迟洲泉对着通讯器说，“直行，别转弯。”

从后视镜里看到的缩小画面是，忙于逃命的程津接连撞倒几位无辜路人和狗，在一片惊叫和咒骂声中跑上对面那栋居民楼，扒开五颜六色的各类衣物冲向顶楼。而凌刃不走寻常路——干脆就不走路，手握着楼梯栏杆三两下翻回地面，径直钻进丁字路口三股交叉的行人队伍中，插空穿过马路，跑向和他们平行的居民楼另一侧。

他们现在一左一右把程津所在的这栋楼给夹在了中间。除非他是蜘蛛侠，能吐丝和荡秋千，或者死在上面，否则只能束手就擒。

程津在楼顶，离天空都近了些，仿佛拨开云霞雾霭，就可触碰遥不可及的太阳和梦想。

他听见自己剧烈的心跳声和喘息声，脚步渐渐放慢，最终停在屋顶中央。这里堆放着各种被人遗弃的生活物品——过时的家具、烧烤架、花盆……那花盆里稀松的土壤中蜷缩着枯萎的植物，还有一只破了洞的风筝，骨架上艳丽的布料早已褪色。

他站在一片狼藉之中远眺，隐约可以望见他长大的地方——黑巷。那里有一座曾经遭遇火灾，被烧得通体焦黑的废弃信号塔，塔身倾斜，被纵横交错的电线纠缠，像一座荒凉的墓碑，矗立在沙漠中。

月圆之夜，那里的天空会变成红色，静得连风声也没有，如同被全世界遗忘。

那曾是他做梦都想逃离的地方。

警笛声越来越近，身后已无路可退，左右追兵夹击，他又一次站上高楼边缘，这次对面是成片的低矮房屋，和他当前所处的位置存在一定的高度差，而他万万不能落地，落地就会被捕。

所以他必须趁警察还没到达他脚下这片区域，跳上沿街的路灯杆借一次力，再跳一次才能直接蹬上画廊的墙。

等他出了南区，回到黑巷，这些人就算掘地三尺也别想抓住他。

他深吸一口气，将一切都算计好，然后助跑起跳，用尽全力一跃而起——

身体腾空的刹那，短暂而又异常漫长。

下方净是大张着嘴仰视他的人，脑袋跟着他转，像一群愚蠢的向日葵。不知为何，隔了这么远竟看得特别清晰。

几近静止的场景里，一辆警车切了进来，还没停稳，门就被踹开，一道人影快如闪电，在他接触到路灯杆的瞬间，赤手空拳地劈断了压铸铝的灯杆。

砰！！！

人群如潮水般溃散。

二十五米高的路灯杆重重地倒在了空地上，灯泡炸裂，灯座被砸歪，扭得像个牛角。即使程津及时松了手，也被摔出去好几米，在地上滚了三四圈，撞到了马路边的消防栓才停止。他的眼里迷了灰尘，口鼻都涌出鲜血，神志却还清醒。

他想，怎么可能？

模糊的视野中，那道人影再度逼近他。对方着装黑白分明，长发飘飘，是位女性。

他试图从地上爬起来，全身却没有一处肯听使唤，只觉得喉咙一紧，就被人揪住衣领自身后提起。他被勒得呼吸受限，龇牙咧嘴，麻袋一样悬在半空晃荡，浮肿的眼皮只掀得开一条缝隙。

女人的脸还是看不清楚，她似乎是笑了一下，嘴角朝一边斜斜扬起，既非喜悦也非畅快，类似于比较含蓄的夸赞，对自己身后的人说："干得漂亮。"

手铐挂上程津的双腕，他在眩晕和剧痛的中昏了过去。

下午三点，非常人罪犯程津被带回市治安局，一并追回的还有奉乾珠宝失窃的戒指、项链、耳环、吊坠等财物，价值共计约六十万元。

程津的女友祁嫣然作为协查人员也跟着走了一趟，一路都没怎么说话，看样子受了很大打击，精神萎靡。

讯问由迟洲泉和别意两个人负责，鹿谜选择旁听。她在审讯室外靠墙的一排空板凳上坐了下来，祁嫣然坐在她的右手边，无声地哭泣着。

凌刃觉得无聊，又不允许远离监护人身边，被鹿谜用两根巧克力棒勉强收买，不情愿地蹲在一边旁听。为缓释他的情绪，她不得不浪费口舌一遍遍和其他部门那些不知情的同事说明：他没事。他很好。他是我的搭档。我们是实习探员。

监听音箱接通，她给祁嫣然递去两张纸巾，女孩儿擦着眼泪说“谢谢”，她缄默不语。

里面开始讯问了，她双手抱胸，表情逐渐冷却。

“程先生，”说话的是别意，“我们调取了平西百货八十楼空轨站以及大楼外部，事发地点奉乾珠宝窗户正对的马路的监控录像，采集到的影像显示你昨晚十点检票进站，在接听过电话之后，十点二十五分，你独自进入走廊尽头的洗手间，直到十一点才重新入站乘车。”

“洗手间内没有监控，”他说，“请问你对这消失的三十五分钟有什么解释吗？”

程津一言不发。他坐在灯盏下，面孔被照得雪白。他生得不算特别英俊，但五官周正、素净，好好打扮也是个干练利索的小伙子，可他总驼着背，骨子里透出一种挺不直腰杆的自卑。

沉默良久后，他说：“没有。”

经由音响过滤的声音干涩而沉闷。别意继续说道：“出现在九十五楼窗下的鞋印，经鉴定，确实出自你脚上那双四十一码的鞋。而且，我们还从你的背包内搜出了失窃物品。对此，你有其他解释吗？”

“没有。”

“那么祁嫣然小姐提供的证词中，二位的通话内容是否属实？”

闻言，程津抬起眼睛，好像在透过单面玻璃看向外面的女友，与她四目相对，露出了一个淡到难以辨认的苦涩微笑：“嗯。”

“就到这里吧，”他说，“我都承认。”

“确定？”

他又微微一笑，铐在一起的双手举起来蹭蹭鼻子：“我在嫣然无意间说漏店里监控失灵的时候就起了歹心，因为……太容易了，对我来说。我都懒得动脑。

“锁上厕所隔间的门，从那儿的窗户出去，甚至花不到三十五分钟，半小时来回，还能剩下五分钟给家里打个电话，告诉我妈明天一早给他们汇钱。

“我爸的病不能再拖了。”

他双脚并紧，鞋帮外侧被磨得十分圆滑，因刷过太多次而有点儿脱色，和他的包一样，都该换新的了。

“我也不知道那一堆首饰值多少钱……我只是猜，肯定不少，或许做完一场手术还能剩下点儿，送我妹妹去上学。哦，我妹，她今年七岁，也是非常人，高危异化‘磁力’，一般学校不肯要，择校的话学费翻倍。”

祁嫣然把脸埋进了手心里。

“我想办法，想了很多办法。但是工作太难找了，我这样的人……”程津冲别意点点头，“警察先生，你能理解吧？我们是一样的。”

“你什么都没干，也没想干，安分守己、如履薄冰地活到这么大，他们看你的眼神还是带着怀疑、偏见，永远无法消除。嘴上说得好听，平等、公平、一视同仁，心里该怎么想还怎么想。

“你告诉我，有一千种、一万种赚到钱的方式，堂堂正正，不偷不抢，可它能解决我眼下的问题吗？我喜欢的女孩子能吗？

“只要付出努力就能改变命运，加快速度就能超越那些起步比你早的人，道理是这么讲。可有的人生来就在天堂，而我要从深渊往上爬，爬了十年才站到地面上，离他们还有多远？”

鹿谜站了起来。凳子被她推得往后撞上墙，发出突兀的拖响。

她说：“我出去抽根烟。”

踏出门前，她听见程津说道：“整件事跟嫣然没有半点儿关系，真的，你们能早点儿放她回家吗？她肯定吓坏了，她什么都不知道……”

他期期艾艾地重复和强调，眉间拢着一丝哀求：“什么都不知道。”

吸烟室在楼道尽头，是间四平方的小屋。隔壁是洗手间，拐角处有饮水机和自动贩卖机，整个楼梯口这片半圆形的区域算是个休闲场所，分散着一些吃加餐、喝咖啡、打电话、暂停连续数小时的高强度工作稍事休息的人。鹿谜是新来的，对主办公楼不熟悉，也没特意留心过环境和布局，只好出门现找，兜了个不小的圈子。

她走在凌刃前面，泰然收下他抵触的、厌烦的，并无恶意却让人不适的注目。

烟叼在鹿谜的双唇间，没有点燃，她在饮水机旁取了一只免费的一次性纸杯和一根市面上最常见的那种折叠塑料吸管。

随后她俯下身，先接了半杯冷水，又接了半杯开水，用吸管搅拌均匀，抬高胳膊，递到他嘴边。

凌刃错愕了几秒，脸色忽青忽红，从发梢到脚趾都僵硬了起来，他咬牙切齿地挤出一句：“你找死啊。”

鹿谜置若罔闻，俨然把昨晚那句“不把你当回事”贯彻落实，对任何形式的威胁都免疫，只专注于手头事务。她自我感觉喂的角度有偏差，用指尖把吸管往下压了压，从防咬面罩那一排钢钉夹缝的空隙塞了进去，喂他喝。

“补充水分。”

“……”

两个人僵持不下，周身流动的空气都变凝滞了，吓得来买零食的同事都发自本能地绕开走。

须臾之后，她手中纸杯的重量慢慢减轻。

凌刃眼盯着她，喉结上下滚动，犬齿把吸管都咬得变了形。

鹿谜这才含着烟勾起嘴角：“多谢领情。”

她把空杯子和吸管一齐扔进垃圾回收箱，走进吸烟室，他在外面等。

两个人坐在一条公共长椅上，中间隔着一面厚重的玻璃墙。

吸烟室里此时只有她一个人。

她伸懒腰，把右鬓的长发拨至左肩，打开了打火机。烟草灼烧的轻响过后，她在袅然盘旋的柔雾中一声长叹。

六十万，她想，不算少。假如程津得手，在典当行换了这笔钱，他家的状况会不会有所改善？

父亲治好了病，妹妹顺利入学。那之后呢？再去偷？再被抓？

她恨黑巷人不争气，总是去偷，去闹，去抢，好像出生于他们那里的每个人，未来都会成为扒手、骗子、流氓。

那些像他和她一样，命运雷同的非常人，有哪怕一个挣扎出头了吗？在这条看不到光明的死路上，有人被拯救了吗？

她把沾了红色唇印的烟蒂碾灭在铺满石子的烟灰缸底，从思绪中抽离，往外一看，有个不认识的高大男人踱步过来，靠近凌刃，带着些许笑容问他："嗨，你还好吧？需要帮助吗？"

他目测不超过三十五岁，黑色衬衫袖子挽起，露出的腕表和皮带看上去皆价格不菲，头发梳得很整齐，宽肩窄腰，双腿颀长，体态保持得相当好，平时绝对没有疏于锻炼。不过长相略显平庸，法令纹有点儿深，他的目光温和，似乎纯粹出于关怀："你是别动队新来的小朋友？"

鹿谜弯曲手背，用四颗指骨敲了敲玻璃门板。有机材料质地坚硬，响起来硬邦邦的，很不客气。

男人看向这边，她微微颔首，语气平平地问："您好，有事？"

"你是？"男人眨了眨眼。

"实习的。"

鹿谜起身走出去，不动声色地挡在男人和凌刃之间，手臂微微抬起，把他拦在后面，说："他的监护人。"

她总是不卑不亢，情绪少有显著变化，对待不同身份、三教九流的人似乎都是这副态度，严格把握着交往的分寸，几乎不坦露本意。

也不稀奇。生在黑巷那种地方，哪有出身贵贱之分，大家都一样，全凭本事。她就属于凭拳脚位居食物链顶端的人，很不擅长卑躬屈膝。

听完她的介绍，男人“哦”了一声，表现得出乎意料的热络：“原来两位小朋友都是啊！幸会，幸会！上次开完会就走了，也没机会见面打个招呼，真是的。”

他伸出手和鹿谜相握，掌心布满粗糙的老茧，下颌连着脖颈那处阴影里埋伏着一条不显眼的疤。他笑着自我介绍：“行动队总指挥，仇千里。”

始终缄口不言的凌刃突然抬起了头。

察觉到他的目光，仇千里不以为意，像长辈一样亲切地絮叨：“两年没怎么见，这个小朋友啊，还是这么凶。我就认为老迟当初的决策特别明智，很有远见。这样的小孩不能放走他，万一长歪了，不可控了，那就麻烦了。不如安插在警方眼皮底下，省得一眼看不住，跑去外面闯祸，那可不好收拾。”

鹿谜眉心微蹙，不知如何接话，仇千里自顾自地说了下去：“当年他的案子轰动一时，恶劣得很，我们正队长也因公殉职。”他沉沉地叹息，“所以我才副队转正，不然这个位子现在就是老迟坐了，挺可惜的。”

他勾着后颈，从烟盒里抽了根烟叼在嘴里，看样子不打算就这个话题深聊，也像是故意点到即止，留给她追问或想象的空间。他轻轻拍了一下她的手臂，笑眯眯地说：“看我，又唠叨个没完了……总之欢迎你们加入行动部门，未来肯定会有合作，我很高兴。”

“小朋友要是遇到困难了，一定来找我帮忙。对了，给你们迟队长捎句话，有空一起喝酒啊。我们这把岁数还单身的老男人，太寂寞了。”他进了吸烟室，“我得抓紧时间偷一会儿闲，失陪了哦。”

仇千里看起来是和迟洲泉截然相反的那种男人，完美符合大众关于男性上司的诸多遐想，成熟，稳重，不摆架子，为人亲切，对年纪较小的女孩子有着某种暧昧的吸引力。

她走出好远，愣是找不出这个人让她感到不适的原因。

直到凌刃那冰凉的嗓音自她身后响起："别相信他。"

第七章

障

待两个人回到审讯室，案件相关的收尾工作已经结束，程津被人带出去，即将送往非常人专门的拘留机构。

鹿谜在走廊和他碰见，心中并无悲悯，也无愤慨，只在对方迎面走来的时候飘去一个不太关切的眼神，随即擦肩而过。

她看到程津拷在一起的手，掌心里似乎抓着一个粉红色的东西。是那只挂在他背包上的毛绒兔子。

它那么可爱、柔软，无瑕，需要呵护，实在不适合他这样的人，不应该属于他。

可他舍不得撒手。

等迟洲泉和别意出来，五个人结伴回白色小楼，穿过铺满灰色砂石的场院时，鹿谜思量再三，还是和迟洲泉提了见到仇千里的事。

迟洲泉那双总是很缺觉的下垂眼朝天翻了翻："他啊。"

除此便无下文。

鹿谜觉得蹊跷。她坚信那个处处顺眼却又透着违和感的男人跟迟洲泉有着非同一般的纠葛，迟洲泉却只说了句："我不喜欢喝酒。"

她便不再深问。

回办公室挨了顿骂，迟洲泉转达了上面对她一时冲动，破坏公共财物电线杆子的批评教育和指导意见：不提倡，不追究，下不为例。

她做完当天的工作小结，就下班回家了。

鹿谜到家后的第一件事是给凌刃脱防具，解开面罩，让他重新变回一个普普通通、无拘无束的十八岁男孩儿，在一方小天地享受失而复得的自由。

十八岁的男孩儿是什么样？鹿谜只和他们在擂台上"打"过交道，主观印象又免不了刻板：爱看漫画、恐怖片，喜欢运动，闲时照料盆栽，以及反锁房门，在屋里打游戏。家长叫破喉咙才肯出来吃饭，半夜还要突击检查他是不是在熬夜，有没有谈恋爱。

熬夜是天天熬，恋爱嘛，是根本不可能探讨的话题。

凌刃没有朋友，没有社交圈，不认识同龄人，出生迄今。几乎全部时间都蛰伏在地底，像被埋起的时光胶囊。他独处却不能完全自处，和外界接触也得通过某种介质——起初鹿谜深感意外，被迟洲泉提前送至住处的凌刃的“个人物品”，是海量的书籍和影碟。

“服刑期间，学习也是不可或缺的环节。”迟洲泉说。

“学哪些科目？”鹿谜很好奇。

“正常人类如何生活。”

“……”

看电影、动画、连续剧和动辄就是三四个小时的冗长纪录片，看别人在故事里欣喜、悲伤、相爱、死亡。他也看书，读篇幅较短的诗，但字认不太全，只觉得很美。他玩游戏，跑上百个地图，收集满所有奖杯，操控自己的角色和NPC对话——

“你好，很高兴认识你，领取你的新任务吧。”

“谢谢。再见。”

回归现实，他和堵在他房间门口的女人横眉冷对，互不相让。

“听得懂我说话吗？”

鹿谜站在通往阁楼的台阶上，怀里抱着脏衣篮，篮底扔着几件衣物，很少，连底部都没能铺满。她问他：“你有没有脏衣服？拿来给我。”

自入住那天起，两个人便将这栋房子做了严格而公平的区域划归。一楼的的客厅和厨房是公共区域，单独的卫浴他们各自的卧室都有，所以一般情况下他不下楼，她不上楼，卫生方面由扫地机器人包揽，每天都会在他们下班前打扫清爽。

这是她头一次进他的“领地”，因为她临时决定要洗衣服。她早早洗完了澡，把晚饭的汤炖上，要等四十分钟，期间恰好没什么事做。

“洗我一个人的是洗，洗两个人的也是洗，不如一块儿洗，还省水。”

“喂。”

她在外面喊了三遍，凌刃才打开门。少年没穿上衣，像是沐浴中途被人打断，仓促往腰间系了条浴巾就出来迎客了，和她一样在家不爱穿鞋，赤着双脚，地板上一串湿湿的足印蔓延至卧室门口。她从他的胳臂边上往里瞟了一眼，屋内很空，四壁雪白，和从前的“牢房”差别不大。

他每天还是在这里“坐牢”吗？

她的眼皮陡地一跳，思绪断开，眼前赫然是对方白净的胸膛和腹部，沟壑清晰，骨肉匀停。相较于双手，他身上没什么伤疤，皮肤堪称细腻，体态也无可挑剔，肌肉不算发达，每一处的精健和紧致却都恰如其分。以年龄为评价标准，他还没脱去“少年”的骨，但已有了“男人”的型。

他低下头，湿了水的发丝越发浓黑，瞳孔像起了雾，体温似乎也因受过热水冲刷而上升了几许，略带血色的嘴唇微微翕张：“看什么呢？”

一滴水珠顺着他的胸骨流到肚脐，她猛地眨了一下眼睛，氧气涌入肺部：“哦，看你要不要洗床单或枕套。”

他没作声，也或许是想赶紧打发她走，就那样半敞着门，回到房间窸窸窣窣鼓捣了一阵。她没再往里看。不多时，一坨白色床单从门缝里挤出来，塞进她怀抱的篮子里，把它填得半满。

“洗完我会把它烘干、熨好，你睡前到楼下来拿，别忘了。”

她的话音从关拢的门缝里飘进来，那之后，就是“噔噔”的下楼声，渐去渐远。

他靠在门后坐了一会儿，才想起自己应该说“谢谢”。

接下来几天都比较清闲，直到本周结束，别动队都没再接手什么大案，净是些小打小闹、鸡零狗碎的琐事，文职工作多过体力工作，还开了好几个会。

迟洲泉说这才是常态，天堂市该有的样子——低犯罪率，高就业率，人人都富足安乐。没一天清静日子那才叫完蛋。

综观全局，忙的主要是负责处理常人案件的部门，金融和网络犯罪居多，一事未平，一事又起，加班加得焦头烂额。鹿谜他们则遵循着朝九晚五的标准作息，劳逸结合，三餐规律，午休完还能去训练场打个拳。

当然，有个陪练就更好了。

人吃饱了就想折腾。没错，她又打起了凌刃的主意。和“最强”同居一室却不“人”尽其用，无异于守着金矿乞讨。

自“口头和平条约”订立以来，两个人再没红过脸，动过粗，斗嘴也少，毕竟彼此都不是热衷于在这方面争强好胜的人。凌刃比鹿谜小三岁，她把他当弟弟，或者干脆当作一只野性难驯的动物，每天投喂两次，饭摆在餐桌上，他饿了自己会去觅食，其余时间一概“放养”。两人共处一室也不会被“反咬”，意外地正直而守序。

这天午后，打算去训练场之前，鹿谜在楼道里将自己的搭档拦下：“有空的话，来跟我打一场。”

午后的楼道阒寂无人，风穿堂而过，凌刃的脚步停顿，听了这个由他看来等同于作死的愚蠢挑战，不假辞色，近乎轻蔑地说：“不，你赢不了我。”

“万一赢了呢？”

她拧了拧自己的手腕，一双眼睛定定地看着他，语气恬淡得仿佛暗藏着什么玄机：“你怕了吗？”

是激将法。她忍住笑，看他的眉心一蹙，沉默片刻后冷哼一声：“我没空。”

臭婆娘上回输了不死心，一有机会就想消遣自己。他腹诽，没门儿。把他当枪使他还能忍，没事就拿出来操练是不是有点儿过分了？

她有点惊讶，吹了声不着调的口哨，拐着弯地戏弄他。小家伙学聪明了。

她讨了个没趣，遗憾地说道：“算了。”

凌刃迟钝地咂摸出味儿来了：“你故意的？”

她欲盖弥彰地撩了把头发：“哪有。”

“你——”

“你们——”

冲突即将升级之前，一道男声介入他们之间，终止了这段小屁孩打嘴仗般的幼稚对话。

两个人同时扭过头，但见迟洲泉从远处的办公室门口探出半边身子，晃了晃手里的电话听筒：“有活儿，快来。”

连线是从行动总部接进来的，他们在追捕一伙流窜了三个月的通缉犯时遭遇棘手状况，四名罪犯里包含一位非常人，使整个局面陷入胶着，难以突破，请求特别行动队援助。

办公室里另两位同事立刻从午睡中醒来。孔未眠留下来看家，其余四人整装出发，由别意开车，前往目标地点——东区的方舟路。

迟洲泉只要不坐驾驶座就还是个德高望重的好领导。

“那帮匪徒被老仇的人堵在地铁站……周边几条线路这会儿应该都已经停运了，还得疏散群众，光是想一想，我的头都大了。”

“地铁站？”别意面露忧色，“别是抓了人质吧？”

“闭上你的乌鸦嘴。”迟洲泉冷冷地斜了一眼后视镜。鹿谜猜想，这个不幸的预测八成已经成真了。

师兄如花似玉的脸上顿时写满了不可说的委屈。

“团伙作案，”迟洲泉沉声道，“之前曾杀害过一家三口，亵渎尸体，手段残忍。为了躲避追查，把自己的耳垂割掉，销毁身份芯片，东躲西藏三个月没被逮着，估计是大意了，今天刚好被方舟路上一个摄像头拍到了脸。”

“哪种异化？”鹿谜问。

“一种类似隔离的，好像是排斥？我猜是防御型，所以他们久攻不下。”迟洲泉反问她，“你见过这种异化吗？”

“很少。”她说，“我交手的基本都是攻击型。”

“看不出来啊。”别意又“不小心”使出了他那个不道德的异化能力，“师妹也有峥嵘岁月。”

她没接话，眼睛往窗外瞟。别意却从她心里读出一句潜台词：“下一个盘的就是你。”

还是开车吧。他的表情淡定。人不光手不能贱，脑子也不能。

天堂市的地铁属于初代基础设施，从前是最普遍的交通工具，四通八达，乘坐便捷，几十条线路错综复杂，交织成一个庞大的地下交通网络。

然而受制于土地开发利用的上限，其发展在数年后接近饱和，再没什么空间可供开拓的了。公共空间是恒定的，人口却在持续增长，因此需要另外一种交通工具来分担它与日俱增的运输压力，第二代设施——空轨便应运而生。

现在搭空轨的人多，地铁的客流量相对来说没以前那么大了，但还是有相当一部分居民的日常出行依赖着它，方舟路站又是中转和换乘的枢纽，此时四个出站口都被封锁，警员们正在案发现场外维持秩序，正疏散附近的乘客和路过的行人。

鹿谜下车的时候身边刚好经过两个穿着花哨，流里流气的男青年，他们先是轻佻地打量身穿制服的她，然后将头凑到一处嘀咕：“说是杀人犯在下面！”

他们走近警示范围，见援兵到了，一个跟鹿谜年纪相仿的协警迎上来，替他们拉高了黄色的警示带。四个人依次钻进去，向他道声“辛苦”。

轮到蒙脸缚手，扮相奇异的凌刃钻过去时，协警惶惑的眼神在他的身上稍作停留，又畏惧地错开：“请……请注意安全！”

铁锈味的风不断涌出来，扶梯上空无一人，站在出口就能一眼看见地下通道的弧形转角：墙上是十秒一换的3D广告、可作导航的触控地图，还有大幅描绘城区特色的精美涂鸦，表面洒了一层珠灰色的冷光。

银蓝色的壁灯将矩形空间照得十分通明，安检口的传送带还在不紧不慢地嗡嗡前行，他们直接从检票闸机上翻越过去，不理会感应装置“嘀嘀”的报警声，径直冲下楼梯——那尽头蹲伏着一片黑压压的制服人员，漆黑的枪口将一个男人围在中央。

他半跪在地上，双目赤红，左耳缺了半截，右手持枪，挟持着一个满脸泪痕、抽噎不止的小女孩儿。小女孩儿七八岁的模样，穿碎花裙和长筒袜，僵立着不敢大哭，憋得浑身发抖。

远在警方包围圈外，她的母亲正在两位医护人员的安抚下竭力稳住几欲溃散的理智。

一道熟悉的男性嗓音透过扬声器道：“把孩子交出来，我们保证不对你和你的同伴开枪。”

血和汗早已将男人褴褛的迷彩T恤浸湿，脏兮兮地贴在身上。他扶着受伤的膝盖，摇摇晃晃地站了起来。这是个高个子，身材劲瘦，头发剃得极短，后颈有一大块烫伤的疤痕，烧掉了那里原本存在的刺青，新生的皮肉与周围肤色不同，凹凸不平，丑陋而惊心。

他身后是一节停滞的车厢，自动门失灵大敞着，里面还有三个同样缺了半个耳朵的男人。其中一个背靠栏杆席地而坐，失血过量导致脸色惨白，嘴唇发青，正用手拼命压住中弹的腹部，掌心下方的猩红色区域呈辐射状不断扩张。

剩下两位同伴的情况稍微好一些，但也不同程度负伤，关键是精神层面承受着垂死的重压，濒临崩溃。

他朝地上吐了口带血的唾沫，目光里淬了毒，像一头被逼入绝境的困兽。

“条子。”

他“咔嚓”一声打开了手枪保险。

“骗子。”

迟洲泉知道发话的是谁，也知道事态已经朝他设想中最糟糕的情况发展了，那张素来乏味的百无聊赖的脸也变得严峻起来，加快步伐，祈愿他们的到来能够扭转局势，却狠狠撞在了一堵“空气墙”上。

他整个人受反作用力往后弹，险些磕出鼻血，踉跄着站稳了。走在他身后的别意反应够快，一只手扶住他，另一只手摊开了向前探去，果真在虚空中摸到一堵“墙”，砌在楼梯尽头，把他们和站台分隔开来。

这是什么？

鹿谜刚走到和他们齐平的位置，凌刃已经一脚朝“墙”踹了过去。它像他的武器一样没有实体，受力时也无回音，无法推测它的质地。

她把手翻了个面，用指关节敲击，忽然听他说了没头没尾的一个字：“障。”

其余三人看向凌刃，谁的视线他都不回应，兀自眼望前方，补充道：“《异化百科全书》第503页，正数第二行，八级。”

鹿谜：“他把整本百科全书都背下来了？”

迟洲泉：“我哪里知道……他根本没上过学……”

别意：“好了，师弟，我知道他们都是弱智，说人坏话不要憋在心里，只让我一个人听见不太公平。”

凌刃：“……”

鹿谜摆了摆手，示意三个人让开。

她卷高衣袖，解开双手的绷带，十指平伸，缓慢触及这面无形的“墙”，深吸一口气，两臂微屈，低头暗暗发力。

不管是什么，破坏掉就好。

如同听见自己布下的防线被人摧毁的声响，韩典扣着扳机的指尖有刹那的动摇。他想，何方神圣？

专注后方指挥的仇千里没有回头，嘴角露出一丝浅到不好辨认的微笑：“现在放弃抵抗，你的同伴还能得救。”

他松松领带结，换了个舒适的站姿，打算旁观一场好戏。

“你们，去吧。”他道。

一男一女两个人从侧边的楼梯走了下来，站到一排枪手前面。

女的双手举起，示意自己没有武装；男的比较可疑，像电影里那种刚从精神病院放出来的重症病人，戴着面罩和防具。

他们没有说话，不像那些谈判专家那样一上来就假惺惺地笑，抛出恬言柔舌捏造的诱饵。他们甚至没有试图靠近，而是止步在十几米外的地方。

女的面朝着他，张开嘴，话却好像是对身后人说的。

“首先，我们不是专家。”

“其次，您不是我的直属上司，最好别命令我。”

她伸手一指凌刃：“也别命令他。”

地下通道里风声低啸，冷冽的空气中掺杂着铁锈味，血似的腥。数名枪手单膝跪地，开火前的预备姿势如同雕像般稳固，准星却正对着一堵看不见却不可逾越的高墙。

《异化百科全书》第 503 页正数第二行——

八级异化，障。发生该异化的非常人可凭意念增大空气密度，制造（一个或多个）障壁，用于阻挡、隔离、自保、限制人身自由等。

维持障需消耗异化者体力，制造的障越多，消耗体力越多，反之，障的数量将随异化者体力减少而减少。

一切物理攻击对障无效。

他们换了三种不同材质的子弹——铅弹、磁弹、量子弹，结果都是一样徒然。目前的局面是，警方攻不进去，犯人也逃脱不了，双方相互束扼，年幼的人质成了制衡天平的唯一砝码。

这是仇千里最不想看到的。

他本想漂漂亮亮地破获这起吊了近百天的杀人案，把犯罪分子当场击毙或绳之以法，上交一份让领导和民众都满意的答卷，使他们重拾对天堂市治安局的信心。而不是像现在这样，大张旗鼓地清空整个地铁站，使无辜群众饱受惊吓，招致不明真相的埋怨、质疑，还平白搭进去一条幼小的生命。

立功、奖赏都不重要，他得到的已足够多，迈过三十岁的坎，功利心早就淡了。若是时光倒流十年，二十五岁的仇千里才不会像现在这样，一心顾全大局，尽可能地减少伤亡，还要注意引导舆论……别说跟犯罪分子谈条件，先斩后奏的事他都没少干过，硬碰硬是他的专长。

他也曾少年气盛，热血满腔，对一切现存的规则怀抱质疑，近乎执拗地信仰着正义与真理。在那样的年纪，仇千里结识了与他同岁的迟洲泉和毓如琢。三个人志趣相投，怀揣着同样的理想和人生目标，一起从大学毕业，分配到基层单位实习，又约定考编制进市局，建立了深厚的友谊，像铁三角一样牢不可破。

直到在“爱情”这道必选题上，毓如琢选了迟洲泉。

不，不对。

应该说是从两年前，毓如琢因凌刃而死开始，仇千里便和曾经荣辱与共的兄弟疏远至几近决裂。他们甘愿成为职称划分地位的上下级，同在一片屋檐下却甚少来往，工作方面除非有联手的必要。以至于此时此刻，被一通电话召来救急的故友站在他面前，他连一句“谢谢”都吝啬说。

“好好管教你手下的新人。”他说。

迟洲泉抱着胳膊站在一旁，不争风头，也不翻旧账，四两拨千斤地回复：“不劳指挥费心。”

所以仇千里真的讨厌非常人。

耳机内传来行动队副手简短而清晰的报告声：“东西侧轨道及分叉路已经部署完毕，暂无障碍需要清除，也没有发现同伙和接应。各组准备就绪，随时待命。”

“收到。”仇千里说，“等我命令。”

他歪着头，对着缀在衬衫衣领上，纽扣大小的话筒回完话，把它摘下来，高高抛起又接在手里，当作玩具。

忽而，他一扬下巴，指向凌刃的面罩：“我一直想问你，那是什么？”他的玩笑并不好笑，“给野狗戴上口笼，它就能成为警犬吗？”

后面这句说得更轻，更刻薄，像黏黏的蛛网一般，贴在迟洲泉的耳朵上。

“他在你脖子上咬的那一口，疤消了吗？”

在两方人马的注目下，鹿谜拆掉凌刃的拘束衣，由于她的手没缠绷带，她便直接抬手在他背后一抹，防具应声而落，被她三两下卷作一团，当作没用又碍事的废物丢给不远处的别意，转眸冲他一笑。

“师兄，刚才是我冒犯了，向你道歉。”

她逆着光，朝别意轻轻眨了一下左眼。完全不像她这种女孩儿会做出的举动，微小却又蹊跷。

“接下来就拜托你了。”

别意接住那堆破烂，微一停步，随即听懂她的暗示，心思活络了起来：“得嘞。”

这是师妹第一次主动向他敞开心扉。他像个再婚家庭中用默默奉献感化他人，终于被冷酷继女接纳的后妈一样，感动得无以复加，方才路上吃的瘪都被抛到脑后。“听”完鹿谜的计划，他没必要也不打算助一臂之力了。

车厢里传来一声气息奄奄的呼唤：“老韩……”

站台上的韩典闭了一下眼，不肯回头。

“不行就……认了吧。”男人仰面躺倒，四肢无力地摊开，脸色惨白，“是我活该……老天爷都不肯让我见他们娘儿俩，我知道，命数是既定的，坏事做多了会遭报应。我认。”

“你不许认。”韩典调转枪口瞄准鹿谜，手腕几不可见地颤抖了一下，“我叫你不许认！”

“傻子。”

男人捂着肚子咳嗽，断断续续地笑，泪水漫过脸颊，流向身下染血的地面。

“我再说最后一遍。”鹿谜被人拿枪指着也无所谓，泰然自若地分足跨立，拿胳膊肘捅了捅凌刃，好脾气地同他商量，“先救孩子。”

凌刃假装没听见，自顾自地舒活手腕和肩膀，将指关节弄得咔嚓作响：“先揍他们。”

“先救孩子。”她耐着性子重复，试图教他分清并理解轻重缓急，“孩子重要，人命关天。”

他的下颚翕动，磋磨着牙齿。

“你救孩子，我揍他们。”

她打了个响指：“成交。”

男人果然特别不擅长砍价。

她也在赌。她不知道刚才那样的障还有几层，分别设在哪里，对手枪里有几发子弹，哪一发会命中她，是否留有后手。

而韩典不知道有能力破坏障的是两个人之中的哪个，他们是何种异化，他要重点提防谁。他越分心，局势对他们越有利。

她希望别意那头也准备好接应了。

“动手吧。”

“兄弟。”

鹿谜直面着枪口向韩典走去，迈步不快，也不刻意放慢。二十来岁的小姑娘，姿态比容貌成熟得多，举手投足间透着江湖气。貌似随意地同他搭话：“怎么称呼？”

韩典和那种头脑简单，缺少计策和经验的“新手”存在本质上的区别，他心智老成，有一定的反侦察能力，心理防线牢固，不会轻易被他人的言语诱引。他没回答这个问题，握枪的手一抬一放，冷漠地示意：“小姑娘，别以为我不会开枪。”

她摇摇头，不知哪里来的自信：“你不会。”

他的眉心紧蹙。

她继续前进，步子闲适，与他的距离不断缩减，五步之内必定会撞上他设在那里的障。他没有错过她任何细微的神态变化，却捕捉不到丁点漏洞。

他讨厌被动。尤其对方只是个佩戴着实习胸卡的菜鸟。

“一切物理攻击对障无效，意味着外面攻不进去，同理，里面也打不出来。”她说，“你要杀我，必须先收起挡在你身前的障，面对我背后的十几把枪；你要杀那孩子，当场击毙条件成立，你和你的朋友全部会死，一个都逃不脱。”

“算算这笔账吧。”

她停下脚步，摊开双手，模拟天平的两端，指节纤长，黑色的指甲看上去不像涂的。

“哪个值得？”

她确实看不见障，但韩典能。

韩典瞳孔骤然紧缩——她的指尖触到阻隔之物，轻微而有备地往后缩了一下，终于确认障的位置，以左脚为轴旋转身体，右臂蓄力后撤，瞬间攥手成拳，挥动时携着劲风，一拳凿向虚空中的障壁。

是她！

破碎之声传入每个人耳中，局势于此刻开始逆转。

仇千里赶在迟洲泉发话之前给了狙击手指示：“别开枪。免得误伤人质和自己人。”

当所有人的注意力都凝聚在韩典身上的时候，他的眼角余光瞥见一道人影从身后掠过，自包围圈外的暗处迂回到站台边，跳了下去。

鹿谜的手才收回一半脚就大步踏出，动作与动作之间衔接紧密得几近重叠，一丝多余的呼吸都没有，眨眼间就闪到韩典跟前。他来不及多考虑，一把掐住小女孩儿纤细的脖子，将人甩向黢黑的轨道，试图分散她的注意力。

她一定会选择先救孩子。

可她目不转睛地盯着他，罔顾人质的安危，任由孩子像断了线的人偶一样跌向轨道，弹身跃起，一记扫腿劈向韩典的颈侧。他本能地架起胳膊格挡，震得小臂顿时失去知觉。撕心裂肺的哭号声并未如预想中响彻地道。他突然觉得不对劲，扭头看另一侧，发现自己忽略了一个人。

那个蒙面少年。

当他舍弃人质，专心对付鹿谜而暂且离开了“守卫”着的地铁车厢时，凌刃瞅准时机切入门内。面前赫然是血染的地面和他受伤的兄弟。

韩典脑中灵光乍现，他伸手扶住车厢外壁，和鹿谜两个人各退半米。她屈膝落地，弓着背站稳了，身后是重新修复完好的障，这次他把她也包在了里面。

障的外面，小女孩儿被别意抱着托上站台，毫发无伤。她从地上爬起来，似乎还没回过神，呆了一阵，包子脸才皱成一团，而后迈开两条小短腿，踉踉跄跄地朝呜咽着呼唤她的母亲和医护人员跑去。

她张开嘴大哭：“妈妈！”

众人高悬在嗓子眼的心脏随着这句稚嫩的哭喊悄然一松，踏踏实实地坠回了肚子里。

人质成功获救，受托负责接应的别意顺利交差，双手撑地蹬上站台，掸掸袖口、裤管又是一条好汉。危机当前，骚包人设依然屹立不倒，朝背对他的鹿谜吹了声助兴的口哨：“师妹，捶他！”

鹿谜不言语，轮流抬高脚跟，脱下高跟鞋摆在旁边，赤脚踩上冰冷坚硬的地面。她的左脚踝有一片荆棘图案的刺青，往上缠绕至小腿，十根趾头白生生的，涂了朱红的甲油，有点扎眼。

没人觉得奇怪，这姑娘干出什么事都不奇怪。仇千里兴致盎然，看不出安的什么心。他歪头对迟洲泉道：“光脚的不怕穿鞋的，行啊老迟，你们家这姑娘有点儿意思。”

“仇兄过誉了，不然送你那儿去历练历练？”迟洲泉不冷不热地呛他，“看你使不使唤得动。”

仇千里：“……”

无论这些常人如何放飞他们想象的翅膀，其中深意唯有别意知晓。

因为鞋贵，弄坏了她肉疼。

“还继续吗？”她冲韩典一扬下巴，善意地询问，“您负着伤，对上我可不吃香。”

韩典的眼锋一扫，刀片似的嘴唇冷硬地吐出两个字：“未必。”

他抬起手，用指关节叩了叩车厢外壁，音色明显与原本的材质不同，像隔了个空心的玻璃罩子。

“你的搭档在里面，二对一。”他反问，“你觉得谁胜算大？”

她吹了声口哨。

凌刃被关在了车厢里。

似乎是为了呼应这话，韩典身后传来轰然巨响，在拱形的地下空间内激荡起波浪般沉闷的回音，带着余震往人耳膜上捅。几个枪手条件反射地转移目标，瞄准声源开火，自然没有击中，射向车门的子弹纷纷被障弹开，流星似的飞向四周，将天花板和承重柱打出数个冒着白烟的孔洞。

车门中央紧紧贴着一个男扭曲的面孔，五官因大力的推挤而变形，眼球翻得只剩眼白，鼻血流进嘴里染红了牙齿，仍在止不住地往下淌。

他双手拼命捶打着障，动作却随体力的流逝越发迟缓、无力，不一会儿就停止了。

那只疤痕遍布，掐着他的脖子的手骤然松开，他整个人便滑落在地，像条脱离水域的死鱼，生气全无。

炸裂狂闪的灯泡下方，凌刃垂着手臂，朝脚边的另外两个人看去。一个跛着脚踉跄跑开，剩下的一个耸动身躯爬行起来，蹭得一地的血迹。

“鬼啊！！！放我出去！！！”

地上的血将干未干，鞋底踩在上面发出黏糊的声响，少年走得不快，步履稳健，脚步声如死亡倒计时般逼至耳畔。

受原始而强烈的求生欲驱使，腹部中枪的男人奋力朝前爬行，在紧要关头爆发出了惊人力量，仅靠上肢带动全身，哪怕下肢早已连痛觉都无，蛇蜕似的扭在后面。

凌刃无法对此感同身受，原来当活命成为一个普通人唯一的指望后，便不会顾忌乞求的姿态有多难看。

男人已经三个月没回家了，对家人的记忆停止在出走当天的傍晚：妻子在厨房炒菜，哼唱声随香味飘进客厅，孩子在书房写作业，房门留了一条缝，含着台灯下伏案书写的背影。七点钟，电视频道在播报新闻，连换好几个台都是。他心中有鬼而坐立难安，握着遥控器的手心不停冒冷汗，干脆哆嗦着手把电视关了，端坐在沙发上，挺直了背，像一尊不自在的雕像。

茶几上放着那只陪伴他多年的褐色牛皮公文包，里头塞着一沓脏兮兮的钱，沾了血的部分被他花掉了。他为这间公寓续了三年的租约，预留出明年孩子的学费和娘儿俩的生活费，尽可能将后事安排周全。然后又取了些零碎，买了平时根本没机会在一家人贫乏餐桌上登场的进口牛肉、昂贵的水果和营养品。还有不少盈余，起码顶得上他半年的工资。厚厚的钞票把硬邦邦的皮包撑得鼓胀起来，滑稽地立在桌面上，总搁不稳当，一如他胸腔里那颗不安的心脏。

起初妻子也生疑，警觉地问：“哪儿来的这么多钱？”

他怕多说多错，索性端起一贯的噎人腔调，语焉不详地背诵路上排练多次的谎话：“把那折寿的工作辞了，抠门的老板打发了点儿辛苦费，还算良心未泯。”

“真的？”

“骗你干吗？”他摔摔打打地脱外套，踢皮鞋，像往日般有发泄不完的怨气，“反正现在科技这么发达，有的是机器替代人工，我早晚要被淘汰。”

她便信了。夫妻一场，丈夫在外受挫，她不该再火上浇油，于是难得没冲他吼，还安慰道：“嗐，那埋汰活儿不干也罢，累得要死。”

这傻女人。

凭良心说，他对她不好。三天一小吵，五天一大吵，她跟着他吃尽了苦，受够了气，从少女到妇人，也没等来福报。眼下他想起她，掘出心底深埋已久的愧疚，意识时刻准备丢弃这具累赘的躯壳，放下每次争吵后死不认错的倔强，去向她解释——

我害人了。

我是鬼迷心窍，跟人合伙把一家重病的非常人当作样本卖给黑市，换来这笔钱。

你可以怪我，恨我，诅咒我。不要原谅，不要心痛，不要等我解释，不要等我回来。

他终于力竭，笨重的躯体像一块腐肉，仰倒在地上，被少年的影子笼罩住，微微地战栗着，出气多，入气少，嗓音嘶哑地央求：“杀了我吧。”

他和韩典兄弟一场，没能同日生，也算同日死。几个人是同一根绳上拴着的蚂蚱，造下了孽就该想到有反噬的一天。

假如当初他们没有失业，也没有受巨额报酬的诱惑接下这份罪恶的委托，在那个险恶的雨夜潜入那可怜的三口之家，给人注射不明药物后装进车后备厢运走……

没有“假如”。

纵然他自我开脱，就算他们不出手，那家人也活不长——三个五级异化，病变种类是“自燃”，体温比常人高好几倍，五脏六腑无时无刻不在承受灼烧的疼痛，只能靠不间断的服药来维持生命，整个家已是风雨飘摇，倒不如早些解脱。

但这不是理由。

全自动机械化的社会转型抛弃了他这样的劳动力，让他走投无路，只好酗酒，颓废，日复一日地和老婆吵架。这也不是理由。

那究竟是因为什么？

他已经无暇再问了。

或许人在死前会本能地分散一些注意力用于缓释畏惧和悲伤，他看着少年以手作枪，表演似的朝空中点射两下，前方便传来惨叫，接着就是人体扑倒在地的震感。他怀疑这是弥留之际产生的幻觉。他压根儿没看见枪，更别说子弹，他的脑袋糊涂了吗？

他不合时宜地笑起来，血水倒灌进喉咙里，奄奄一息道："看你比我儿子大不了几岁吧……就当警察啦？"

他困极了，眼睛一闭上就睁不开，嘴唇虚弱地开合："有出息呀。"

男人的血蔓延至凌刃脚下，缓慢地包围、浸泡住鞋底。他上一次接触这种刺目的、腥鲜的液体，是两年前。

囚禁他十年的亲生父母死在他面前。

从记事的年纪开始，他就被他们关在一间八平方米的地下室里，四面墙，一张铁床，一扇怎么都打不破的窗。他们告诉他，这是惩罚。因为他用手抓伤了母亲的脸，害她毁容，又在父亲胸前留下刀疤，离心房不过毫厘，他是魔鬼播种在人间的恶果。

他九岁才学会说话，十三岁知道人生而自由，十六岁才打破禁锢他的枷锁，当时他的父亲也是像这样被他踩在脚下，疯笑声回荡在深夜的旷野里："你想杀我？你敢杀我？哈哈哈，他妈，你看，我们真的生了个怪物！"

他伤痕累累的手一点点攥紧成拳，指关节发出悚人的响声。

男人始终等不到处决，忍不住撑开沉重的眼皮。只见面目不清的少年眼神动摇，呼吸粗重紊乱，胸膛起落不定，手也在轻微地震颤，“枪口”都对不准他。

他觉得奇怪。

凌刃？手环发出间隔一秒钟的长振动，是被监护人情绪产生波动的反向警告。

鹿谜第一次接收到这样的讯号，来不及分辨它代表的含义，就被韩典钻了个空子。他一脚把她踢出老远，后背撞在障上，肋骨都快刺穿皮肉也顾不上疼，想顺势把障打碎，手腕却被人一翻，一拧，高高向上拎起，几乎被拽得双脚离地。

他已经在防备她的手了。

她的两片肩胛骨往一处挤，肌肉聚拢如同硬实的铁块，借助腰力弓缩身体，当胸一脚踹得韩典不得已松开钳制。他后退两步，依然站得很稳。

“你还真是，”她对他很失望，“不见棺材不掉泪啊。”

鹿谜七岁生日那天，鹿岩送了她两份礼物——一瓶香水和一把剪刀。

香水是他特意找调香师定制的，以鹿谜已故母亲生前最爱用的香水为基调，又分别提取了她喜欢的花、水果、护手霜、沐浴露、洗衣液的香味作前、中、后调，调配成“妈妈”的味道。

年幼的鹿谜年幼依赖“母亲”二字的精神庇护，常常把它洒在自己的床铺和枕头上，幻想在妈妈的怀抱里入梦，如此熬过了无数个辗转难眠的夜晚。如今她长成大人，仍把用光的空瓶子带在身边。

剪刀则平平无奇，理发店的常见款式，短柄，尖喙，刃口薄而锋利，杂货店卖六块钱一把。这玩意儿有什么稀罕的？没等她搞懂其中的深奥寓意，她爸就三下五除二绞了她的长头发，短至耳朵上方。

真是把又好又快的剪子，下刀稳准狠，令人追悔莫及。

可怜鹿谜一个七岁儿童，才刚到懵懵懂懂知晓美丑的年纪，就被亲生父亲施以毁灭性打击。跟镜子里的锅盖头面面相觑。她的大脑卡顿，缓冲了半天她反应过来，继而暴起伤爹，与鹿岩掐作一团。父女内斗波及街坊四邻，有热心的黑巷群众尝试登门劝架，一看她家干架这阵仗，这规模，纷纷如鸟兽散了，就当没来过。

鹿岩宁愿挨打，哪个当爸的不曾为爱卑微，就怕闺女拿家里所剩无几的值钱物件撒气，只得忍痛抱住抓狂的女儿，告诉她用意："从明天起，爸爸教你自由搏击。"

此言一出鹿谜便停了手，迅速忘却了方才的仇恨。小孩的脸，六月的天。她三两下从她爸后背爬到胸前，灵敏得像个猴儿，吊在他的肩膀上荡悠，问："那是什么？"

"就是……"鹿岩想了想，言简意赅地说，"就是打架。"

她的眼波流转，又因回忆而趋于黯淡："以前你不让我打架的。"

因为她无意间弄伤了别的孩子，惹他生气，她一直记得，小心翼翼。

"因为你不会啊，得我教你。"男人将她举高，"丫头，这世界上的任何事，做的时候都要讲求方法、分寸。学会它们，你能活得更好。"

"怎么个好法呢？"

"嗯……"

他用手掌托住她的小手，那被世人避如蛇蝎，视作灾难的手。感谢苍天予她"破坏"又赐他"无伤"，让这世间至少有一个人，容她毫无顾忌地触碰、依偎、拥抱，让她不至孑然一身。

"人人都知道你身怀利刃，以为它只能用来杀人。"他说，"其实你用它做饭菜，切蛋糕，铲除邪恶，斩断束缚，保护你心爱的人。"

"爸爸教你。"

鹿谜初学搏击不过半年，光是跑步和踢沙袋就糟践坏了十几双鞋。后来鹿岩把自家酒馆的二楼腾出来，翻修了地板和墙壁，亲手布置成她的练习室，让她光着脚无拘无束地在里面造作。又过半年，她的足底磨出了一层光滑的茧，落地像猫科动物一样轻。

猫科动物都是天生的捕猎者。

韩典能感觉到。明明体重是中等水平，一百斤上下，拎着颇有些分量，却极善于控制重心。太精准了，精准到手和脚的配合没有一秒的偏差或失衡，防得住拳头就防不住腿。即使他占力量优势，近身战也对他不利。

他又一次甩脱她，同时猛地收拢手掌缩小障，想借反冲力把她撞成脑震荡，谁知她在那极短的过程中翻了身，面朝下，双掌压塌地面，嵌进碎石里，狠狠一脚蹬向他负伤的膝盖。

这儿是要害，疼痛刺骨入髓，韩典当即闷哼一声，身形垮了半边，一只手撑地才没跪下去。另一只手想要补救，却已太迟，被她握住腕子轻轻一捏，他闷在喉咙里的那声痛哼演变成惨烈的呼号。

他的手腕断了。他甚至听到了骨骼碎裂的脆响，像噩梦一样。

旋即，她撒开他，向远处走，驻足在一个凭自身空间感构想和估测的位置，往半空中摸索，她的手停住，然后屈指一弹。

障破了。

维持了近两小时的僵局，也破了。

荷枪实弹的警察们一拥而上拘捕韩典的时候，鹿谜穿好自己的鞋，姿态少有的偏向于“急切”，逆着他们奔去地铁车厢门口，解除第二重障，进入这颗明亮的胶囊内部。她抬腿跨过地上昏厥的男人。

她呼唤少年的名字：“凌刃？”

凌刃仍站在原地，脚边血洼中的男人已经死亡，生命体征彻底消失。他就这样不声不响地垂首望着，像冬天里一棵枯萎的树。

从手环的反馈来看，他的精神状态已回归到正常阈值内并维持稳定。

她又叫他：“凌刃。”

他终于回神，神情有些迟钝和茫然无措。像胶片电影有意拉远的慢镜头，身后是破门而入的警员们，为罪犯铐上手铐，一片尘嚣。灯光照得他面如白雪，睫毛和瞳孔又是浓重的黑，他看着她，不说话。

她觉得心在往下坠，失重感稍纵即逝，它便安全着陆，落在一个她从未奢想过自己拥有、此刻却真真切切拥有的一处柔软。

“嘿。”

鹿谜对他微微一笑，生涩地向他示好。她展示自己的双手，左手掌心脏了一块，右手虎口有点儿泛红。她把它们合拢了收在背后，说：“你知道我现在不能碰你。”

可她竟冲动难抑，想要摘下他的面罩，好看看他此时的表情。

“人人都知道你身怀利刃。”她想起鹿岩的话。

有工作人员上前来指引他们离开现场，以免耽误善后工作，他们好心询问她是否需要协助，人力或者工具，她一一谢绝，并示意周围人：“不要碰他，他不喜欢。”

等那些人主动远离，为他们让开路，鹿谜倒退着走在前面，对凌刃说：“过来。”

人人都知道你身怀利刃，我却更想知道从手环传来的振动，是你在回忆泥沼中无法自拔的挣扎，还是沉疴复发时隐忍的求救。

四门大开的警车里，鹿谜坐在后座，一双长腿斜伸出去，哼着歌，两只手交替着给自己缠绷带。

她的手法娴熟，包扎得严密而不失美观，最后用牙咬住一端，打个死结。

大功告成之后，她习惯性地叼起一支烟，用打火机点燃，面朝晚照伸展四肢，掰正负累的脊柱，发出一声解乏的叹息。

日落时分，一点碎金似的余晖缀在她的鼻尖，眼线和睫毛晕得恰到好处，透出绒毛般的质感，衬得她的神情落寞。她心事重重地吞云吐雾。

“喂，”鹿谜不回头，对车里的另一人说，“回去要不要看一下医生？”

从背后看，她的腰线格外明显，上半身只有腰那处是窄的，肩膀劲瘦而结实，是标准的直角肩，往下又圆润柔美，把衣服撑得丰盈饱满。

她的许多小动作是粗犷的、男性化的，展示在她身上却别有一种杀气腾腾的妩媚风情。

凌刃跟她同坐后座，硬扭着脸："不。"

意料之内的答复并不使她受挫，她抖抖烟灰，前言不搭后语地说："那你吃不吃糖葫芦？"

鹿谜自夕阳中回头，一只手托着下巴，一脸无辜的表情："路边有卖。"她喷出一道白烟，好像那种厚脸皮的中年男人，上杆子地献殷勤，"我去买给你啊。"

凌刃瞪着眼睛，过了好久才干巴巴地说："我不需要。"

"不用你做多余的事。"

"有些东西是可以被需要的。"她纠正他。

"比如巧克力、糖葫芦、关注、触摸、拥抱、原谅。"她强调，"这些不全是坏的或会招来不幸。漂亮的红苹果不一定有毒，相反，它很甜，但是吃完要记得刷牙。"

地铁站外的警示带被人撤掉，羁押犯人的车率先离去，一切都处理妥当。迟洲泉和别意被仇千里叫去开了个小会，这会儿刚回来，正在横穿马路。

不知是何缘故，他们神色凝重，别意似乎说了句什么话，迟洲泉没答应。

等迟洲泉走到跟前，鹿谜好意递上一支烟。他道了谢，接过来，放在鼻子下闻。罕见的手工卷烟，不在市面上流通的品种，只在烟盒一角印着匠人的标识，烟草味醇香浓厚。他夸赞道："不错。"

点完烟，把打火机还给她，他一吸一呼，眼神隐在重重烟幕之后，沉吟道："借一步说话？"

日落后气温下降，鹿谜披上外套，下了车和迟洲泉一起往边上走，两个人停在一座铸铁的雕塑旁。和警车隔了一小段距离，正好能看清车内人的面容和一举一动，许许多多这样的雕塑分布在城市各处，有些作为地标性建筑，有些充满晦涩艰深的美感，不一样的人，感受不同。眼前这座雕塑是个美丽丰腴的女人，双眼闭合，沉睡在折断的宝剑和残破的盾牌上，盾牌的裂缝中开出鲜花，底座上刻着雕塑的名字——《牺牲》。

鹿谜陡然生出一股预感，问迟洲泉："不是好事吧？"

"对。"迟洲泉也不卖关子，"和凌刃有关。"

"我跟老仇合计了一下，这次的案子和两年前凌刃那个案子存在不少共通点，初步推测，幕后黑手有可能是同一伙人。"

鹿谜一听，视线下意识地往凌刃那边转，硬是被她半途刹住，无所事事地投向雕塑下方一群漫步的鸽子："意思就是，这案子还没结。"

迟洲泉点点头。

"假设有这么一个具备成熟的产业链，后台牢靠得不可撼动的组织，从事非常人'人体商业化'的灰色产业，他们有固定的货源、客户、交易活动，各方遵守着约定俗成的规矩，保持绝对隐蔽，但其内部成员是流动的，或者说，有明确的等级划分。

"举个例子，韩典，他其实并不是主谋，另有雇主在他之上。换句话说，他就是个跑腿的，连经销商都算不上，甚至不参与买卖过程，只按雇主的指示和要求'提货'，再将'货物'运送至雇主指定的地点'交货'，然后领取酬金，任务结束。

"那是夏天时候的事，七月末，那天下了场大暴雨，我们家阳台积水，差点儿把卧室淹了……第二天接到邻居报案，一家三口人间蒸发。雨得下太大了，左邻右舍都没听出动静不对。详细过程我就不赘述了，拣重点说。等小孔根据受害人的接触物找到他们，犯人已经闻风而逃，丢下三具尸体，里面都空了，幕天席地淋了一宿的雨，痕迹抹得一干二净。被拿走的是死物，无法继续进行追踪，线索到这儿就断了。

"与此同时，他们一夕之间舍弃了所有下家，所谓的黑市只剩徒有其表的空壳，包括韩典的'接头人'，'接头人'的上家'中介人'和我们安插在'中介人'身边的卧底，全部成为弃子，失去利用价值。再想往深处挖，上家的背后还有上家，似乎他们之中谁都没有亲眼见过这个贩卖组织的真面目。不知道它是如何运作的，谁是主谋，谁在操控，谁做走狗。他们不相信任何人，随时都能割肉。

“你吃过莴苣吗？像剥莴苣一样，扒掉一层又一层，核心只有那么一点儿。但是他们为了保住核心，会毫不犹豫地把‘莴苣叶’们全部剥掉，比如韩典，比如凌刃的父母。

“凌刃当年算是‘尖儿货’，毕竟他的异化类型十分稀有、珍贵，就连父母都招架不住，把他卖掉，还能换来一笔巨额财富……当然，我作为一个普通男人，一个想要孩子可惜有缘无分的……普通男人，完全不能设身处地。我难以理解，他们怎么舍得？

“事情已经过去两年了，感觉却还像是昨天发生的一样。”

讲到这里，迟洲泉停下来歇息，出于某种迟疑和不得已。他忽然的沉默含义复杂，不仅仅是“氐惆”“悔恨”这样单纯的情绪。

鹿谜当下没懂，过了半晌才有所体味，觉得似曾相识。

居然是她爸每次喝多了酒，半醉半醒状态下谈起她妈时的表情。

“我和我的未婚妻都参与了这次任务，她担任总指挥。”迟洲泉说，“忘了说，她是非常人，九级异化，‘念力’。”

鹿谜睁大眼睛。

“没错。”他怅然一笑，“和你同级。”

第八章

毓如琢

迟洲泉是个常人。脱离体质层面的定义，也可注解为“普通人”。平生不必过多着墨，是所有能联想到的，围绕着这个名词衍生出的标签的具象化：长相尚可，身心健全。家庭不富裕也不贫穷，没有深厚庞杂城府和背景，鲜少遭遇挫败、波折，没有大起大落和大是大非，一路顺遂无虞。

父母双全，无病无灾，有过命的亲友，也有知心的爱人。成为公职人员之后，也不一味热衷立功升迁，只专注于分内工作。到什么岁数该干什么事，他一件都没耽搁，也没错失，虽未取得傲人的成就，但平淡如水也算福分。乏善可陈的三十年人生，他一直这么安定地活着。

他安定地回想过去，安定地过好当下，安定地展望未来，像一列永不脱轨的火车，只要燃料备足，就可沿着既定的轨道平稳行进，直达终点。

毓如琢在世的时候，偶尔抱怨他没干劲，没野心，太满足于现状，说完了又改口，反思自己不该对人妄下评判，道他“把‘常人’这个角色演绎得最圆满，最珍重”。

第一次听闻“毓如琢”这个名字，迟洲泉真以为对方是个温润如玉的大家闺秀，放着舒坦日子不过，想不开才来当警察。谁知见了正主，他们学校建校以来首个破格录取的非常人，还是九级，他的想象尽数颠覆。

在和毓如琢本人同堂上课之前，她的种种“事迹”就经由各方渠道无孔不入地传进了迟洲泉的耳朵里。并非他有意打听，而是因为她太出众，根本无法泯然于众人，走到哪里都是焦点。

这女孩儿强得可怕。

他们背着她偷偷议论，啧啧有声。据说她入学前和学院签订了一份协议，在校期间禁止以任何形式、任何理由使用“念力”，一旦发现，警告一次，如有再犯，直接开除；据说她是后天异化，天灾发生时，为了营救从事科研工作的父母，她只身冲进了剧毒气体外泄的实验室，经历了一场连环爆炸，事后昏迷半年之久，却奇迹般生还；据说她曾作为非常人代表接受过电视台的采访，还公开发表了演讲；据说她对外宣称，其实她原本的志愿不是当警察，而是当“英雄”……

当年风华正茂的十九岁少年迟洲泉，脸上尚没有如今残念般的神情和洗不净的黑眼圈。他长身玉立，步履匆匆，兜风的白衬衫透着少年意气，踩着上课铃声踏入教室。老师在讲台上备课，台下坐着蔫头耷脑的学生，像成行栽种的农作物。

大家都集中坐前五排，唯独一个女生孤零零地坐在最后面，一个人占了一横排，四下都是空位，犹如一座漂移的孤岛。迟洲泉转头看了一圈，确信这是人类，不是鬼魂，于是无视了第三排疯狂朝他使眼色的仇千里，轻手轻脚走近她，彬彬有礼地问：“这儿没人吧？”

女孩儿不拿正眼看他，往后仰身靠着椅背，卷曲的黑发遮住侧脸，只露出小巧的鼻尖和下巴，言简意赅地说：“请便。”

他便坐在了女孩儿旁边，启动座位上的电脑。

台上，老师清了清嗓子，调出教案开始上课，这堂课讲《异化概论》第七章，非常人的社会保障与福利。

迟洲泉托着腮，眼角余光瞥见女孩儿面前屏幕上显示的姓名和专业，知道她是谁，但没有动。

他觉得这个位子挺好，还能晒到一个月都见不到几次的太阳。

“喂。”做笔记的间隙，女孩儿毫无征兆地开口，“你胆子挺大啊。”

迟洲泉埋头画重点。

意料之外的冷遇反倒勾起她的兴致，她歪着头，手背撑着脸颊看他。她长了双猫科动物般的眼睛，睁大了显得天真，眯缝起来却又透着狡黠。她的眉尾有颗黑痣，唇峰微微上翘，叫他：“帅哥。”

迟洲泉抬头看老师，并未回应。

“我在和你搭讪。”

迟洲泉专心记笔记。

一阵风从窗外猛扑进来，吹得他迷了眼，头发都被掀乱。他抖了抖，抖下来一个小玩意儿，掉在他蜷曲的指缝里，粉嫩而稚弱，是一朵缺了瓣的桃花。

她从他手中拿走这朵花，许多年后才告诉他："那天压根儿就没刮风。"

全校皆知的话题人物，拥有九级异化"念力"的高危非常人，毓如琢同学，与未来男友初次见面，就违纪了。

"我能怎么办？"迟洲泉说，"当然是包庇她啊。"

后来共犯又多了仇千里。三个人仗着年少胡作非为，除了在考试作弊等重大事项上拎得清是非，基本上什么"坏事"都干过。相比迟洲泉和仇千里这样的常人，毓如琢的人生就像开了挂，那场灾祸毁不掉她，反而成了她的跳板。

或许是她生来就强。换个角度想，假设这异化发生在另一个思想不坚定，爱走歪门邪道的人身上，故事会彻底改写。

她的性子很"莽"，敢想敢做，风风火火，可也有些小心思、小脾气，也有用念力也办不到的事。比如，伤心了要哄，怕冷了要抱，洗完澡懒得吹头发，身边没人就睡不好。

至于意念的力量到底有多大，多恐怖，上限在哪儿，是夷平一座高山，还是把潜艇炸出海面，始终是迟洲泉的认知盲点。

他不知道，不愿知道，也没必要知道。

毓如琢是英雄。所有人都这么说。

她的上级，她的同僚，与她并肩作战的队友，以她为榜样的晚辈，被她搭救过的受害者，以及在她死后，自发地去她墓前献上鲜花，彻夜为她祷告的天堂市民，都这么说。连市长都大受感动，公开发表悼念演讲，授予她"杰出女性"的称号，并亲自慰问了作为逝者家属的迟洲泉。那段时间他几乎每天都能接到记者上门采访的请求，终是不堪其扰，躲回了父母家寻求清静。

迟洲泉不止一次地反思，是哪条路走岔了。

又或者说，当所有的枪口都指向凌刃，她却执意违抗了这看似公正的审判，从死神的镰刀下以命换命，是对还是错。

向不可修改的往昔追责是件蠢事，可他无法阻止自己一次又一次抓挠死亡结在身上的痂，让它复伤、破裂，以疼痛为饲料，喂食那只敢在午夜时分从心底的大洞里爬出的罪疚。

毓如琢任职的三年内，天堂市治安状况空前稳定，犯罪率下降到有史以来最低。可凭意志操纵任何无生命物的能力使她成了警方的杀手锏，棋盘上的常胜将军。她立功无数，她的身份早已不止“非常人”和“警察”这么单薄，她的存在被赋予更深远的意义，成为一个符号，一种象征，像那些镇守在城市各处的雕塑，人们只要想到有她这样的人在，便能获得无可比拟的安全感。

相比之下，她的爱人简直太平庸了。

迟洲泉和毓如琢在大学毕业后的第四年开始交往，感情一直特别稳定，从不吵架，也不像寻常情侣那样无休止地分分合合，美满得堪称典范；二十九岁水到渠成，双方父母的意见也达成一致，订了婚，领了证，举办婚礼的日期却因双方工作的特殊性再三推延。毓如琢直到死也只戴着她和迟洲泉的订婚戒指，一个简朴的素圈，由于长时间的磨损，光华早已暗淡。

那时他们拿的是死工资，都不宽裕，就连那个素圈也是迟洲泉竭尽所能给出的最好的礼物。他承诺等正式结婚的时候，给她买更好的，戴到老都不会失色。其实昂贵与否，她并不在意，但她欣然应允，因为是他给的。

婚也是他求的，在一个平淡的清晨。

他早起做饭，问她吃不吃面包吗？她说好。

“三明治？”

“行。”

“只有那种冲泡的速溶咖啡了。”

“也可以！”

“荷包蛋是甜的。”

“没问题。”

“你怎么什么都答应？”

男人哭笑不得，把热腾腾的早餐装盘，端到睡眼惺忪，哈欠连天的她面前，打开她的手，在掌心放入叉子和汤匙，再耐心地帮她一根根握拢手指，保持着跟前一句话相同的语气，好像它们陈述的内容本质上并无区别。

“那要做我的妻子吗？”

她怔住了，嘴里堵着一块食物，阻塞了情感输出的主要通道，几秒钟使人罔知所措的静默过后，屋内所有的灯泡顷刻间爆亮至千瓦，然后齐声震碎，像一场盛大的庆贺。

兜头洒下的碎玻璃雨中，缩着脖子的迟洲泉被毓如琢拉进了一顶看不见的防护罩里。她用手揩了揩面孔，将蓬乱的头发拨到耳后，在喜悦和羞赧之间把握住了恰当的仪式感，然后矜持地说：“好啊。”

次年五月，毓如琢被提拔为天堂市治安局行动队的一把手，担任队长和任务总指挥。

而她接手的第一桩大案，就是凌刃的案子。

“我忘了有没有告诉过你，”迟洲泉说，“凌刃和你一样，也出生在黑巷。”

鹿谜愣了一下，显然不知情，但反应也不大，轻易地接受了。这个人和这个地方联系在一起似乎是理所当然的。她说：“没有。”

“他自己也没说过吗？”

“队长，您看我们谁脸上写着‘会聊天’三个字儿？”鹿谜续了支烟，表情是难得的诙谐，“不干架就行了，要求别太高吧。”

迟洲泉自己也觉得这话有点儿憨：“确实。”

“这个案子的细节其实你回局里查卷宗也能查到，电子和书面版都有，档案馆一进门右手边第二个柜子三行四列。可话既然说到这儿了，干脆我就讲一讲。”他停下来，抿抿嘴唇，手指着左胸，“不然憋屈得慌。”

“我的未婚妻毓如琢，市局前行动队队长，在那次围剿行动中光荣殉职，追认为烈士。”他握着打火机的手抖了抖，“老仇恨我，怪我没有保护好她；也恨凌刃，因为如琢是替他死的。”

倘若追根溯源，早在非常人这一群体现世的伊始，就有人打他们的主意。五六岁的小孩，能口吐烈焰，被卖到马戏团取悦观众；异化名为“再生”的少年，将自己的身体作为商品分类出售，反复承受这种酷刑。在丧尽天良的人眼中，这不是疾病，是赚钱的工具。他们把活生生的人当成待价而沽的商品。毓如琢自己就是非常人，即使公事公办，也很难不掺杂私人情感。迟洲泉看得出来，她对当时正在跟进的案子格外上心。

主角是行径怪异，鬼鬼祟祟的夫妻俩和关在地下室里的男孩儿。

起因是一次无关紧要的人口普查。

毓如琢为数不多的友人中，有一位在黑巷分局做文职，大大咧咧、心直口快的女孩儿，毕业后没少跟她抱怨分配不理想，把她一个弱女子派到了环境最糟、秩序最乱的贫民窟。她称那里是“蛮夷之地”，每天鸡飞狗跳，动不动就杀人放火，叫人不得安宁。毓如琢便笑她：“那我们换换吧，百分之九十都是非常人的法外之地，我去了那儿兴许还比较有归属感。”

朋友说：“嗐，你站着说话不腰疼。你知道这地方多落后吗？不像市区，人口普查大数据一统计就完了，这边要挨家挨户地敲门去确认，因为瞒报或不报的太多了，登记不过来。我一个手无寸铁的常人，弱小，无助，又可怜，多亏有个前辈带我。前辈人蛮好的，去的路上她跟我说，到了那里，他们怎么说你就怎么记，不要多嘴，不要节外生枝。我答应了。

“查到了某一户，前辈问话，我只管做笔记。我抬头偷看一眼，普普通通一对夫妻，长得都还不错，要不是穷，应该很体面的，可惜那个女的脸上有好长一道大疤，挺吓人的。

“只是两个人精神状态有点儿不对劲。我该怎么跟你形容呢？大白天的，屋里拉着窗帘，黑洞洞的，两个人的眼神也躲躲闪闪，说结婚多年没有孩子。

“我当时也是没见过世面，㞞啊，手一滑，笔掉了。

“可我去捡的时候，分明看到有个人影，就在积灰的地板上。”

第九章

消失的孩子

毓如琢决定独自去一趟黑巷，她没跟局里打报告，也没找人陪同，挑的时间亦是周末，以私人的名义。

她对迟洲泉说的是去看朋友，晚上十二点前肯定回家，队里事务除了要她本人做决策的，一律交予仇千里代劳。

她不开车，骑了自己心爱的摩托。那是一辆改装过的摩托，是她一时兴起从二手市场淘来的老古董，取名“暴徒”。狷狂的字体用夜光漆喷涂在油箱上，整流罩下裸露着机械部件，尾部高高翘起。对比汽车，摩托目标较小，行动轻捷，便于在黑巷内部纵贯狭仄的小径快速行驶。而且她戴着头盔，遮掉脸孔和颈后的数字，不至于太惹人注意。

周六下午四点，天气预报说局部地区有酸雨，她出发见空中盘踞着阴云，混杂着锈蚀般的暗红色，像某种不祥的预兆。她骑行至南区，迫近与黑巷的接壤地带，用念力撑开防护罩。颜色奇异的雨滴骤然洒下，撞击在透明的屏障上，“刺啦”一声，腾起白烟。

雨势越来越大，她已远离都市中心，冰冷的钢铁丛林退出视野，取而代之的是绵延数里的死地。完全丧失耕种价值的废土，没有水分和营养，重金属含量严重超标，遇上下酸雨这种极端天气还会产生致病的有毒气体。每个月总有那么两三天，全城的人外出时都要佩戴环保局发放的防毒面具。防毒面具有着难看的过滤嘴加护目镜，隔着墨色的镜片打量整座灰暗的城市，千人一面，没有喜怒哀乐，像一群没有灵魂的机器。

现代人喜欢机器，它们可靠，缜密，不会生气或生病，不想要就丢掉；不喜欢未知，因为不可预计，随时可能脱离掌控，所以施压，所以摒弃，所以排除异己。

她沿着有且仅有的一条道路直行，到达一处不知算不算入口的地方。锈迹斑驳的路牌歪立在风雨中，上面写着“即兴 31 号”几个字，“号”字已经快磨没了。路牌后方是两堵东西向延伸的矮墙，砖块参差松动，涂鸦却很精美——康定斯基的那幅著作。临摹得有模有样，尽管因年久失修不可避免地褪了色，蒙蒙的雾气却仿佛赋予了它一种别样的美感，越颓败，越浓艳。

以这样的底色为衬布，墙上还有一句用黑色油漆涂写的，更加醒目的话：“我要神，我要诗，我要真实的危险，我要自由，我要善良，我要罪孽。”

毓如琢稍稍放慢车速读着那行字，接着往里开。路两旁是堆积如山的建筑垃圾或倒塌变形的空屋，地面污水横流，没几块事平整的，三两个无所事事的年轻人蹲在路边，听见引擎声逼近，一齐转过头看她，其中一个人的瞳孔是蓝紫色的，像卷着闪电。

毓如琢继续往前，房屋和行人变多了，但景象依旧破败，处处都蒙着灰，许多设施在她看来都是天堂市已经淘汰了很多年的，代步车、导航仪、可视电话……整个黑巷宛然一个大型废品回收站。

废墟之上，拾荒者们用没人要的破烂，盖了一座城堡。

交错的电线结成网，危楼上面叠着危楼，私搭乱建也没人管，人就住在马蜂窝里，从洞眼似的窗口探出头，冷眼打量她这外来客，满脸行将就木的漠然。

等待一位装义肢的老者过马路的时候，她用念力为自己张开半径为一百米的雷达，扫描范围内的所有人类。三十六位。其中有三十四位非常人，二级一位，三级五位，四级七位，五级八位，六级九位，七级两位，八级两位。

百分之九十四的非常人占比，意味着黑巷的生态和天堂市截然相反——每个人都有能力成为她的对手，会有她见所未见的强者存在。

天快黑了。毓如琢核对了一遍朋友提供的地址，找到一条足够隐蔽的小巷，勘察并实测过周围可行的逃生路线。她把车停在巷尾，搭上一条兼具挡雨和伪装功能的遮布，摘下头盔，把头发塞进机车夹克的衣领里，拉链拉到顶。

骑士靴的鞋底踩进水坑，她抬腿弯腰整理着翻卷的裤腿，头也不抬地对斜后方一个在屋檐下抽烟的男人说：“常人？”

男人闻声便笑起来，嗓音充满磁性而动听：“嗯。”

她回以笑容：“你好。”

他身量不低，高高瘦瘦的，披了件白大褂，烟草燃烧时的火光将他的面孔照亮了一秒，又归于暗淡。他有一双狭长而阴柔的眼睛，脸俊得有些邪气，脖子上有好长一条黑线缝合的刀痕。

毓如琢下意识地隔着皮革手套转了转自己的戒指，径直走过他身前时颔首道：“打扰了。”

他没有丝毫要管闲事的意思，只静静地站在那里弹烟灰，目送她离去，仿佛一位先知，意有所指道：“注意安全哦。”

“有需要的话，可以来我这儿。”

毓如琢没有回头，话却听得一字不漏。

“我是大夫。”他说。

骤雨初歇，天色暗沉，此时晨昏不辨，是最有利于掩护行动的时段。

她要去找一户姓凌的人家，家庭成员是一对现年三十八岁的常人夫妻，男主人叫凌广晟，是个机械工，妻子叫文芝，体弱多病，无业。

生活在黑巷的常人极其稀少，基本都是极端贫穷、落魄，迫不得已才搬到生活成本最低的地方苟活。可同样窝藏在此的，还有犯下恶行躲避的逃犯、想要挣脱管束逍遥法外的潜在犯罪者、被常人社会排斥而愤世嫉俗的高危异化者。这些人崇尚力量，用原始的掠夺方式争取生存空间，久而久之便形成了一套弱肉强食的“法则”。正如毓如琢的朋友所说，常人在此处，等同于弱者，只能任人宰割。

但还有另一种可能。

毓如琢找到凌姓人家居住的公寓时，雨又飘了起来。

这次下的不是酸雨。雨水汇聚成细流，顺着镀锌管道发青的表面淌落，镇压了空中荡起的浮尘，空气中透着股生涩的土腥气。

天色灰黑，云像稀泥一样，这鬼天气任谁都不肯在室外久待，公寓楼前小广场上逗留的人们顷刻间便像蚁群般散去，徒留满地积水，映着明灯昧影。一楼有家旅馆，窗边悬挂着有“Hotel”字样的霓虹灯牌，一男一女在屋檐下避雨。隔壁是文身店，门庭冷落，许久不见顾客出入。一个小孩牵着电子宠物狗撒腿飞跑，手忙脚乱地拉起兜帽遮挡住头。

毓如琢站在雨中，举目四望，将她包围的建筑整栋楼体呈“回”字形结构。她正处于天井中央，腹地之底，千万种声音都朝她汇聚，排山倒海，响彻周身。

进入楼内，那些嘈杂声又如退潮一般去无影踪，只余头顶一盏裹满污垢的吊灯，悬在窃门而入的冷风中“嘎吱嘎吱”地响。

她一路跨越满地盘曲的电线、水管、苔藓和霉斑，按门牌号一户一户地向前检索。经过走廊中部，有座铁笼似的电梯，里头的灯忽闪着，映出对面空心的门洞，那似乎是通向地下负一层的楼梯，但完好的台阶只有三级，更深处则被各类垃圾、杂物和淤泥壅塞得水泄不通，发酵出一股腐烂的臭味。

这股臭味就冲着凌广晟家的大门，一楼第四十九户，卡在回廊的九十度夹角处。这里也是整栋大楼的支点之一，背阴，返潮，是各方面条件都是最差的户型。

离门牌还有几步远时，她猝然出手，制止了门上带有自动识别功能的监控摄像头扫描她的脸孔。

毓如琢皱了皱眉。战时警戒？

这是在战争级别的特殊时期才会开启的警戒模式，和平年代常用于受害者或犯罪分子藏身之处，它会捕捉和分析来访者的影像，判别是敌是友，必要时将采取高压电攻击。也就是说，一般家庭是决计不会在日常生活中开启这种自保模式的。

这家人为什么要这么做？

窄窄的显示屏上一片雪花，被她伸手罩住。她屏息去听门内的响动，感受活物的生气，可是没有一点儿动静，仿佛是间空屋。

毓如琢又听了一次，心往下沉。想必是上次的人口普查打草惊蛇，让这家人生了戒备。她不得不做最坏的打算——被凌广晟夫妇刻意藏匿起来，魂灵般的“第三个人”，极有可能已被转移。

那么，有没有其他途径可以进入或直观地查看屋内的情况？

她决定去外面碰碰运气。

原路返回的时候，毓如琢靠自己的“雷达”躲过了两位浑身淋湿，结伴回家的非常人。那是一对父子，能操控风。爸爸正呼出一口气把儿子的衣服烘干，小男孩儿咯咯直笑，自觉地转动身体调整角度，照料着没吹到的部位，手舞足蹈的。

发生在黑暗中的一幕，给人一种突兀的温馨感。几乎让毓如琢暂时忘却了正在执行的任务，间接地抚慰了她心中不自知的焦躁。她不禁想，迟洲泉那种温吞贤良的性格，应该很擅长带孩子。

生孩子好像挺疼的。但若是为了他，生下一个跟她拥有同样本领的小孩，不是很棒吗？

而那个孩子，也会在若干年后，成为英雄吗？

大抵是异化本身的特性所致，毓如琢的共情能力大大超于常人。她更感性，更易受到触动和刺激。有好事者断言，这将是她唯一且致命的弱点。

但她有迟洲泉。安抚情绪恰恰是他的强项，没事想一想他，心神便可安定些许。

等那对父子进了家门，她再度潜入雨中。

在楼的背面，毓如琢呆呆站着，看着面前的一个庞然巨物以极不相称的姿态对立。

完全意想不到的东西，出现在这种地方，有种超现实主义的违和感。

一尊佛像。

这里的夜比城市的黑，大雨如注，将周边可借助的光亮阻隔得七七八八，毓如琢仰直了脖颈，透过迷蒙的雨幕，仰望这尊残损的佛像。它背倚大楼，约有五十米高，依稀是坐姿，双腿盘叠，手指捏诀，半边的头颅、面容和身体都塌陷毁坏，石材开裂，露出里面交错穿插的钢筋，像极了人类剥离皮肉之后，露出白森森的枯骨。

她起了一身鸡皮疙瘩。

佛亦凝视着她，用那张一半似人，一半似机械的脸，一半悲悯慈爱，一半狰狞邪佞，眼帘低垂，缝隙深处仿佛存着精魄，栩栩如生。

它俯瞰着世间的每一个人。

毓如琢深吸了好几口气，迈步走向佛像脚下。

不知是巧合还是蓄意，它的底座不偏不倚，正好挡住了1049室的窗户，到了三楼的高度才有一处缺口，让那家人有个喘气的空当，三楼以下的则不幸没被惠及。假如世上真有神明，那它们的恩泽怕是布施得不够公允。

不过没关系。

毓如琢贴到了墙根，整个人被暗影吞没。她集中精神，排除杂念，用念力将大于她体型若干倍的石佛往外推了一尺来远，勉强能容一人跻身，继而着手拔除楼房墙壁和佛像底座的夹缝中蓬勃生长的杂草，清理出一条碎石堆积的窄道。

对应着1049室缠满胶带的窗户的正下方，还有一扇小窗，近乎紧贴地面，挑起了四十厘米宽，六七十厘米长，竖着根根分明的金属栅栏。

她的心脏剧烈跳动，脑袋里仿佛有根血管在不断扩张，太阳穴一跳一跳，牵连着耳膜都鼓胀得疼。

她透过栅栏，对上了一双少年的眼睛。

那双眼睛乌黑、沉郁，睁得大大的，惨白的面孔溅上了灰色的雨水，又长又乱的头发纠结成几股，爬虫似的贴着眉骨和耳鬓。

一个栖身在神明足下的生灵。

他的双手紧攥着窗栏，手背、手心没有一块好肉，不是刀口就是血痂，突出的关节几乎能看到骨头。眼珠轻颤，始终无法固定在某个焦点上。他打量着毓如琢这位不速之客，与其说是怕生，更像是撞见什么见所未见的事物，警惕中带着惶惑。

她稍有动作，他就耸起肩膀，摆出蓄势攻击的姿态，手攥得越发紧。她听见一声铿锵的异响，像刀刃刮擦铁器的音色。她的第一反应是有人偷袭，条件反射般掉头朝后伸出一指，坠落的雨滴骤然凝结成片，刀锋般削破空气，向外划开数十米宽的圆弧，却扑了个空。

身后什么也没有。

她的疑惑更甚，只觉这地方实在诡异，让人浑身不舒服。

她回过头来，率先打破沉默："嗨。"

对少年而言，她清越的嗓音却如春雷般震耳。他重重地吞了一口口水，眼皮眨动。

见他似乎能听懂话，她试着和他交流："你在这儿干什么？"

"听雨。"

少年干裂的嘴唇翕张，声音小如蚊鸣，毓如琢想蹲下来听，可夹缝的宽度又有限制，只好单膝跪地，俯低了上半身，半条腿陷进积雨的泥泞里。

她的裤子很快被水浸透。她没摘手套，装模作样地敲敲窗栏："窗户未免也太窄了。"

窄到小孩子都难以脱身。窗栏也不是单纯的钢铁材料。她由声音分辨材质，是一种复合型金属，密度更大，硬度更高，外层刷了耐火和抗腐蚀涂料。

像监狱一样。

他就是那个"消失"的孩子？

随着距离的拉近，少年的面孔也越发清晰。目测是个十五六岁的男孩儿，五官颇为俊秀，丹凤眼，薄嘴唇，鼻梁高而挺，然而瘦得吓人，只剩一层薄薄的皮包着骨头，羸弱得不堪一击。

她问他："你住在地下室？"

"嗯。"

"爸爸妈妈呢？"

"在楼上。"

他用简略的短句作答，没有任何多余的字，词汇量十分贫乏，远低于毓如琢常识中这个年纪的孩子应有的水准，呈现出明显认知不全和障碍状态。她下意识地引导询问的方向："怎么不出去和他们待在一起？"

他黑白分明的眼珠迟缓地偏转："妈妈会生气。"

"她不许你出去？"

"她整夜地哭，我只能道歉，我害她毁了容，都是我的错。"他梦呓似的说。

"你在这儿多久了？"

"十年。"

她猛地皱眉："十年？最好别开这种玩笑。"

他直直地望着她，瞳孔黑得瘆人："我没有。"

"那也不应该是十年。"她说，"你爸爸没反对？"

"我差点儿杀了他。"

"怎么搞的？"

"我一刀刺进了他的胸腔，差一厘米就刺中心脏，他缝了好多针，现在还会咳血。"

她的呼吸滞住："为什么这么做？"

"我不是故意的。"

他忽然发起抖来，毓如琢又一次听到那不明出处的金属摩擦声，这次她弄清了来源——少年的手。

他抓握着栅栏的十根手指，竟能发出刀刃切割般刺耳的噪音。

觉察到她的视线，他像烫到了似的缩回手，重复了一遍："我不是故意的。”

她追问道：“你的手怎么了？”

“别看。”他的态度陡然转变，语气强硬道，“别看。”

“你受伤了。”她的另一条腿也跪了下来，声音急切到近乎央求，“我能帮助你。”

“不要看！”他歇斯底里道，“别碰我！”

他还在变声期，嘶哑的叫喊淹没在暴雨中，却只能激起一朵小小的水花，他什么都不是，像消散在大海中的一滴眼泪。

她终于妥协，把脸别开：“对不起，我不是故意的，抱歉。我只是觉得你可能很疼，想帮你包扎。”

“不用……”他的气息不稳，身子打着冷战，狠声道，“它烂掉最好。”

“因为它伤害了爸爸妈妈？”她说，“所以你自残？”

“不关你的事。”

她不愿就此放弃：“你是非常人吧？”

“我不是。”

他否认得太快，太果断，反而显得不自然。她像是早有预料，穷追不舍：“是他们教你这么说的？”

他张了张嘴，却没发出声音，许久才听见她道：“你是。”

他抬眸望向她。

“我也是。”她了然地笑着，眼中缀着星辰，连同眉梢那颗小痣都生动起来。

大雨滂沱，他的世界却一片宁静。

少年蛰伏在地底，不曾见过苍穹与白日，此刻天光乍现，这句话不啻于神谕。

“我是你的同类。”

她脱掉手套，露出一只掌纹横生，青筋凸起、以女性标准来看，粗粝、坚硬得过头的手。她将手探进窗栏之中，不再顾忌是否会留下指纹。

她淋湿的指尖往下淌着水，轻柔而缓慢地触碰他的伤口。

“很痛吧？”

她依然笑着，眼眶通红。滚烫液体从她眼中滴落在他残破的皮肤上，渗入他的血肉。

“对不起。”她说，“我来晚了。”

“……”

他徒劳地张着嘴，喉咙却像被石头堵住。他想说话，可他们从没教过他。这种心情叫作什么，这种时候该说什么？她是谁？来自外面的世界吗？

这个被疼痛和罪咎构成的世界上，竟然还有如此的人存在吗？

她为什么笑？又为什么哭？

“不要……”

想到母亲的疤痕，他不敢碰她的脸，伸出的手卡在栅栏的空隙中，被暴雨冲刷着，在离她还有几十厘米远的地方，遏抑地停止，无法再往前。

“不要哭。”

他只知道她在哭泣，这是他最熟悉的表情。除了沉睡就是发疯的母亲，每一天重复地指控、定罪，眼中总是下着雨，像得了某种疾病，如同她脸上那道伤疤，终生无法痊愈。

他并未发觉她脸上一闪而逝的震惊神色。

通过与他产生实质性的肢体接触，毓如琢已经神不知鬼不觉地对他进行了异化指数鉴定。她的感知能力诚然不能与正规的医疗设备和计算机相媲美，但判别强弱等级还是绰绰有余。

得出的结果却让她傻了眼，骨头缝里渗出一丝寒意。

少年的确是非常人，这一点毋庸置疑。

他的等级却是“未知”。

怎么会这样？

如果说一分钟前的毓如琢已经下定决心要带着孩子离开，甚至拟好了善后方案，要将这孩子安置到哪儿。她的未婚夫应该不会反对让一个落水狗似的小男孩儿在家凑合一夜，第二天送他去收容机构，给他体检、上药、包扎伤口。他的手摸起来简直像枯槁的死木。

而此时此刻，她被过于丰沛的感性与怜悯掌舵的心产生了一秒钟的犹疑。

她想要救出来的，究竟是落难的天使，还是乔装的恶魔？

毓如琢之前参与侦办过几起类似的案子，孩子的父母在其中扮演的角色大抵分为三类：被害人、加害人和犯人。第一类是纯粹意义上的受害者，第二类参与倒卖，第三类干脆以贩卖自己的骨肉为营生："反正孩子是我生的，怎么处理是我的权力。"

天堂市每年约有一万名弃婴，其中九成是非常人。弃养的原因可一言以蔽之——养不起，毋宁说产下病变的后代这件事本身，对一个家庭而言就是麻烦的开端。

当一名新生儿呱呱坠地，他或她人生中的第一道分水岭便是异化鉴定。若判定为高危异化，官方会在第一时间登记备案，连带着父母，也就是监护人，统统纳入非监局（全称"非常人监察局"，官方组织，成员皆是非常人中选拔出的代表）的监管范畴，夫妻双方的信用、财产、工作变动乃至资金流向都要接受审查，犹如活在显微镜下，一旦有偷税漏税或造成社会不良影响等过失，则立即被问责。因为，一个讲求先进、稳固和安定的社会，必须要从根基上监管好"安全隐患"。

不公早在出生时就被注定。后颈上的黑色数字就是不容置喙的铁证，它对所有人发出警告——你"不一样"，你是"威胁"，只配生存在社会的容错率里。

"与其那样，不如让他自生自灭。"有弃婴的父母坦言，"总好过我们相互亏欠。"

随着孩子长大，养育成本只高不低。就像往人的身上放一块石头，起初不觉吃力，尚能行走，但石头越积越多，终有一日会变成山，压得人不得翻身。孩子不是花草，不是宠物，生而不养，无恩有罪。他们梦寐以求的爱情结晶成了穷尽一生都无法下咽的苦果，自己的人生已面目全非，却仍要背负着新的命运，在良知和道德的绑架中苟活。

于是爱成了恨。

毓如琢打心眼儿里不愿使用这个字眼。她也曾感到困惑、悲哀，唏嘘世间骨肉亲情竟能薄凉至此。若换了她，能为孩子舍命，就同样能为孩子咬紧牙关活下去。

但这只是她的选择。

人与人不同，父母亦凡人，有自身的局限、私欲和丑恶的一面。

所以孩子丢失之后，有的父母知情不报，甚至感到庆幸，理由残忍却又现实：舍弃这个孩子，就像爬出深沟，重见天日，意味着“解脱”；有的父母索性自甘堕落，和黑市做交易，把孩子像商品一样变卖出去，减轻负担之余还能赚钱，一举两得。

这孩子属于哪一种呢？

从少年的只言片语中提炼出有效信息加以组合，毓如琢试着在脑中勾连事件的因果链：异化指数高到突破检测上限——被父母隐藏，瞒报已经构成犯罪。捅伤父亲、致母亲毁容——被监禁在地下室。“惩罚”只是话术，让他将无处宣泄的恨意转嫁给自己的手，自残既是向父母赎罪，也是压抑异能的一种方式。更深层的目的应该是禁止他接触外人，以免惹来祸端，毕竟父母已是前车之鉴。

眼下还有两个疑问：他的能力究竟是什么？为何藏了这么多年，父母都没“处理”掉他？

她忽然想到，这里欠缺了重要的一环。

“除了我和爸爸妈妈，你还见过其他人吗？”

她试着套取尽可能多的情报。倘若后续真有某种势力的介入，那他们的敌人，乃至整个案件的性质都会跟着转变。

“见过。”少年说，“一个女孩儿。”

接头人？她暗忖，第三方，并和受害者发生过直接接触。

“她来做什么呢？”

“来捡……易拉罐。”他磕绊地说，似乎是回忆十分邈远的事，言语间穿插着思索和回想：“你现在站的地方，是被她打通的。”

毓如琢怔怔地转过脸，眼前只有淌水的石壁，将近成年男子的身高，表面并不平整，有裂缝和坑洞，不知是人为还是自然形成的。

“怎么打的？”她问。

“像你一样啊。”少年说，“用手。”

哐当，哐当。

丢罐子的声音一下又一下，有规律地敲打着窗外的障壁，反弹出去，落在地上，被捡回去，再丢。

哐当。

是空罐子，回音尖锐。再仔细听，罐子的形状似乎在连续的碰撞中发生了改变，发出的音色也略有不同。分辨这些琐碎的细节是他的强项，因为有大把的时间可以挥霍、浪费在钻研没用的事物上。

在这比棺材宽敞不了多少的小房间里关了近十年，活着对他来说已与死无异，都是不痛不痒的事，置于天平两端能衡量出相同的轻重，后者或许还得额外费点儿力气。手也废了，伤口一次次结痂，一次次抠破，循环往复，再难愈合。

活着是为了死，死不了就活着。死亡迟早要来临，加快进度还是恬卧而待，都不影响结果。对此他早已觉悟，哪怕是本不应该在他这个年纪就参透的真理。

实在无事可做，他盘腿坐在一床露出棉絮，潮得渗水的被子上，后脑勺贴着墙，为外面那扰人的噪音计数。一，二，三……五十……七十……九十。

有上百次了，竟还不停歇，不间断，没有终止的迹象。像某种序列、编码，连贯成为讯号，仿佛是外面的世界在尝试和他取得联络，等待他破解其中隐秘的信息，不知疲倦地重复，“咚”的一声，突破了无人涉足的界限，像是穿透头皮，击中了他比常人敏感百倍的脑神经。

他终于动了，趔趄着站起来。

门外又有人吵架，谩骂，砸东西，他都不理会，只顾踩着发霉的褥子，脚趾蜷勾，抠住硬邦邦的床沿，借力向上擎起身体，双手去抓高过头顶的一扇铁窗。

他的指骨稍一用劲，才凝固的伤口便又崩裂开来，但他只是颤抖了一下，没松手，踮起脚尖，把脸凑向栅栏。

他嗅到空气和风的味道，贪婪地呼吸了一大口。新鲜盈润，和从排气管道、地下通风口吹进来的那些，完全不一样。

微风轻拂，薄纱般滑过鼻尖，前方寸许处一株蓬勃生长的杂草，根部糊着泥土，叶片缀着露珠，似乎比他上次观察到的又茁壮了些，肉眼可见的成长。

“你又长大啦。”他在心里替它庆祝，替它欣喜。

加油啊。

透过葱绿色草叶缝隙，他发现了那个变形的易拉罐。它静静地躺在废墟里，果然和他猜的八九不离十，隐约还能看出原样，圆柱状，银色，通体布满坑洼和凹陷，像只被人啃过后丢弃的果核。

他紧盯着这来自外面世界的东西，不当它作废品、垃圾，而是携带着某种目的的探路石。

是谁踢给他的？

异样的响动还在持续。

这次是左侧。他稍一侧耳就锁定了声音的来源，由远及近，从微弱到明晰，沉重的捶和凿，石块碎裂并掉落在地，其间还穿插着人类在蓄力时用鼻腔发出的闷哼，末尾带出一丝真实声线，很纤细，跟他的不同。

一个女孩儿，他只在电视和书本上见过的，与他性别相反的年幼人类。

此刻她用沾满石屑和土灰的小手，一拳一拳捶打着从他有记忆起就挡在窗前的灰色岩石。

刺目的阳光射进来，镀亮了那株葱绿的杂草。

他从未见过如此鲜亮的颜色，眼神发直，和侧身挤进墙缝里来的女孩儿打了个猝不及防的照面，两个人的惊悚各有千秋，神情却又离奇的一致。

有那么一小会儿，两个小孩像被相机定格住的画面般对峙，连眼珠都不动。女孩儿是半跪的姿势，嘴里叼着一只卡其色的粗布手套，正竭力伸长胳膊，想去够她在杂草旁边的易拉罐。

这不是废品，不是垃圾，是她的计数器。

她把罐子踢向石像，一次反弹代表一次受力，上面的坑记录着她每一次出腿的力道、准头，最后据此得出结论，她要踢多少次才能使它的表面没有一处尖角和凸起。次数越多，说明她对力量的掌控度越高，能将深浅轻重拿捏自如，想踢哪里就命中哪里，而不是像练习之初那样，一脚将它报废，而后攒集更多样品备用。

她终于找回了刚刚被踢飞的这个易拉罐，数没记够，看样子还差两脚。谁知它掉在这种犄角旮旯，逼她花大力气爬进来捡，还不得已使用了自己的“能力”。

爸爸可是警告过她，不能在外面脱掉手套的。再不小心把人打伤，爸爸还得赔礼道歉。想到这儿，她赶紧把劈石头的那只手塞进了手套里，又抻脖子又呲牙的，表情有点儿狰狞。

她看起来和他年纪相仿，或者大两三岁，脸颊和鼻尖都蹭了灰，用出汗的胳膊一蹭，非但没有抹干净，还弄得更脏，跟她麻袋似的旧工装裤相得益彰。黑色T恤过分宽大，跟她的体形毫不相称，明显是成人衣服，下摆扎在腰间，前襟糊了一小片白色的汗渍，宽大的袖口里探出两条秸杆般纤细的胳膊，晒得很黑，半长头发扎着脖子，眼神晶亮，让他感到不适，只想往暗处躲，避开她的目光。

如果他有镜子可照，会发现自己也是半斤八两。半个月才洗一次澡，瘦骨嶙峋，脚生了疮，穿着不合身的睡衣，袖子都磨毛了，还沾着污黑的血迹。

他也不想这么脏。

他们都不想。

她盯着他看了许久，不知是忘了走还是不想走，问他："你没事吧？"

他被这唐突的问话吓得浑身一抖擞，从头到脚筛了一通，她又问："你有事吗？"

两句话，八个字，只是把其中两个字换掉，就成了两种意思，两种语气。

他蒙了。他的父母没有系统地教过他说话，平时也没人可以说话，口齿本就不伶俐，这下连听都听不懂了。他只能摇头。

她直起身子，又看了他一会儿，把嘴一噘："奇怪弟弟。"

她背在身后的手动了动，腕子相互拧着，按捺住冲动——不能碰他，差点儿忘了。

他那么瘦弱，一碰就坏了。可不能把他惹哭，不能再给爸爸闯祸了。

她得离他远点儿。

她抱着罐子，踩着硌脚的石头，从进来的缝隙间往外爬，没爬多远还回头看了他一眼。

若干年后，他已遗忘她的长相，那条缝却还在，一直没被堵上。

幸好没被堵上。

那是光透进来的地方。

……

讲述途中他停顿数次，苦于脑中搜刮不出用于表达的词语，很多时候要靠毓如琢根据联系前后文猜想和补充，一遍又一遍，不厌其烦。

她将自己代入这个囚在地底的孩子，在窗前听雨，细数着罪孽，形影相吊地对抗黑夜，杜撰一场烂漫而无果的邂逅。可惜夹缝太窄，容不下两颗幼小的心脏相互触碰。她是故事外的人，没办法也不可能弄明白那女孩儿为什么自那一面之后就没再来过。她带给他一束光，又迅速离开，等美梦醒来，他仍身处寒冬。

而此刻的毓如琢不得不故伎重演。

“谢谢你讲自己的事给我听，我也想给你讲我的故事，但是时间不够。”她说，“抱歉，我得走了。”

快到她和迟洲泉约定的时限了，她不愿他担忧，哪怕一眼就看见了那孩子眸底颓然灰败的光，像风中将熄的烛火。

他什么都没说，平和地接受了某种注定，放开攀着栏杆的手，退缩回黑暗的巢穴中，任凭怎么呼唤也不肯回应。

可她还有话要说，一定要说。

“我们还会见面的，我发誓。”她抵着矮矮的窗户道，“你听着。”

“你要记住，这个世界上还有很多像你、像我一样的人。你并不孤单。

“答应我，你要离开这儿，到外面去，到人类世界去。哪怕是父母，哪怕是神明也不能阻止你。没有人能阻止你成为一个‘人’。你要做一个‘人’，去找到其他人，跟他们认识，拥抱，彼此依靠，这样就能忍受所有的疼痛和寒冷。

“因为他们也在等。带着眼泪，伤疤，等待和你相遇。”

雨停了。毓如琢回到原来的世界，像做了场梦。徒步走往停车的那条暗巷时，她特意留心了是否有人尾随，一路紧捏着拳头。她察觉到自己的状态不对——两次险些走错路，仿佛丧失了最基本的方向感，被不断膨胀的情绪影响，无法像平时一样思考。

骑摩托回天堂市的路上，毓如琢的心情久久不能平静，被引擎声鼓动着，怂恿着，几番想要掉头，砸烂那佛像，打破那铁窗。不妨就意气用事一次，今晚便带那孩子逃走，明天的事明天再说，再想办法。总有办法。

可她甚至没有一个正当的由头，要以什么名义插手？往大了说，这里是黑巷，不在她的职权范围内。况且这种瞒报人口的情况一经查证，能采取的措施至多就是强制鉴定、补报和罚款，还到不了上纲上线的地步。黑巷对这种情况也向来是睁一只眼闭一只眼，说白了，这是人家的“家事”，只要没妨着外人，没危及治安，他们就不会管。

生死不过一念之差，迟来的正义算不得正义，她怕来不及，也预料不到是否还有比当下更好的时机：事件还未定性，不管有多少种猜想，也仅仅是猜想，她该做的是将它完整而客观地记录下来，找迟洲泉、仇千里他们合计合计该怎么办。首先，这不是普通的非法监禁；再者，牵扯到监禁对象是极端个例，他们得准备好几种应对方案，工作量不会小，今晚回去就得开工。

她捶了一拳摩托车把。

什么时候才能做自己想做的，而不是只做“正确的”？

毓如琢赶到家时，迟洲泉还没睡，正坐在沙发上等她。客厅里亮着灯，柔光充盈，照得室内像琥珀一样剔透通明，温暖干燥，烟火人间就是这样了。

她走进去，将无际的黑夜和尾随的雨水都隔绝在外，扑进他怀里，仿佛再迟一秒就难以为继。

他被撞得后退半步，站稳了，满心担忧盖过惊讶：“怎么了？”

毓如琢不回答，一味地揪紧迟洲泉背后的衣服，脸往他胸口埋，看不见表情，苍白的后颈上盘曲着淋湿的头发。他便将那些可有可无的话题都推延到她的感受之后，优先选择自己最该做的，环住她的肩膀，亲了亲她的额角。

“没事了，没事了。”他抱着她轻轻摇晃，戴着戒指的手在她拱起的后背上一下下有节奏地拍，“你在家，我也在。”

“洲泉，”她的声音从肩窝处闷闷地传来，“要是我不小心伤害了你，你会恨我吗？”

迟洲泉垂眸看她，并不驳斥这个无中生有的假设，而是进一步问：“什么样的伤害？”

“比如我……没有办法控制念力，朝你开了一枪。我只是打个比方。”

缓了良久，她总算肯露出一点侧脸了。她黯然地说：“你知道我不是故意的，但你为此流血，甚至变成残疾，差点儿命都丢了，你肯原谅我吗？”

一段让人心悬起来的静默过后，他抿了抿嘴唇道：“敢听真话？”

“敢。”

她仰起脸，眼前一晃，男人屈起的手指刮过鼻梁，她闻到干燥的皂角香气。

“我都成这样了，你不得负起责任，照顾我后半生啊？”

“可我是……我是这样的人。”缀在鼻尖上的水珠被抹掉，她眉心微蹙，“如果你找个普通人谈恋爱，结婚，你就不会受伤，一辈子平平安安。”

“你是哪样的人？”

迟洲泉把她沉甸甸的湿衣服丢进脏衣篮，去洗手间取了条干毛巾来，盖在她头顶上揉搓。她乖乖站着，攥着他的衣角不撒手。

“我知道你想说什么，我们应该讨论过这个问题。”他说，“你是不是非常人，对我来说区别不大。你饿了也要吃饭，困了也要睡觉，‘常’和‘非常’又有多大不同？无非是后者要辛苦一些，多费点儿力气，多走点儿弯路，经历和承担的东西更多，仅此而已。”

见她还是瞪着眼，不信服的模样，迟洲泉也不强求，端来热茶喂她，让她暖暖身子。

“虽然爱情本身吧，没有意义，”待她顺从地接过杯子，他一只手搭在她的腰间，扭头望向别处说，“但我觉得，我跟你在一起这件事，如果非要赋予什么伟大的意义，那就在于，它能让你像个普通人一样生活。”

毓如琢闻言，从茶杯边缘露出小半张脸，目光莹莹，正对上迟洲泉的视线。他回以微笑，像他平时和她四目相对时那样。

“你介意的那些差别，我帮你抹掉就好。”他说。

她喝光了整杯水，将空杯子“咣”的一声放在桌上，双手抓住脖子上的毛巾往前一兜，套上他的后颈，使劲一拽，拽得他趔趄向前，不偏不倚地吻到她唇上，被亲得眼冒金星。

“虽然现在就想跟你生个孩子，”她放开他的衣领，用手背掸了掸，正色道，“但我得先说个正事。”

她像一阵风似的卷进浴室冲澡，拧开阀门，调高水温，汩汩热流对准头和脸浇下来，趁这片刻时间放空一下大脑。

同理心太强也有坏处，一旦开始沉浸式的共情就很难抽身，她深知自己有这毛病，却从不想纠正它。

世人都盛赞她的善良、博爱和不掺杂质的无私，唯有门外那个用传声器吞吞吐吐地跟她说“生孩子很疼吧？虽然我也想要，但你这样太勉强了”的男人理解她的脆弱，当她是普通人，总是开解她，宽慰她。

她也想像他一样，抹掉那道“边界”，哪怕是鸿沟天堑。

她草草洗完澡，将浴袍往身上一披，剥了根燕麦花生味的能量棒塞进嘴里，光着湿脚丫去了客厅，却撞见个不速之客。

“千里？”

来客并非实体，乍一看却足够以假乱真。全息投影而成的男人大马金刀地霸占了她家最软和的单人沙发，看样子也是刚洗过澡，赤着上身，裸露的小麦色肌肤表面浮着一层大小不一的水珠，身材比脸抢眼得多，让人不知该先看他精壮的上臂还是长得逆天的腿。

“晚上好。”他吹了声不怀好意的口哨，他的五官生得锐气，一笑又显得桀骜，如在挑衅，“我打扰你们办事了吗？”

“挺有自知之明。”

毓如琢当空踹他两脚，反正也踹不到。

仇千里从画面外取来酒杯，丢两颗冰块进去摇匀，一口饮下半杯：“那我还就赖这儿不走了。洲泉看球不？凌晨有直播。”

“好惨啊，仇副队。”她手指头卷着发梢打圈，眼中满是怜悯，“孤家寡人，沦落到跟姐妹抢老公。”

仇千里不甘示弱：“老迟，被胁迫了就跟兄弟眨眨眼，现在反悔还来得及。婚姻不光是爱情的坟墓，它是你整个人生的火葬场，好话不说第二遍。”

“死男小三，老娘现在就去单身宿舍杀了你陪葬。”

“好了，好了。”

古人云，三人行必有一和事佬。误拿了三角恋女主角剧本的苦命人，十年如一日夹在两个暴脾气中间当沙袋的迟洲泉，不得已出马劝架：“你们要掐到六十岁我可拉不住。不早了，说正事吧，球赛明天看转播。”

他偷瞟仇千里，那人表面并无异色，又添了杯酒，含着一块冰，“咔嚓咔嚓”地咬，混不吝的模样，实际上眼神故意瞥向别处，慢慢地游移在虚空中。他心里不是滋味，嘴上又没法说。他是什么立场？

从友人到恋人，难的不是恋爱，是还想做朋友。

毓如琢挨着迟洲泉手边坐下，想去茶几底下摸他平时固定搁在那儿的烟盒和打火机，被他打了手背：“不许抽。”

她委屈地揉揉手。

“说出来你们别怕。”她说，“我找到了一个有可能比我还强的小鬼。”

被禁止抽烟，她只得学仇千里倒了杯酒，边喝边讲。说是酒，毋宁说是气泡饮料，没度数，只为过过嘴瘾，边喝边讲。

当年上大学时，三人课下常厮混在一起。他们去校外一家卫生状况成谜的大排档吃消夜，彻夜聊天，一般是她和仇千里喝酒、划拳，为鸡毛蒜皮的小事和八竿子打不着的社会热点辩论并较真，很快翻脸，又很快和好。天亮前被迟洲泉一手一个架回宿舍——他从那时起就自觉担任着让他们信赖与安心的善后角色，仿佛是命中注定，历史必然。

“除了我们，你告诉其他人了吗？”她停下来喝酒时他寻了个空当问。

“暂时还没。”她端着杯子，“就是拿不准主意才找你们商量。”

“这种情况不应该先通知黑巷分局和非监局吗？”迟洲泉说，“照你说的，那孩子要是个史无前例的顶级异化，这事也不是单凭你一己之力能摆平的，别动辄就一股脑地往自己身上揽。”

“稳妥起见，黑巷那边找你线人盯着，毕竟对方目的尚未明确，蛇没出洞你打不到七寸。”他屈起指关节轻扣反光的桌面，“真是父母管教孩子还好说，怕就怕那扇小窗户后面，还藏着其他人。明早把情况跟大伙儿知会一下，情报部、技术部都不缺人，横竖比你单打独斗要好。”

“我知道这话不地道，但那孩子兴许是个引子。”他又说。

“老迟的说法我同意一半。”仇千里的投影徐徐起身，去往画面之外，镜头遗失了人脸识别目标，绿色的虚线框在背景中漫无目的地捕捉。不多时他返回，身上披了件藏青色的浴袍，嘴里衔着一根没点的烟，烟头随着说话的动作上下摆动：“我不认为我们能跟黑巷合作。首先，消息来源你就没法交代。私闯民宅？他们只会认为你在找碴儿。”

“没闯进去，谢谢。”

“不愧是我队的脸面，素质感人，年底的文明标兵评选提前内定你了。”

仇千里说着，身子忽地大幅度倾斜，躲过从毓如琢左脚上精准发射的拖鞋，“凶器”击空投影坠落在地，发出“啪”的一声。他双手摊开，以投降的姿势支在脑袋两旁以示无辜。

“其次，我说句不好听的，单凭那样短时间的接触就完全信任这个孩子，你未免……太单纯了。”

毓如琢听出了他的言外之意。

“你没有测谎仪，不能保证他对你说的每一句都是真话。就算他是个孩子，我承认我阴谋论，你又怎么能确信他的‘一面之词’不是受人教唆，被人利用？”

他一句接着一句，不给人反驳的机会：“他是‘未知’，你清醒点儿。你把他放出来，是打算做他的担保人？恕我直言，你一不是他的血亲，二没有资质认定，你拿什么担保，毓队？”

“别忘了，他有攻击性。”

他把烟灰弹进空酒杯，目光逼人：“你是‘个例’中的‘特例’，上级和民众对你的信任是你靠一次次解决案件，一点一滴构筑起来的。个人经历可没办法如法炮制，假如你不是毓如琢，相信我，他们也会提防你，像提防任何一个‘九级’一样。”

“最后一点，”他不理会迟洲泉的制止手势，有始有终地泼完剩下的一捧冷水，“你没权力迫使黑巷交人。”

此言一出，她立即像被点了哑穴，失去了方才那势在必得的气魄。她呆滞片刻，把脸埋进双掌中，搓得额发蓬起一绺。

“是啊，我知道。”她低低地附和，“两边的关系已经够僵了。”

她从指缝间望出去，深夜一点，四下俱静，只有雨声催人入眠，绵密地敲在窗上，也敲在她心上。她明白，等雨停风歇，一切痕迹消退、蒸发，龃龉仍在那里，什么都没改变。

“差异”就是如此。

不愿承认，不能否认，真切地存在着，不是几场演讲、几次游行活动就能粉饰的罅隙。且仍在持续扩张，直至成为无法填补的巨壑，不在明面上，是在人心里。

她知道矛盾不止是“人种”和“资源”，从黑巷到市区经关卡时必须通过的三次针对性安检，进入公共区域和建筑物内部时头顶响起的警报声，一定会被质疑的通婚，负面新闻和有心之人煽动的对立……这些皆是。就像她知道那孩子被救出来后的归宿实际上只有遗迹公司旗下的研究所，他会在那里接受全方位的体检，抽血化验，心理测试，异化指数鉴定和风险评估。他们会把他关在玻璃器皿里每日观察、监视并做记录，再将采集的各项信息进行整合，编入数据库，刷新迄今为止的最高纪录——他会创造历史。

而他对此一无所知。

她将他拖出地底，转而投向另一座牢笼，整件事掐头去尾，只剩一个无可辩驳的事实：他们用“正当”手段，把一个由父母自愿禁足在家的男孩儿当作活的实验体，送进冷冰冰的研究所。此事势必引发轰动，引发铺天盖地的报道，无良媒体用具有引导性的发散话题制造新的舆论，专家、学者、评论员被请上电视台，站在各自的阵营发表所谓的客观见解，唇枪舌战。

“客观”个鬼，这里没人是“客”。

连缀的雨幕中，唯有遗迹公司的巨型广告牌仍溟濛的发亮，色块拼接成一个白衣天使的形象，笑容圣洁地摘掉自己背上的翅膀，用羽毛在泥土中书写下一行字：“不是救世主，只做该做的事。遗迹，被你铭记。”

她打了个哈欠，给自己一巴掌提神，从沙发靠垫的夹缝里抠出一个平时不用的旧手机。

“你们说的都有道理。”她说，“但这人我非救不可。”

第十章

缝隙

“你这个点给人发信息合适吗？”

见她挖出那部通讯录里联络人仅有个位数的老式手机，迟洲泉当即就猜中她要找谁：“小哑巴？”

“答对了。”她边打字边打趣道，“没关系，他不睡觉。电子竞技不需要睡眠。”

“小哑巴”是毓如琢的线人，一位年纪小得不像话的少年，满头卷毛，长着一张青涩的娃娃脸。迟洲泉之所以对他印象深，不单单因为他是个非常人，身家清白，没有前科，跟犯罪集团也没有何瓜葛，浑然是个痴迷网络幻境的宅男，作息紊乱，终日窝在不足三十平方米的小单间里打游戏，饿了靠功能型饮料续命，若非任务下达，绝不踏出房门一步。

这样一个怎么看都不具备充当警方线人资质的男孩儿，却是罕有的八级高危异化，名为“追踪”。给他追踪对象本体的任意一部分，包括但不限于毛发、牙齿、骨骼、体液、皮肤碎片，乃至频繁接触的物品，穿戴的首饰、衣服等，使之触碰，他便能使用意念力锁定并跟进目标对象的实时位置，直到触摸痕迹消失（譬如洗手，清洁），否则追踪将持续生效。

“小哑巴”是他的绰号。干他们这一行，默认不用本名，人家也并非真的哑，而是患有一种与病变伴生的并发症，语言功能受阻，一旦开口说话便会立即陷入昏睡，不省人事。

恼人的病用在刀刃上，却是不可多得的绝技。毓如琢正是相中他这一点，拉他做了线人，把他从匣子般的房间里拖出来，给他施展拳脚的天地。

“不用跟那小孩儿正面接触，尽量避免。”她说，“碰他碰过的东西——窗栏就行。发现附近有人就走，自保为先。”

毓如琢把坐标和指示用最简明的语句编辑完，按下发送。她相信无须过多交代，“小哑巴”已驾轻就熟。

“必须把握黎明前的这段时间，不然等雨停了，天亮了，就会有人察觉到我去过那里。”

说到这里，她脑中如有电流窜过——那个披白大褂的男人，眼波多情，脖颈上有一道的疤痕，自称是大夫，常人。

她敢肯定他没撒谎，有凭有据胜于捕风捉影，她用意念探测了他，的确没感知到哪怕一丁点儿异常。

那这股令人难安的疑念是从何而来？

“我借老仇的阴谋论发散一下。”迟洲泉说，“他的级别这么高，黑市出价绝对不会低。他说他除了那个踢罐子的小女孩儿外没见过其他人，不代表他就不会被盯上。”

仇千里表示赞同。

“窝藏的事败露，父母会比从前更戒备，下一步十有八九是转移这个孩子。”他喝了口茶，征求他们的意见，“也找人跟一下凌广晟夫妇，看他们近期和什么人走得近或见过面。找自己人。”

“黑巷那边的话……”

毓如琢朝他做了个“打住”的手势。

“黑巷那边让我去谈。”她说，不容他反驳，“冰冻得再瓷实，凿它也会破，焐了也会化，关键得有人迈出第一步。

“你们只管把之前参与侦办贩卖儿童和器官那几个案子的兄弟们召集起来，分去巡逻队的啊，交通的，情报的，都叫回来。哎呀，大家好久没聚了，都各忙各的，心里也是……过不去那道坎吧。

“人能救的都救了，可就是死活挖不出幕后真正的黑手。案子是结了，隐患却还没消除，一直悬在那儿，我也不舒坦。

“别放弃嘛。”

她笑了一下，眼角的细纹走漏出微许年龄的秘密，那个笑容却如此年轻，十几岁般灼热，像是永远不会被击垮。

失败也好，被世俗渗化，被敌意刺伤，被规则裹挟也好，别放弃。

因为有像她一样的人，等待和她相遇。

三个人聊到深夜两点，都无心睡眠。检测到家中供电时长超出往日，人工智能开始每隔一刻钟提示一次，贤惠地劝说：“亲爱的主人，明天周一，您需要休息。

“亲爱的主人，您已错过最佳入睡时间，是否更改闹钟设置？”

磨得毓如琢耳朵生茧：“师父，别念了！”

“养精蓄锐去吧。”她只好对仇千里说，作势要关投影，“明早开会，加班预警。”

“真不拿部下当人使唤啊！”

他一对上她，嘴巴就客气不起来，小学生似的吵架，仿佛这样做就能扼制他发誓要埋葬在心底的肖想。他自知单恋朋友的爱人是最不磊落的行为，犯了友情中的大忌，可她也是他的朋友，三个人曾是最稳固的关系。

他们两个对他来说都很重要，缺一不可。

“行。”他背过身去不再看他们，如果这也算是种洒脱，“睡了。”

人工智能终于不再唠叨，准夫妻俩也准备去睡觉了。刚躺上床，毓如琢就收到“小哑巴”的回信：“得手。”

“漂亮。”她夸奖道，“回去路上留神周围。”

“这里治安好差。”“小哑巴”打字奇快，赶得上一般人的说话速度，“干什么的都有，好处是没人管，没人理我，看见也当作没看见，我觉得比市里自在。”

“没人觉得我是怪胎。”他写道，“大家都是怪胎。”

她的心中一酸，极快地回复：“你当然不是。”

“那个佛好恐怖。”

“好好看路。”

他也不过是个孩子罢了。

“一味的排斥和干预根本解决不了问题……”

她钻进被子，喃喃自语说：“糟老头子们什么时候才懂？”

“我们懂就够了。”迟洲泉关掉台灯，吻她的额头，“你的努力不会白费。”

他说：“改变这世界吧。”

她眼帘刚合上又睁开，“小哑巴”的最新信息在十秒前发来。

“我听见地下室里有人交谈。”他强调，“两男一女。”

客人执意挑在夜半三更造访，他们没有异议，也不敢有。十一点刚过就坐下来等，心头疑云密布，净是不祥的预感。

凌广晟一支接一支地抽烟，明昧的火一寸寸烧尽了屋内终年驱不散的霉味。妻子文芝木然地坐在沙发另一端，从头到脚缩进一张破旧的毛毯里，远看像一座鼓起的坟。

两个人之间隔着一个磨烂的坐垫，棉絮从芯子里钻出来，白的脏成灰的。凌广晟又看了看表，十一点半。闪电映入被胶带封死的窗户，雨声连绵不绝，像要下到世界末日。

早在上周，为他牵线的人就前来知会过，“买家”将于今日午夜亲自登门“验货”，足以证明“19”对此次交易的重视，让他们务必把握机遇，谈个可心的价位，如此一来，苦日子就快到头啦。

“想想看，这对你们和孩子来说都是好事。”中介人娓娓地说着，“你们无力抚养他，这是罪过吗？不是所有人都能承受命运的安排。谁说父母必须伟大，对不对？死扛下去大家都累，不如把他转交给有能力负担的人，换来轻松。你们年轻着呢，可以去过新的生活，孩子也有了更好的归宿，说不定还能为社会做贡献。何乐而不为呢？

“‘19’先生本人就是非常人，你们见面就知道了。他有更高远的志向，绝不会做出残害同胞的事，只是受传统伦理和当今的大环境所限，多数人思想不够开明，无法认同他的观念，逼得他不得不谨小慎微，还望你们不要见怪。”

话虽如此，但他们过了十几年东躲西藏的日子，猜疑早已成性，戒心长在肉里，岂是外人三言两语就能轻易拔除的？

敲门声唐突地响起，连着三下。凌广晟的手一抖，一大截烟灰断裂，跌在地上，被他的鞋底踝成粉末。他问："哪位？"

来人不答话。顷而，又敲了三下门，间隔一秒钟，像是暗号。

妻子抱着毛毯抖个不停，如同来的是索命的无常。

她怕见人，别人也怕见她，一道触目惊心的疤痕从她的左颧骨斜贯至右边嘴角右下方，将整张脸劈开。她尝试在洗澡时溺死年幼的儿子，出于求生的本能，他挣扎，反抗，稚嫩的小手连指甲都是软的，划到她脸上却是深可见骨的一刀，血染红了半个浴缸，她当场就疯了。

她曾有天赐的美貌，承蒙造物主的优待，年轻时听遍褒赞，兼得倾慕与追捧，现在却落得一副鬼样，两瓣勉强捏在一起的橡皮泥似的鼻子和再也合不拢的嘴。

毁了，全被那孩子毁了，前半生的光鲜，受艳羡的往昔。她从此闭门不出，间歇性地发狂，家里的镜子、玻璃制品，任何能映出身影的物什都被她砸得粉碎，丈夫不敢阻拦，也不敢正眼看她，期望这样能让她好受一些，放任与漠视日渐熟练，当她是活着的鬼。

活着就行。

"没事的。"凌广晟朝门口走去，对妻子说，也对自己说，"不会有事的。"

这是他们第二次给陌生人开门，上次就是那该死的人口普查，此前的十年间，家里没来过一位客人。强制性的突击检查杀得他们措手不及。原以为从市区搬来这个下水道似的鬼地方，家家户户都关起门来生活，不多管闲事，各顾各的死活，各有各的难处，没人会有余力关注一个藏在地下室里的"怪胎"。加之黑巷的非常人基数本就庞大，他们混迹其中，才好避人耳目。

直到数周之前，凌广晟被一个神神道道、自称是中介人的家伙当街拦住。那人像闻到肉味的狗一样耸动鼻子，举止浮夸地围着他嗅，又在他而发难前一语道破："你似乎有心病啊？"

凌广晟的下巴紧收，两腮的肌肉绷了起来。

"来了。"

门外，一个男人站在窣静之中，穿着中山装，身材瘦高，戴黑色的皮革手套，两鬓斑白，左手提着一只皮箱，右手握着伞柄，伞尖朝下，雨水滴滴答答地淌到沾满污泥的鞋帮上。

"见到您很荣幸。"

他微微躬身，笑容慈和仁厚，却像扣在脸上的面具，嵌着精确到不自然的弧度。

"叫我'19'就好。"

提起代号"19"，潜伏于安稳现世之下的"隐世"可谓无人不晓，他为"人体商业化"这一新兴灰色产业锻造出了完整而成熟的交易链，他的名号成了传奇，真身却仍是个谜。

与本尊有过正面接触的人不在少数，主要是替其物色"货品"的中介人，和中介人一同"看货"并议价的接头人，负责运输和"交货"的送货人。三方明明受雇于同一人，说起老板却各执一词，始终无法统一口径，都咬定对方是被骗的，自己才配当"19"的心腹。

中介说他是个尖嘴猴腮的瘾君子，生了一身癞皮，一只脚都踏进棺材里还做折寿的买卖，够胆；接头的说他是个气质儒雅的白面书生，在大学当讲师，让人无论如何也没法将他跟"19"牵扯在一起；送货的干脆说"19"是个女人，姣好画皮下包藏着蛇蝎心肠，男人们也忌她三分，不愿与她为敌。

"您说那些？是的，全部是我。"

男人放下伞和提箱，轮流用左右手背扫除双肩的雨水，趁机环顾他们阴暗寒酸的居所，脸上看不出丝毫嘲谑或鄙薄，生就一种引人亲近，得人信任的魅力，言辞委婉考究，兼具知无不言的爽快，与其庄重威严的形象不太相衬，有种“货不对板”的违和感。

“不同的皮囊罢了。”

他爱惜地拂了拂这身“借来的新衣”，比昨天那身合意，就算只穿一个小时，也足够了。

他是九级异化，名为“替身”。

“走穴，另一种说法叫夺舍，我可以灵魂出窍，将别人的意识赶出体外，入侵并操控对方的身体，自由从事任何活动。”“19”歪着头，指尖点了点自己的太阳穴。“这就是我的能力。”

“因此站在您面前的，并非我本人。我只是暂借了这位先生的身体做媒介，通过他来与您会面。干这行风险太大，抛头露脸是愚蠢的招摇。我也不为专门和谁作对，低调点儿总是没错的。”他欠了欠身，颇具风度与修养地说，“小心驶得万年船，展示我的诚意的同时，我得确保自己不被人抓住把柄，相信您能谅解。”

凌广晟目瞪口呆，骇然地后退一步，犹如站立在对面的是个披着人皮的妖魔，正透过一双人类的眼眸窥伺着他。被他护在身后沙发上的文芝抱着脑袋尖叫，叫得他头晕，仿若置身于一艘随时都会沉没的船上。舱外风急雨骤，“19”岿然不动，靡靡的灯光下是一张平庸无奇的脸，在明与暗的交界处流转变幻，蒙上一层瘆人的邪气，尽管他仍是笑的。

“您不信任我。”

“我……凭什么相信你……”凌广晟说，下嘴唇神经质地抽动着。

“19”早就看透了，这夫妻俩本就没什么文化，人无远见，又因长年遭受苦难的折磨，心志不坚。这种人最容易受煽动，怪不得会被中介人相中。

“也是。”

他不愠不恼，呈上早已为这一刻备好的手提箱，弹开锁簧，将敞开的一面朝向对方。里面一摞摞崭新的纸币切面平整，散发出好闻的油墨味。

“您信任它就好了。”

那是满满的一箱钱。

“电子账户容易被追查到，只好用这种古早的方式。”“19”说，“当面交易也方便。这是订金，事成之后我付剩下的一半，如何？”

还因为看得见，摸得着的钞票最直观，比虚拟银行里跳动的数字更具冲击力，更容易撼动人心。

“到那时候就回天堂市吧……回你们原来的家，像从前一样生活。像正常人一样。”

不知不觉间，他走上前来，凌广晟竟完全没注意手已被他握住，温度随之传染，令人动容。

“谁没有家庭呢？不怕您笑话，我有一位亲兄弟就住在这边。”谈及自己，“19”神色一黯，苦笑着垂下了眼帘，“出于一些缘由，兄长几年前离家出走，至今不肯回来，算是单方面跟我们断绝了关系。没办法，家家都有难念的经。”

“没有亲身经历过这些的人，怎能懂得您的苦处？”

凌广晟想追问为什么，张开嘴却没发出声。是啊，世间哪会有那么多为什么？为什么是他的孩子？为什么他要这样过活？

但这个人来了。许他诺言，给他钱和尊重，切中他的心病，一如神的使者，为他指明前路。

“时间宝贵，我们别耽误了。”“19”揽了揽他的肩，提议道，“带我见见他吧。”

凌广晟合上手提箱盖，成捆的钞票消失在视线中。他的两颊紧了紧，脚步后撤，朝客厅一角一扇不起眼的窄门走去。“19”了然一笑，却没立即跟上，而是驻足在沙发旁，屈身蹲下，单膝跪在文芝身前。

“太太，”这个高度正好能与女人平视，他朝破毛毯交叠的孔隙间看去，“吓到您了，抱歉。”

她不回应，只顾恐慌地闪避，千方百计要将面容藏起。那张脸像生硬缝合在一起的两张皮。可忽略那道疤，其余的地方堪称绝美。肌肤还像十几岁少女般娇嫩，扇形的睫毛纤长如羽毛。假如美丽能够复制和量产，她的基因该被送去冷库永久封存。

“这话或许有些鲁莽，但我由衷地认为，”“19”说，“您真是美极了。”

凌广晟引着“19”去地下室。

成交之前要先验货。以往这一步是由中介和接头的人来做，这次“19”必须亲力亲为。

那些跑腿的恐怕搞不定。

他学着男主人的样子侧身进入门内，走廊如他想象的那般逼仄，沿着墙脚堆放着各种杂物，有被水泡烂的再生纸箱，不能用但也舍不得丢掉的废品。尽头是一堵墙，“19”刚想问人在哪儿，旋即发现这堵同样由杂物废品组成的“墙”的背后，还有另一扇门，跟四周的墙壁有稍许色差，质地上也有区别，不仔细看很难分辨。

凌广晟站定，把靠左边的东西搬开，露出被挡住的门锁，然后手背蹭了蹭磨损严重的九宫格键盘，输入一串密码。

“他没见过外人，”他说，“最好离他远点儿，别激怒他。”

门应声而开，阴冷的风闯出来，里面又是一条暗道，被两面泛潮的墙夹着，楼梯倾斜向下。“19”探了探头，别有兴致地问：“激怒了会怎样？他会杀了我吗？”

剥去这身借来的皮囊，他有一种和外表完全割裂的，淡定的气质。

“不要紧。”他说，“我死过很多次。”

凌广晟埋头往前走，只觉脊背发冷，四肢发寒。下至楼梯最底层，他退开一步，给“19”让路。

地下室里湿气很重，暗昧之中，有一双眼睛虎视眈眈地看着他，“19”

伏低身体，朝那只凶猛的幼兽问好：“嗨，你叫什么名字？”

他的父亲代他回答：“凌忍。”

不到十平方米的房间只放了一张单人床，墙脚下有个内嵌式的简易如厕设备，上方正对着排气扇。走到床尾，“19”不再往前，裤管上蹭了一道床腿的锈迹。名叫凌忍的少年坐在床头与他对峙，相隔约两臂的距离，“19”能感觉到杀气，却明知不可为而为之，入侵对方的“领地”。

因为他明白，被拔掉尖牙，圈养着的猛兽，再怎么冲人亮出利爪，也不过是虚张声势罢了。率先摆出攻击姿态，初衷却是为了自保，抵御别人的、至亲之人的刺伤。他感叹不已，心说：“小可怜，这腌臜的出身配不上你。”

“很漂亮的孩子，”他说，“像他妈妈。”

扇叶高速旋转的底噪声中，有另一重音色掺杂其间，像刀刃相击，清晰可辨。“19”垂下眼帘，盯住少年交握在身前的两只伤痕累累的手，温和地嗔怪：“您二位也真是，家教太严，孩子过分拘束了。”

凌忍却无视了他，把目光投向一旁，朝斜后方看去，这才发现文芝不知何时跟了下来，悄无声息地出现在楼梯拐角，像一道鬼影附在丈夫身后。她叫道：“小忍。”

“妈妈。”

母亲一呼唤他，他又从会置人于死地的凶器变成了一个普普通通的小孩，像婴儿渴望吮吸乳汁一样，渴望汲取一点点儿慈爱和关怀。他每天最期待的就是吃早、中、晚餐的半个小时。母亲打开地下室的门，为他送来食物，有时甚至会陪他小坐片刻，等他吃完，再收回空的盘子。视当日的心情而定，她偶尔允许他上楼，在自家这几十平方米的范围内“放风”，看一会儿只能收到两三个台的电视。但不能太久，因为她不知什么时候会被什么事物、声响或是冷不丁的一个闪念刺激到神经，又会开始发癔症，毫无征兆地抄起手边最近的东西砸他，踢他，打他，哭喊着让他滚下去。

滚下去的时候他仍回味着那几分钟的温存：“妈妈终究是爱我的。”

他手握着这根蛛丝，悬在生与死的边际。

“听这位客人的话。”母亲说，“按他的吩咐去做。”

所以他可以不问，不追究他们为何让一个陌生人进到他的房间里来，明明前不久他们才责罚过他，因为那天人口普查的人，碰巧在他吃饭的时候敲门，母亲一时慌乱，忘了赶他回去就去开门了，他压抑不住好奇，扒着墙角朝外偷瞄了一眼，心怦怦直跳，也不知是否被人发现。

“肯定被发现了。”凌广晟皱着眉，脸色难看，“趁他们上门核实之前，我想尽快把他送走……我们可交不起罚款。”

“您的心情完全可以体谅。”

“19”向前走了两步，坐到了凌忍的小床上，不顾后者显而易见的抗拒，随手摸着潮乎乎的被褥和枕头，然后又抚向少年微低着的头，目光悲悯怜爱。

“明天我就带你走。”他问凌忍，“愿意吗？”

凌忍自己也说不清，为什么会对面前这个慈眉善目的男人产生如此强烈的抵触，和刚才来过的女人给他的感觉完全不同。至于不同在哪儿，他暂时只能靠本能来甄别，汗毛根根倒竖，感应着周围空气的细微波动，一有异动就予以反击。

“性格不太亲人呢。”“19”摸着下巴若有所思道，“不如我们做个游戏增进一下感情吧？”

他冷不防地攥住男孩儿枯枝似的腕子，将食指和中指伸直，无名指和小拇指弯折，摆出“枪”的手势，抵上自己的额头，对准眉心。

“来，”“19”说，“对我开枪。”

瞳孔中映出男孩儿惊恐万状的脸，“19”的笑意更深，一只手钳住凌忍，另一只手探入衣襟，掏出一把真枪，枪身乌亮，黑洞洞的膛口倾斜朝上，顶住男孩儿凹陷的下颌，迫使他头往后仰。始终冷眼旁观的父母见此情景也忍不住失声惊叫：“住手！你疯了！”

“或者我对你开枪。”“19”说，“让我见识一下吧，‘武器’。”

“住手！！！”

一声枪响。

凌广晟曾以为一辈子都不会再听见这个声音。他的右肩陡然一沉，昏厥的妻子倒在了他身上，他扶住她，一双腿险些支撑不住两个人的重量。他的肺部扩张，断断续续地吸气，涣散的目光最终落向地板。幸好，两道身影都没倒下，都还活着。

停滞的时间恢复了流动。

先放下枪的是“19”。他慢慢抬起手捂住了左耳。一条深色虚线顺着掌心的凹槽缓缓流下，隐没在袖口中。

“果然，我还是不喜欢痛。”

他扭头看身后，一个新鲜的弹孔嵌在墙里，像盲人的眼洞，直勾勾地瞪着对面——被逼开枪的少年产生了应激反应，正趴在床角干呕，手脚痉挛，由于长时间未进食，吐出来的只有胃液。

“但是……棒极了，你和你的异化。”

血一滴滴落在床单上，被稀烂的纤维吸收。“19”捂着崩了半只的耳朵，眼中闪烁着异样的光芒：“你会从瑕疵品变为艺术品，相信我，我对你寄予厚望。”

他把根本没装弹夹的空枪收回衣襟中，换出一条手帕，叠成方块压在耳朵上止血：“没有异议的话，明晚这个时候，我带人来提货。”

凌广晟僵立在门口，看“19”扶着床沿起身，迈着轻快的步伐朝他走来。他的手帕已被血浸透，红多白少。经过他身旁时，“19”一身浓重的血腥味像肥皂泡似的膨胀开，熏得人几欲作呕。

“哦，对了。”“19”一只脚踩上楼梯，又似乎想起什么，侧过身叮嘱道，“拜托您提前给他洗个澡。他都臭了。”

凌忍无声无息地躺着，分不清是睡着还是醒着，活着还是死了。

等四周的杂音消弭，回归他所熟知的岑寂，他才感到安全，找回自己的呼吸，爬下床，匍匐着来到墙根喝水。

那里摆着一只用于接漏雨的水盆，盆底不深，经过一天一夜的积蓄，水位已升得半满，长久的静置使它澄清无比。他趴下来，低头凑近水面，张着嘴唇小口啜饮，鼻尖也沾湿了一点儿。水凉丝丝的，润泽着咽喉，有种幻觉般迷人的甘甜。倘若雨是这种滋味，他也想去痛快地淋一场。

他仰面躺在地上，听着水滴落下的轻响，想象着外面的世界，终于入睡了。

第二天中午，他是被父亲唤醒的。

“怎么睡在地上？”

他的眼睛睁开，受到灯光刺激又下眯成缝。待看清来人的面容，他猛地翻身，在冷硬的地面上躺了一夜，两片肩胛骨动一动都像滚过刀尖一样疼。他叫了声：“爸爸。”

“对不起。”少年低声认错，一紧张就下意识地抠手上的痂，用痛楚转移他的压力，“我不应该……对人开枪……”

他做好了再一次受罚的准备，可唯独这天，父亲说：“没关系。”

这天是每个人都能得到赦免的日子。他们将从这段错误的关系里解脱，重获自由，所以没关系。

父亲蹲下来，抖开一条大大的旧毛巾披在他肩膀上。毛巾厚实，干燥，散发出一股陈旧的香味。有那么一瞬间，他误以为这是拥抱。

“你可以出去了。”

他不用再关“禁闭”了。

他不敢相信。

他坐进放满热水的浴缸里时，他不敢相信；在父亲的陪同下沐浴，然后穿上母亲拿来的最舒适的衣裤，他不敢相信；吃他们亲自下厨准备的饭菜，而不是冷冰冰的即食罐头或加满香精的混合果蔬饮料。他们三个人一起吃，像某种庆祝仪式……他依然不敢相信。

“真的可以……出去了吗？”

他把自己缩成茧，再三和父母确认，又怕惹得他们厌烦，一气之下收回允诺。

“去哪儿都行？”

母亲像往常一样不愿正视他，只留给他佝偻的项背。答话的是父亲：“是的。今晚会有人来接你。”

他用不熟练的手势拿着筷子，颤巍巍地吃饭。身心都被那种泛滥而廉价的幸福感麻醉，脑袋里混混沌沌的。

这是最后的晚餐。

和昨夜同样的时间，敲门声响起。这夜的造访者，是个年纪和凌忍相仿的少年。

不单单是年纪，身高、体形也近似，穿着款式正统的校服，面孔白皙，发色偏棕，长了双狐狸眼似的吊梢眼，像混血儿。

“晚上好，还认得我吗？”

焕然一新的“19”迈着轻巧的步伐走进来，身后跟着两个随从。那两人脸上扣着防毒面具，全身都被厚重的隔离服所覆盖，裤腿塞在高筒靴里，戴着手套，其中一人手里提着一只银色的保险箱。

凌忍从没见过这么多人，心中恐慌使他下意识地摆出攻击的姿态，四肢扭动着收缩起来。可当他像照镜子似的对着一个体貌特征各方面都和他相似的同龄男孩儿，想要与之亲近的天性以微弱的优势战胜了心防。他眼看着“19”单膝跪在他身前，朝他递出张开的手掌。

“我为了讨你欢心，可真是使尽了解数啊。”少年眯起眼睛笑道，“今天这身装扮如何？跟你很般配吧？”

凌忍想往后退，却被那两个戴着防毒面具的人一左一右架住了胳膊，稳坐在沙发上。一个人撸起他的衣袖，另一人开启了保险箱。白雾流泻四散，显露低温冷藏的针剂，针管中装着半透明的绛红色液体。

“别怕。”“19”捧住他的双颊，不让他看闪着寒光的针头，“只是给你打一针疫苗……疫苗懂吗？”

他转向那对蒙昧的父母，肯定地说：“你们没给他检查过身体吧？幸好我带了随行医生过来。我花了钱的，不想买到残次品。”

“是通用剂量吗？”回过头，他迅速地和扎针的“医生”附耳低语道，“他体质弱，药效太强他会死的。”

“医生”点头，检视注射器的针头和活塞。他抚摸凌忍的头发，催眠似的呢喃：“我不会让你死的。”

针头刺入皮肤，凌忍却毫无知觉，眼神空洞又迷茫。

“你到底……是谁？”

“19”张开双臂，身后是地狱通途，万劫不复。

“我是你的未来。”

鸦雀无声的会议室，长桌尽头，一款早已淘汰的旧手机嗡嗡振动，吸引了在场所有人的目光。

屏幕倏地亮了，是新信息——

“警告，目标发生位移，请回话。”

“警告，目标持续位移，他要离开家了。”

“毓，我知道你醒着。”

“对。”毓如琢把跷在桌角的腿放下去，站起来，手举过头顶，对着满屋的人打了个呼哨，“我都等急了。”

午夜零点，市局会议室依然灯火通明，升降杆上顶着个托盘的服务机器人在弧形走廊中无声来去，滑入门扉，为熬夜工作的人们送来一杯杯冒着热烟的咖啡。

当这扁脑袋、细脖颈的聪明玩意儿滚动着履带滑行至黑巷分局局长袁疏身旁时，他伸出合金制成的右臂，像摸小孩似的，撸了撸机器人莫须有的脑袋，眼尾攒起几道慈祥的皱纹。

做工精细美观的仿生手，灵活度不输真人，关节运动堪称丝滑。他端起微烫的纸杯，手腕倾斜，将咖啡一滴不剩地淋到机器人的头顶。

深褐色液体淌过雪亮的钢筋，淅淅沥沥流了一地，浓醇的甜香接触到空气，好似起了什么化学反应，立刻变得焦煳难闻起来。

两派人马隔着一道长桌，无一人站出来阻拦。

“没问题啊，毓队。”袁疏人往椅背上一挺，笑容探不出虚实。他的脸孔窄长，眼窝很深，四根机械手指轮流敲击桌面，语气不阴不阳，“总局都发话了，我们哪里敢说一个‘不’字？感恩戴德还来不及。

“毕竟在你们眼里，我们就是戴着项圈的狗，高兴了逗逗，赏两口饭吃。该不让进屋还是不让，要不就捏着鼻子，嫌脏。横竖不算人呗。”

迟洲泉从桌下按住几欲起身的仇千里，示意他注意场合，现在不是翻脸的时机。而毓如琢非但没有被激怒，反而真诚地问：“那您想要什么？”

明晃晃的灯光下，袁疏看着不喜不怒，默默清理地板上咖啡渍的机器人，脸上笑意褪去，紧跟着结了一层薄霜：“那我就明说了。想跟我们合作，可以，黑市都能帮你端了。只是从今往后，黑巷再也不当天堂市的后院，遍地拉撒没人管，我们用自己的方式管。各有各的活法，你们不懂，就别插手。

“当然，这也不是说往后我们就不来往了，亲兄弟明算账，谁也不是谁的附庸，将来但凡还有要帮忙的地方，您尽管提。但是，”他眯起眼，完好的那只左手抬到脸前，拇指搓捻着中指，“想雇我们做事，得拿酬劳来换。”

没等毓如琢回应，立在她手边的传声话筒自动接通，女人绸缎般的嗓音流泻而出，满是窃窃私语的会议室内倏然一静。

“好啊。”

话音甫落，毓如琢那个旧手机就响了。她点开信息扫了一眼，朝袁疏一扬手："剩下的等事成再谈吧，袁局。"

对待公然的挑衅，她亦笑脸相迎，叫人伸手也打不下去："请您来只是打个招呼，知会您一声。谁说要谈判了？"

袁疏的眉头一皱，拳头同时攥紧，血色漫上颧骨。是啊，这点儿小事就想拿来做谈条件的筹码，忘了他们才是处于劣势的一方。

"我现在得走了，恕不奉陪，您要想回去，我们还顺路，我送您一程。"

毓如琢说完便站起来，披上外套，不去看袁疏忽青忽红的脸，按住传声话筒，低头说道："萧婵，你答应过我不随便结案。再等一等，我会给你交代。"

连线那端的女人闻言，柔柔地道了声："一路平安。"

第十一章

行动

“这位是司机，名字叫季四。要小声点儿对他讲话，因为他的听力是你的十倍。

“他叫阿镜，能力是‘放大’，他会变魔术，比如把小老鼠变成大怪兽，是不是很有趣？

“这个绿头发的外国叔叔叫欧文，他和我会保护你。你要乖，不可以乱动乱跑，听懂了吗？”

“别是搞错了吧？”戴着隔音耳罩的青年借助平时享受不到的身高优势伸臂揽住“19”的肩，跟他咬耳朵，“小弟弟真的是十级吗？完全看不出来。”他指指自己的脑袋，嬉笑道，“他是不是这里不太灵光？”

“他是个好孩子。”

“19”眉心微蹙，牵起凌忍皮包骨的手，眼神温存，与那张少年的脸孔极不相称，真情流露显得分外做作：“出于对父母的爱和忏悔，宁愿压抑本性，自我折磨。”他笑得假，但是好看，“真让人感动。”

“想不到您是个性情中人。”

季四感觉他老板委实疯得不轻，简直疯出了几分禅意，无奈地摇摇头，先到外面开车去了，剩下一头绿毛，语言不通的欧文和病恹恹的阿镜。后者的感冒大半年都没好，鼻音浓重，嗓子也哑了，说话时掩着嘴：“咯，咯，走吗？”

“19”掐表计时，药一刻钟后才能生效，那么目前应该是“试验体”最放松、最适意的阶段，临床特征表现为持续的低烧和亢奋，攻击力和破坏性将得到大幅度跃升，挑战肉身所能承受的极限。

而凌忍的反应堪称毫无反应，和他预想的大有出入。莫非和异化等级有关？还是剂量不够？

那他得想办法再加把火。

手被压得往下一沉，凌忍才回过神来：跨出了十六年不曾迈出过的家门。

这条路漫长而阴冷，路两旁排列着一扇扇门，如同窥伺的眼眸。凌忍并不知晓门的另一边存在什么，路尽头将迎来的又是什么，只能拉着“19”的手，听着自己的心跳声，一步步朝前走。

他的身体前所未有地轻盈，好像被人注满氢气，每一脚都像踩在棉花上，又像陷进沼泽里。他的时间止于此刻，化为虚无。

正当他在黑暗中悬浮，密闭的空间豁开了一个黑洞，他探头往里看，十余载岁月间错过的一切都好好地贮存在这里，正等待他一一找补：更替的四季，流转的光阴，在盛大或渺小的死亡与新生中孕育诞生、兴衰嬗变的历史，无数大厦崩塌，又拔地而起，风穿行其间，掀起滔天的巨浪，席卷向他，召唤着他，执起他断裂的脐带，重新与这世界相连。

美丽的……新世界。

一辆纯黑色的厢型车停在楼栋门口，车身湿透，倒映出周围建筑和商铺的灯光，姹紫嫣红，斑斓而妖异。

凌忍问这些颜色从哪里来，“19”告诉他“只是影子”。

天空像乌黑的幕布，眼前这个“房间”比他的地下室不知大多少倍，望不到边。此时的他完全丧失了空间和方位感，总想找个死角躲着或者找个什么东西遮蔽自己，这里太大了，太吵了，杂音像蜂群钻进他的耳朵，又往脑袋里钻。

他不敢抬头看。恐惧像一柄长剑，刺入他的颅顶，贯穿他的喉咙和胸腔，直插到脚底。

“假如你害怕，就想象它们……都是影子。”

他被“19”塞进车里，封闭的车厢使他稍微感到了安心。“19”也依然在他身边，握着他的手。

“一起去吧？”他听见“19”朝车外的爸爸妈妈发出邀请，尽管后半句他没太听懂，“机会难得。”

“也想让你们亲眼见证……他的蜕变。”

这双干干净净的手啊，没淋过雨，没开过枪，怎会如此冰冷？他没能追问，人已不由自主地躺倒车座上，头枕着“19”的大腿。那冰冷的手为他盖上一条柔软如青苔般的毛毯，隔着绒布轻轻拍打他：“睡吧。”

季四在外面抽完烟，回到驾驶座发动汽车，二手烟味呛得阿镜一顿咳嗽，直咳得涕泗横流，他反而捂着耳朵抱怨上了：“你吵到我了！”

“欧文，把他们的嘴贴上。”“19”说着，手一下一下，节奏缓慢地拍他，“睡吧。”

他既犯困，又想听人说话。可眼皮一合上，人就跌进梦里，很快睡着了。

所以他没看见，坐在父母身后那两位给自己打针的“医生”，放下装针剂的手提箱，转而从怀里掏出了填满弹药的枪。

凌忍做了个梦。黑暗得像被密封的房间，里面都是女人。戴口罩和手套的女人，只露出神色凝重的眼睛和布满汗珠的额头，来往奔忙的女人，分娩的女人。她躺在一张头高尾低的床上，双腿分张，鼓胀的腹部一起一伏，神情痛苦，嘴唇青灰，身体却发光，像黑夜中引路的明灯。

阵痛，间断到不间断的煎熬，终于被一声细嫩的啼哭终结。她痉挛的四肢松弛下来，后背擎起又落下，疲倦地闭上眼睛前，见到最后一幕，是女人们用双手托举着的，自她体内诞下的新生命——一个婴儿。那婴儿通身包覆着血淋淋的黏液，蜷曲的四肢都裹在里面，像一枚剥了壳的卵，盛着一颗跃动的心脏。

怦，怦。

这是他第一次见到人类最初的模样，那样羸弱，无依无靠，承受不住一丁点儿命运的颠簸。

她们的眼神却惊惧万分，好像手里捧着的是一枚定时炸弹，病床边用来给新生儿做鉴定的异化监测仪显示屏上的数字发了疯似的狂跳。

“体内不明金属含量严重超标……检测结果为阳性……女士，您不是非常人吧？

“异化指数大于九……等等，还在变……指数不明……天哪……护士！

“抱歉，这位妈妈，很遗憾地通知您，我们医院不具备收治高危非常人的资质，假如您需要帮助，我们立即为您办理转院手续。

“对，只有遗迹能收……不，您听我说……这不是歧视，普通医院私自收治非常人宝宝是违法的。您知道的，以往遇到像您这样的常人妈妈，我们也都第一时间通知家属办理转院，还请您不要为难我们……

“孩子需要做进一步异化检测和鉴定，医院没有配备相关仪器，求您谅解，这孩子很危险。一旦出了什么差错，我们担不起责任……”

她们在怕什么？

他还不懂，只是默默跟在女人身后，看她黯然垂泪，怀抱着襁褓中的婴儿，走向同样满面愁容的丈夫。

产房外的男人等了快一辈子那么久，却得到最坏的消息。他什么都没有说，只冲妻子张开双臂，一家三口依偎在一起。

凌忍远远望着他们，一股热流灌进胸腔，浸泡住心脏，心中滋味难以言明。

是羡慕吗？

“被拥抱是什么样的感觉？”

他的耳边响起一道声音。

“我来告诉你吧。”

他不想听，捂住左耳，声音又绕到右边，虫子一样往耳朵里钻。他驱赶它，手往右边猛地一挥，指尖触到冰凉坚硬的镜面，惊愕地转过头。

他和自己的影子对视，一模一样的脸，笑容却陌生，仿佛另有其人，寄生于他的躯壳之上。

“我就是你啊。”

他跟着这对夫妻回了家。像回自己家一样熟门熟路地进入一栋纯白的建筑。

白的门窗，白的地板，不见一丝瑕疵和污垢。

可他不喜欢这白色，好像这里原先存在过什么东西，被某种力量彻彻底底地铲除了，为了掩盖它留下的痕迹，才用白色粉饰，好让居住于此的人安心。

他们从楼道经过时，白色的门打开了几扇，邻居探出脑袋，身子掩在门里，笑得不很自在："身体还好吧？"

"真的要走吗……不再考虑考虑？"

对面的白门也开了，一位邻居大大方方靠着门框，斜着眼，不知是冲谁讲话："换了我，我可不在这儿待。合着我生了个自己都养不起的孩子，还要付他们钱？这是我的错？"

隔壁有人搭腔："你别钻这个牛角尖……非常人确实比常人多一些社会服务费，还有保险。"

"交那狗屁保险有什么用？管好自己家孩子不给社会添乱不就得了？真是，也不知道交那么多钱最后进了谁的口袋。"

"哎，你生那么大的气干吗，你家都是常人。"

"我姐和我姐夫呗……"那人抠着指甲缝，"我外甥女是六级还是七级……会操控电流，我姐咬着牙把税缴了。我告诉你，级别越高，费用越高，我借了钱给她，以为这事能摆平，谁知道，跟他们住一栋楼的人不干了！一帮人写了封联名信，要把他们一家人赶出去……能怎么办？只能搬到黑巷那边住。"

"那地方能住人？"

"看你说的，怎么不能？"

打开的门越来越多，白色的墙像被蛀出一个个孔洞，各色各样的人从洞中显露出来，说话声越来越杂。起初还和孩子有关，后来逐渐离题，兜兜转转，又回到孩子身上。孩子哭了起来，如同真是他的过错。

“那边不用交税……几乎全是非常人，我们这儿的人轻易不过去，法外之地，你懂啊，管不着的。”

“有什么可管的啊？都各过各的。”

“不说这个，我想辞职……不想在遗迹干下去了，什么时候是个头啊？”

“你不做这个难道还有其他选择？混口饭吃罢了，要求别太高。”

“我们能活下来就不容易了，想想那些病死、饿死的人……”

“人活着总得像个人样吧。不然跟畜生有什么区别？”

……

“只要和家人在一起，不管住什么样的地方，过什么样的日子，我都能忍。”

“是这样吗？”影子从他的右肩绕到左肩，爱怜地抱住他，“你真的这么认为吗？”

“人啊，都坚信爱能抚平痛苦，为了爱能忍受痛苦。但忍了一天、两天，一年、两年……我亲爱的，爱总有耗尽的一天。”

影子蒙住他的双眼。

“而痛苦永无终结。”

深夜一点差一刻，由毓如琢带领的战术行动小队兵分三路从市局出发，从三个不同的方向赶赴黑巷。

说是三条路，导航能显示的只有两条，一条是所谓的官方通道，支持地上、地下、空中三种通行方式，一张通票一站到底。美中不足的是费时费力，出入口均有设立的安保关卡流程繁琐而严密，很考验人的耐性。

另一条是未经修筑的“野路”，土生土长黑巷人才认得的“歪门邪道”。直线距离比官方通道更近，必须横穿市区和黑巷之间一大片焦黑的废土，自然人不穿戴外骨骼或使用改装后的驾驶工具，不采取任何防护措施，进入那片区域就会遭受辐射和有毒气体的双面夹攻，超过一分钟便会呼吸衰竭，头发掉光，给身体造成不可逆转的损伤。这条路几年前就被明令禁止通行。

当然，规定是规定。只要有本事，想走还是能走。

一条明修的栈道，一条暗度的陈仓。除此竟然还有一条毓如琢和多数天堂市人恐怕都不知道的通道：它在地图上标注为死路，蜿蜒的曲线末端是黑巷边陲一座有名的矿山。

这里当年是块宝地，不少人靠最原始的挖矿发迹，可慢性自杀式的无节制开采毁掉了它的根基。水土流失严重，灾害一来更是首当其冲，大面积的塌方蚕食着周边地带，于是整片矿区都成了“禁区”。过了半年，又有传言说那里闹鬼，起因是几个吃饱了撑着的青少年组队去探险时撞见了几具尸体，腐烂的残躯上跳动着蓝绿色的鬼火，照片和视频在网络上传开后，那里被封禁了。神奇的是那里尸体只增不减——原来那里被远近的帮派分子当作了抛尸的好去处，毕竟在黑巷，每天都有人死，算不得稀罕事。

“要不是袁局提点，我还真想不到那儿的矿洞能通人。”毓如琢打开了自动驾驶，一边调试小队的公共通讯频道，一边“有口无心”地同坐在副驾驶上的袁疏闲聊，“这条隧道，还有仇副队他们走的那条岔路，都能让黑巷来的非常人逃避检查直接进入市中心，对吧？”

袁疏不回应，面朝着车窗，飞掠的流影之中，他的脸忽明忽晦，良久才喑哑地笑道：“我说了，我们各有各的活法。有些事点到即止，毓队既然明知，又何必故问呢？”

双声道耳机里分别传来两声“听到了”，一声来自在主干道上疾驰的迟洲泉，一声来自在废土区域边“跑毒”边骂人的仇千里。毓如琢本想说什么，却又咽了回去，爽朗地说道：“那您还肯为我指路？就冲这个胸襟，事后我也得有所回报不是？”

袁疏的长脸拉得更长。她则笑得越发灿烂：“愿我们第一次合作愉快。”

离黑巷的入口只剩不到一千米了。她抬头看向汽车中控台上方，由“小哑巴”远程操控着的实时监视屏幕，定位图中，象征着凌忍的光标正在匀速移动。她的目光下沉，忽然对上一张映在后视镜里的脸。

自打上车就乖乖待在后座的男青年冲她咧了咧嘴以示友好。

他是袁疏带来的，目测年纪不大，二十多岁，一侧脸上生着四颗黑痣，一颗在眉梢，一颗在眼下，一颗在颧骨，一颗在唇畔，排列有致，连接起来犹如玄妙的星象。人很活泼，理不理他都笑呵呵的，瞳孔一缩一放，能变好几种颜色。

他自称是袁疏的副手，叫尤透，能力是“透视”。据说这世上除了谈恋爱的少女，没有什么是他看不透的。

他收起通讯设备向袁疏报告：“观火带着她弟，正在来的路上。”

“他们怎么说？”

“说再喊他们加夜班就把我捅瞎……可恶，要捅也是捅你嘛，女人真不讲理。”年轻的副手气呼呼地撇嘴，一扭头又变脸如翻书，跟车内唯一的女性乘客献殷勤，“姐姐，你好靓哦，可惜英年早婚……”

毓如琢被他逗乐了：“晚婚也等不了你啊，小朋友。”

尤透顿时一脸半真半假的遗憾。

然而玩笑还没开两句，他的面色陡地一变，手指向监控屏幕：“糟糕了！”

毓如琢回过头。只见由点和线构成的画面中，始终往北平移的光点突然改变了前行的路线，避开主干道，杀了个回马枪，全力向西，直奔那片地图上没有对应显示的空白区域。

前方还有两千米就是矿区。

果然。

“老仇，”她扶住耳机，下令，“准备。”

“呀呼！”

正笔直朝正北方向行驶的轻型厢式车毫无预警地急转弯，尾部漂移，与地面摩擦，发出尖利的长啸，旋转了近一百八十度的车身将湿重的夜雾豁开裂口，调头朝斜后方开去。

那不是他们来时的路，甚至不算一条路，充其量是车子在一望无际的荒地上拓出的几道浅浅的车辙，草蛇灰线般隐于夜色下，往不可知的前方绵延。

耳罩挂在脖子上的青年关掉了不断发出已偏离路线警告的车载导航，改自动挡为手动挡，重新夺回方向盘的操控权，大大咧咧地对满车受尽颠簸的乘客道歉：“抱歉，抱歉！”

他指指自己的耳朵，从后视镜中冲他们挤眉弄眼：“听到了一千米外大姐姐的声音，一时没把持住。不好意思哈，体谅一下我们单身汉，太久没和女人说过话了。”

没人抱怨，也没人给他捧场，后座一片沉寂，像冬夜里的雪地。

后视镜里，毁了容的中年女人被后方伸来的一只黑色战术手套紧紧捂着嘴，只能发出“呜呜”的挣扎声。

她目眦尽裂地瞪视着一旁被枪口抵着脑袋的丈夫。

滞涩的空气中，只剩下“19”哼唱儿歌的声音。

“是她呀……”

歌声间断，他闭着眼，手掌和着节奏轻拍膝上沉眠的少年，喃喃道：“‘奇迹女神’终于来惩罚我了。”

“是咧。”季四回道，“老大，我们被跟踪啦。”

这无疑是个坏消息。然而“19”镇定自若，仿佛一切尽在把握，在黑暗中数双神色各异的眼睛的注目之下，继续哼唱：“别怕黑，别怕黑，星星月亮陪你睡。”

凌忍仍身处梦境之中。

梦中，婴儿也沉睡着，被父母藏进背包，护在胸前，借助滂沱的夜雨和川流不息的人群的掩护，避开当年还不像如今这样数量众多，严防死守的关卡，乘坐上出城的列车。

男人抱着女人，女人抱着孩子，和千万个同他们一样失意或落魄的人一起，脸贴在被车内暖气熏得起了雾的车窗上，回望自己来时的路。

随后列车启动，轰然作响，他们将往昔抛于脑后，向着未卜的前路遁逃。

他们在黑巷安了家。

如同被时光机传送到了二十年前，矗立在面前的这座“废城”，苟活在“天堂”的阴影之中，妖冶而艳俗的霓虹像迷人的画皮，妆点着这具被灾难吞吐过的巨大骨骸。焦土、废气、污水、危楼，没有秩序和章法，也没有落户手续、体检和外来人口登记，早就淘汰了的6G手机依然能收到信号。将植入金属露出体表，做过非法人体改造的非常人大摇大摆走街串巷。拳馆、赌场、夜店，养着成群打手的借贷公司，副业是兜售禁药的彩票站、武器店等，堂而皇之地遍地开花。群租房、棚户区来者不拒，只要有钱就没有解决不了的难题。他们当晚便敲定了住处，两居室，每个月的租金只需三位数。

那还有什么怨言呢？

“只要和家人在一起，无论住什么样的地方，过什么样的日子，我都能忍。”

这句话像催眠，让女人忘掉了阴暗潮湿的房子，蝇营狗苟的偷生，远近无援的境地，将全部和唯一的指望寄托于墙角生锈的摇篮。里面的被褥是她亲手缝制的，洗得干干净净，还像从前那样洁白无瑕。

婴儿躺在里面，用花苞般的小手去够她的手。她笑着将手伸过去，迎来的却是一阵剧痛。

血滴在褥子上，渗进棉絮里，怎么都洗不掉，留着一块醒目的红色印记，犹如女人身上的伤口，刀割状，锯齿状，旧的还没长好，又有了新的，比旧的更深，疼得更久。

她的孩子，是个“怪物”。

她哭着问丈夫：“他到底是什么？”

更为紧迫的问题是：“我们怎么办？”

丈夫无力作答。他早出晚归，黑巷走私违禁药品和非法人体改造的生意十分火爆，各种下九流的工作，给钱就有人干，不要体面，不要命，与天堂市被遗迹公司及其旗下各类产业瓜分和垄断的局面迥然不同。活儿不难找，只是风险高，且大多靠体力，他在外奔波一整天，回了家就只想吃饭、睡觉，再没精力操心其他。

他隔着被子拍了拍妻子以示安抚，不等她再说什么便打起了鼾。

“等他长大就会好的……”

她就天天巴望着孩子长大。

她那时还爱他，还能用爱编织幻想，还能用爱弥合失望。她喜欢做针线活，用做完衣服剩余的碎布头给孩子做一双双小手套，给他戴上，一旦被手上“长出来的刀刃、尖刺和锯齿”划破就换新的，不厌其烦。因为她爱他。

她跑遍这里的诊所，寻觅一种道听途说的“抑制剂”，据说有人专门倒卖这个，从遗迹医院人肉带回药物，大多是独家研发的产品，对抑制非常人的异化卓有成效。她花了高价去买，不惜掏空积蓄，和丈夫争吵、动手，最后坐在一地狼藉里痛哭。因为她爱他。

知道他还小，还不懂事，刚出生的小孩是白纸一张，怎会染上一丁点儿恶意的墨迹？他不是故意的。她可以忍耐，不去细想那双娇嫩的小手象征着什么，不管他是“什么”。

她遍体鳞伤地抱着他喂奶，夜里哭累了也能入睡，她对丈夫的话深信不疑：等他长大就会好的。

会好的，会有那么一天。她愿意等。

因为她爱他。

就算他是“怪物”。

直到不堪繁重的工作压力的丈夫在某次醉酒后叫嚣“把这不吉利的玩意儿扔出去算了”，孩子在极度恐慌的情况下，手中无形的刀刃刺入了丈夫的胸口，她脑海中紧绷的那根弦开始颤动——你还爱他吗？

是被盛怒冲昏了头？抑或是承受不了无尽的失望和落空，怨念和苦累郁积到了顶点，在那个瞬间喷发，她失了控，把孩子按进洗澡水里，用了足以杀死这个幼童的力气。

她怎么会想杀自己的孩子呢？

他本能地挣扎，咳嗽，肺叶在濒死之际奋力燃烧，受本能的求生意志驱使，他不顾一切抓住能让他获救的稻草，也以同等的坚决，反抗威胁他生命的力量。

他攥住垂在水面上的长发，反手就是一刀。

即使如此也爱吗？

那根弦终于被割断了。

“对不起啊。”

十六岁的凌忍呆坐在浴缸中，不停地发抖，滴落在身上的，是母亲的滚烫血和泪。

她被撕裂的面孔扭曲着绽开笑容，像盛放在噩梦里的腐烂花朵。

“妈妈实在是太累了。”

“她怎么能这样呢？”

染红了的洗澡水里，他的“倒影”浮出水面，和他相同的脸，眼神哀怜。

“她怎么可以把你带到了这个世界上……却不肯爱你呢？”

“哦，路是通的。”

身着防御型外骨骼，头戴一体式防毒面罩的仇千里将三分之一的身体探出车顶天窗，用戴着纳米手套的手把远视镜筒的焦距刻度往反方向调，瓮声瓮气地说：“怪不得。”

"目标锁定，完成。正在进行成分分析，请稍后。"

一道浮光跃上头盔屏幕，将其切换成单面的传感器显示屏，九片人形的热成像被光标锁定，图解数据佐以情报资料分列两旁，婉转悦耳的合成电子女声立体环绕："分析结果：五名常人，两人配有武装；三名非常人，一人不明。重复：五名常人，两人配有武装；三名非常人，一人不明。"

"真就让你赌中了？"他"哈"地笑了一声，"只是运气好。"

毓如琢的声音切入耳机，接替了人工智能的声音："碰巧抢在他们动手之前。该怎么说，天意吗？"

她情愿相信是天意。是冥冥之中的推手在为她指引，每一步都让她离幕后真凶更近。

"看他们的行驶路线，摆明了是要去市区，我们就在'老家'等着，瓮中捉鳖不好吗？"仇千里说。

话音刚才落，立即遭到毓如琢的否决："我不会冒这个险。让那伙人把一个等级高到无法探测的非常人运进市中心，你疯了还是我疯了？"

她停顿了数秒，音量低了下来："至少不该拿无辜市民的安危冒险。"

"你还真是圣母心肠。"仇千里哼了一声。

"那就在这儿解决他们。"迟洲泉接话道，"矿区地广无人，离两头的居民区都有一定距离，再合适不过了。"

仇千里没作答，指关节扣了扣车顶棚，让同行的队员把"那个"递给他。

"好吧。"

同车几位均是陪他出过不止一次任务，对他的脾性十分了解的老队员，闻言忍不住嚷了句："不是吧？"

不出意外地被他回以嗤笑："少废话，拿来。"

"你们负责'安良'。"他说着，以自己的肩为托，肘为支点，架好通体碳灰的炮管，把军用微型高爆弹药填装进肩扛式发射器的内部，上膛，“我只负责‘除暴’。”

“等等！”

迟洲泉像是长了千里眼，意识到仇千里要干什么，吓得直飚脏话：“你真疯了！前面可是矿山啊！”

仇千里不予理睬，心无旁骛地透过护目镜校正瞄准仪，无奈车辆颠簸，怎么调整都觉得有偏移。他嘟囔了一句：“很容易打歪啊，这样。”

他想了想，好像也不坏。

“算了，打歪也行。”

“老板！”一千米外的季四惨叫，“那边有个男神经病要拿微缩导弹打我们！夭寿啦！”

“19”做了个要他噤声的手势，继而唤道：“阿镜。”

回应他的是一声响亮的喷嚏。

“我开窗……会死吗？”病弱的青年咳得眼泪都喷了出来，咸咸的水珠挂在指腹上晃荡。

“只一下，不会的。”“19”说，“我的‘药’能治好你。”

季四自觉地打开了车内的空气净化装置。在他的右边，阿镜降下了车窗，朝外面探出头。

窗外月黑天高，荒野无垠，硫磺味的风向后撕扯着他的皮肤，灼烧着他的毛发，熏得他睁不开眼。

“别再追了。”他对后面的追兵说，“真的会死的。”

他朝指尖吹了口气，水花飞溅四散，卷入气流的旋涡，一路疯涨，直贯长空。

“那是什么？！”

仇千里的右眼离开了瞄准镜，额前掠过咸湿的风，瞳孔中有巨影高悬，遮天蔽月。

海……浪？陆地上？

“哪儿来的洪水？！”开车的队友吓得破音，眼前景象用“魔幻”来形容也不为过——滔天巨浪平地而起，携着腥风，犹如千军万马奔涌而至，要将前方一切障碍扫尽，杀个片甲不留。

仇千里捶了两拳车顶棚：“接着开！”

“你找死啊！！！”

他压根儿没想躲，只管笑，舌尖舔过门牙，右眼重新对上准星：“奇观啊，不好好欣赏怎么行。”

他扣下了扳机。

炮弹擦过炮管，外包涂料在高温下镕化，露出内部的浓缩炸药，仇千里的身体被强大的后坐力撼得向后仰，骨骼与骨骼相碰撞，铿然作响，倘若没有头罩防护，他的鼓膜当场就会震碎。

他发射完，回到车内，关闭天窗，越野车向上收起轮胎，同时将底盘切换成气囊，仅仅一秒之差，几乎是同一时间完成的。

巨浪当头打下，泯灭了所有人的呼喊。

仇千里活了三十年，初次体验陆上冲浪——虽然是在车里。他在不可违抗的天旋地转中想，要是撞成了脑震荡，全赖这个铁皮箱子。

“铁皮箱子”载着他们逆流而退，途中撞上一棵不知死了多少年的枯树，车身侧翻，将其连根拔起，强行纳入随波逐流的队伍，同患难，共沉沦。车子被水冲进矿区附近一片塌方的洼地，陷入沉积的泥沙当中，姑且算保住了几条命。

不过也够了。

仇千里吸着头罩里的供氧，张不开嘴，只好在心里说：至少那三发炮弹没白放。

第一发击穿了“海水”的帷幕，像一只雨燕，尾部如剪，将水帘剪作细雪，一部分被炮弹带来的高温烧成了气体，一部分化成灰色的雨滴，淋在阿镜的头顶。

是热的。

“右转！”他抱着头大喊，喉咙痛得快要烂掉。

季四的手说快却又不够快，车身失衡左倾，轮胎擦出火星，尽管奋力向前奔驰，仍被炮弹落地时的爆炸和冲击波及，多亏靠窗的欧文腾出一只手“加固”了门窗。喷吐的烈焰鞭打着车盖，抽得车子像疯马似的转圈，又被季四夺回了缰绳，驱策着它继续前进。

因为第二发炮弹紧随其后，并不会给他们做逃命以外选择的余裕。

“我们要进矿洞啦！”

季四觉得自己也快疯了，冷汗浸透衣裳，脑浆却在沸腾，烧得眼球发烫，竟将两百米外的矿洞看作了地狱的入口。

“坐稳了，朋友们！”他的嘴角大大地咧开，话里却半分笑意也无，“我们没有回头路喽。”

第三发打歪了。万幸。

季四“听”见它的飞行轨迹时，心下已是窃喜，于是加速，再加速，祈祷能甩脱迫在眉睫的死亡。

这场角逐以他的险胜告终。

最后一发炮弹紧咬着车尾，坠落在矿洞入口，炸断了他们的后路。

“……”

和仇千里的信号一同消失的还有迟洲泉的心跳。幸而只有几秒，他的理智便被耳机那端的女人唤回：“洲泉，洲泉！”

“我在听。”他狠狠抖了一下，手心捏了一把冷汗，“你说。”

“老仇没事，他还活着。”毓如琢飞快地说，切中他此时所想，“他是自己切断的通讯，为了给装备蓄电，所有人都没事。车上有两瓶储备氧，够他们在毒区挨半个小时，救援大概二十分钟后到。我都安排好了。”

他这才缓过劲来，松开攥紧的拳头：“明白了，总指挥。”

“突然这么叫，我还挺不适应。”

只剩下两个人的频道里，毓如琢的声音依然镇定，他把心放回肚里，用力撸一把头发，脸上的血色也恢复了少许。

“我到了。”他说。

往车窗外望，造型像竹蜻蜓一样的无人机两两一组，在风沙间起落，把三十到五十米不等的激光引线安插在龟裂的土壤里。

“就在矿洞出口，正在布置雷区，应该来得及。”他说，“放心，我比老仇有数。这种地雷炸不死人，顶多触发电网让车瘫痪，我们要抓活的。”

“还是你靠谱。”毓如琢松了一口气，“听见刚才的‘地震’了吧？老仇炸了矿洞入口，好家伙，往后这条路算废了。”

“不好吗？那地方留着也是后患。”

“这话你跟区长讲去。”

他哑然失笑，眼前伸来两只手，邻座负责操控无人机的技术人员将折叠式显示屏拉伸到最大分辨率给他过目：最后两根雷管即将填埋完毕，感应装置将于五秒钟后启动，一旦车辆驶过，触发引线，低压电网便会将其捕获，破坏车辆的安保系统，并以限制敌人人身自由为目的，间歇性施加约等于六毫安的电流，活捉目标而不会置人于死地。这是目前最稳妥的一种策略。

“但我还有一点儿在意。”

车速减缓，趋近了矿洞的出口。迟洲泉道：“老仇说那辆车上共载了九个人。一个‘不明’，想必是你说的那个小孩；两个武装，应该是负责押运的送货人，那剩下的六个呢？是什么人？

“其中另有三个非常人……难不成被倒卖的不止那个小孩？”

“这个嘛，”毓如琢说，“黑巷分局那边正在用大数据筛查，一会儿就能知道他们的身份了，很快的。”她又道，“而且我正要告诉你，他们派人去了凌广晟的家，刚传话给我，你猜怎么着？”

迟洲泉目光一转，眼睛眯起来：“他们都不见了？”

“这可不是巧合。”

她正欲往下说，他却忽然打断道：“慢着。”

她噤了声，听着那端的鼻息声。

他说：“有什么人冲我们来了。”

第十二章

催化

轻型飞行摩托在夜色的掩映下飞驰，开出彻夜不寐的黑色城巷，驶入杳无人烟的荒野，沿途掀起几丈高的黄沙，长驱直入，闯进被称为“禁地”和“鬼域”的废弃矿区。

到了指定地点，摩托停在一堆风化的骸骨旁，车上下来一男一女。女孩儿衣着清凉，背心配短裤，头盔一摘，火红如霞的长发绸缎似的抖落下来。她的眉毛和睫毛都是红色的，十根手指也涂着血红血红的指甲油，拎着一瓶“绝对伏特加”，苹果梨味，已经喝掉三分之二，婴儿肥的圆脸上酒醉的酡红和浅浅的蝶翼状的红斑狼疮难以分辨。

她边打电话边喝酒，瓶底朝天，喉管蠕动，发出粗鲁的吞咽声，半晌把瓶口“啵”的一声从嘴里拔出来，上面沾了圈暗红色的唇印：“啊？什么？再说一遍！我听不清！啊！”

她中气十足地骂了一嗓子，扔掉了右上角显示为“服务区外”的终端机，打个酒嗝，嘴边似有火星飞散，一晃便湮灭在夜风里。

“予若！”她喊道。

身后不远处，骑摩托的男孩儿应声而来。他戴着骑行手套，脚蹬翻毛皮靴，厚羽绒服裹得严严实实，却还是冻得嘴唇乌青，耸肩弓背的，一米八净身高硬是缩成了一米六，像是身处和她截然相反的季节，两张面孔的相似度高达百分之九十，如假包换的亲姐弟。

“来了。”

他挨向她，贴紧她的脊背，埋首在她篝火般的发丝里，只露出一双警惕的眼睛戒备着周围，眨眼频率高得不正常，疑似患有严重的焦虑症和眼部抽动症。

“我记得是这儿。”他说。

“那就等吧。”

她见他冷，便将酒递给他，让他喝点儿暖暖身子。

他抿了一小口，被辣得像狗一样狂吐舌头，泪汪汪地问：“姐，老袁到底想让你干吗？”

“劫镖。”

她抓着酒瓶举到耳边晃了晃，尽管心有不舍，还是预留了几口备用：“当然啦，明面上说的是协助追捕，但最好抢在他们之前把人抓到。”

“为什么？”予若不解，结了白色冰霜的手被她牵去，贴在脸上传递热量，“大人间的恩怨，小孩子不用懂。”

“简单点儿说，插手我们这边的事，有了第一次，就有第二次。久而久之，我们就失去了自主权。”她说，“明白了吗？”

风吹来的方向，有引擎声自远而近。予若放开了观火，看她疾走几步，提着酒瓶的颈子，抡圆胳膊将它掷出去。

“我不明白，但你讲道理的样子好靓。”

少年半蹲下来，眼巴巴地看着姐姐：“姐，不要嫁人好不好？那些常人男的一个赛一个蠢，跟他们生孩子是污染我们家纯净的基因。”

“我不。”

酒瓶飞到最高点，下落前有约一秒钟的停滞，里面的伏特加酒无火自燃，将它变成一发信号弹。予若便在这时出手，双掌着地，掌下迅速结出冰凌，形如银蛇，向前突刺，延伸至她的脚下，瞬间蹿出几十米远，架起一条冰凌桥，将她高高托起，任她肆意滑行，红发飞舞，像一面炽烈的旗帜，冲向灯光渐亮的洞口。

“我就喜欢他们那副蠢样！”

凌忍的身体在梦魇中颤抖。

“妈妈……”

他的虹膜倒映在池水中，渐渐渍成猩红。他的脸像他又不像他，他仿佛从未认识过自己，凝视着倒影的眼睛，正淌出诛心的毒。

“为什么不爱我？”

为什么自顾自地创造了我，又自顾自将我抛弃？

“那是我的错吗？”

“我就供你差遣，悉听尊便。”
“我不想背对你。”
你不怕我？
NI BU PA WO
你救孩子，我揍他们。
“我饿了”。
我饿了。
把他们都干掉能提前走吗？

畏惧他人，又被他人畏惧。疏远他人，又被他人疏远。伤害他人，又被他人伤害。像一个丑陋的洞，蛀蚀了这个本应美好和完满的世界。他的存在，即是残缺。

“如果是为了遭受怨恨和恶意……”

他倏地抬起头，眼角张大得几乎要崩裂，浓浓的血色占满了眼白，持续侵蚀着外扩的瞳孔，直至将其完全霸占，融为一体。

“我宁愿不要出生啊！”

满脸是血的女人尖叫着将他按进水中：“去死吧……别再拖累我们了！”

他被自己的影子彻底吞没。

——你知道吗？

不公平的人生，早在你降生的那一刻起就注定了。

而当你意识到这一点时，身后早已没有回头路。只有流言、苦难、虚伪的温柔和无穷尽的痛楚，鞭挞着你的后背，逼迫你继续往前走。

走啊，走啊！别停下！到死为止！

你别无选择。

那就毁掉这一切吧？

“好吵。”

——爱啊，恨啊，你是为这些无聊的东西而活的吗？

“闭嘴……”

——当然不是，你是为你自己。人不为己，天诛地灭。

“别再说了。”

——恨可以毫无征兆地转变成爱，爱也会毫无道理地转变成恨，爱能爱到把命给你，恨也能恨到要你的命，没有为什么。天要诛你，地要灭你，你还要向它们去讨要理由吗？

他们定你的罪，你就是罪人啊。

别傻了。

“……”

他从水底浮起，眸中再无一丝神采。

低头看去，水中的倒影仍在朝他狞笑，咧开的嘴角却骤然凝固。

“我说，”他将手伸向它，死死扼住它的脖颈，五指缓慢而不容置疑地收紧，攥出道道鲜明的勒痕，“闭嘴吧。”

“催化”完成了。

名为梦魇的镜子破碎，其间的影像被完整地剥离，投射进现实里。

动荡的车厢内，一股浓稠的腥臭味道扩散开，转瞬间便吞并了有限的空气。

异化名为“束缚”的非常人欧文，举着一双只剩半截的手臂瞪直了眼睛。他的肘部到手掌全被蛮力碾碎，一时竟没感到疼痛，只觉得有点儿冷，又有点儿热。黏湿的液体滑下他的脸庞，一小块一小块黏糊糊的肉糜掉在裤裆上，滚出一连串红色的血印。

欧文的视线从被碾成肉泥的双臂间穿过，直抵少年清癯的背脊，再往前，是脖子上掐着一只手的“19”，全身因缺氧而痉挛着，嘴角却奋力向上提起，勾出一抹堪称迷狂的笑意。

“你醒啦……”

“19”气息奄奄，额角的血管暴突，涎液失控地淌下来，滴到凌忍的手背上。他眼中却迸发出的狂热和欣喜，以不可思议的能量抵消了人类濒死之际应有的恐惧。

“还认得我吗？”他伸出一根手指，指着自己。

凌刃置若罔闻。

“那么，还认得他们吗？”

他的手指调转朝向，对着后座那对流泪的中年男女。这对可怜又可悲的父母，将被用作试验体催化成功后的第一道试题。

快说你认得。

“19”从心底里渴盼听到少年的回答。是的，他保有记忆、常识和个人志，顺利克服排异反应，药物融进他的血液就像水融进牛奶一样了无痕迹，而他会成为首例人工培育的“多重异化者”，拥有当今最强的战力。

凌忍却连视线都未偏离分毫，手上力度一卸，竟放开了他。

“你……”

又失败了？

然而来不及发问，下巴就被迫抬了起来，抵在那细嫩皮肤上的，是凌忍并拢的食指和中指。

“19”临终前听到的最后一句话，来自那出生迄今从未展露过笑靥的少年。

他笑着说：“这次一定能打中。”

“砰”！

当无形的子弹射穿“19”的颅骨，击碎右车窗时，绿色头发被血染红的男人发出了野兽般垂死的悲鸣。

“呼”！

四十千米外的一栋民宅，“19”从梦魇中惊醒，身下是闷热的床单。

卧室里只听得到他自己粗重的喘息声，伴随着擂鼓一般的心跳声，他抬起微颤的手指摸了摸下颌，应当留有弹孔的部位依然完整，肌肤湿冷柔滑，表面蒙着一层黏腻的汗液。

他如同经历了一场货真价实的死亡。

每次替身在他的能力发动时限内死亡，他的神志被迫遣返回本体，身体便会产生三到五分钟的震荡，他称之为“错位感”。在此期间他的肉身不受支配，生理系统极其紊乱，甚至会休克和失禁……但这天不一样。

他仰躺在床上，胸膛起伏，沉浸在“死亡”的余韵里。过了半晌，他双手扼住柔软的脖颈，虎口缓慢收紧，眼帘如幕布，浮现出少年的脸，瞳孔透出利刃般的冷光。

——他想杀我。

“19”掐着自己的脖子，却扼止不住抽气般的笑声在黑暗中震颤。

——他想杀我！

“19”被杀过许多次。最痛的那一次发生在他十二岁时，凶手是他的孪生哥哥。

准确的说，他的本体正在床上熟睡，而哥哥站在厨房门口，手持利器，对潜伏在体内的他说：“出去。”

他很诧异，被“夺舍”的哥哥怎么会拥有自我意识？他尝试控制哥哥把刀放下，至少不要吓到母亲，但哥哥那被他压抑的人格强烈地排斥着他，要将他逐出这具夺来的躯壳，他求之不得的健全身体。

“是你吧？”哥哥问，刀在他手中像没死透的鱼一样抖动，刀身上映着他们相似的面孔，“你这么做不是一次两次了。我知道我‘梦游’，我默许了，我纵容你。但胡闹也要有个限度。”

哥哥是常人，自小便展现出超常的智慧和医学上的才能，压倒性的天赋，为从医的父亲所偏爱；他却是非常人，六级异化“催眠”，并发先天性重度肌无力，连靠自己的双脚下床都做不到。

同为一母所生，他不过想拥有一具能跑能跳，能在阳光下的草地上打滚的身体，这奢侈吗？贪心吗？

幸而命运终于回应了他的祈求，在他十一岁那年，以另一种形式满足了他的愿望。

他病变出了第二种异化，成了那“亿分之一”。

“每晚我在你的催眠中入睡，就会成为你的替身。你的意识侵略并占据我的大脑，导致了我‘梦游’。”他的哥哥像个成年人那样镇定地揭露他的把戏，“这期间我曾经‘苏醒’过，但没有惊动你。我检查过自己的脚底和家门外的监控。”

“你每天都催促我早点儿睡觉，盼着我快点睡着，好用我的身体出去玩。去公园、广场、博物馆。你喜欢咖啡，但你的体质咖啡因不耐受，所以你用我的胃喝。你猜我多讨厌那股焦煳味，就算刷过牙，我也闻得见。

“至于我为什么没有第一时间质问你，一是因为我还没吃透这种能力的原理，二是因为我也希望能带你出去。因为你是我弟弟，我很爱你。

“可是宝贝，玩具可以给你玩，哥哥的身体你不能抢走。

“不肯离开的话，你会吃点儿苦头。”

利器无情斩落，母亲失声尖叫，跑去客厅打电话报警，而他在巨大的震惊中失却了反应，眼睁睁看着哥哥以伤害自己的方式倒逼他离弃这具肉体。

“疼吗？”哥哥问他，血沿刀尖滴落，“你可能不知道，和你相反，我很擅长忍耐疼痛。虽然我只是个常人。”

“常決，别逼我。”

刀像是黏在了他手上，怎么都甩不掉。嘴角被迫向上扬起，那是哥哥的嘲笑。

“滚出去。”

刀像画笔，哥哥在自己身上作画，又亲手毁坏这作品，一共十九笔，每一笔都避开了要害，却又让他剧痛难忍。

警察和父亲破门而入时，十二岁的少年正坚守着血的阵地，用穿了线的针缝合自己。那是生来就注定要成为外科大夫的手法，稳健而高效，已经率先缝好侧腹和大腿，拉直了线头，用牙齿磨断。

“妈，能给我一条毛巾吗？”少年看向母亲，“我说的都是真的。弟弟他会‘灵魂出窍’。”

母亲看向警察：“他疯了！他一直自言自语，他有梦游的毛病，却污蔑他亲弟弟……他弟弟卧病在床十几年了，怎么可能？！还拿刀捅自己……天啊……请你们救救他……”

在母亲的哭声里，哥哥被送进了医院，又辗转至精神病院。半年后的某天，院方致电家属，告知他们一个不幸的消息：病人出逃了。

“他趁护工查房时击昏了她，窃取了她的门禁卡，以及……我们在病房的地板上发现了血迹、带血的刀片和病人的身份芯片。”

哥哥失踪了。

此后经年，即使他已能和病痛共存，咽下药片与谎言以喂饲体内的恶魔，他都不曾忘记那个夜晚。十九刀，凌迟般的酷刑像一场洗礼，痛感历久弥新。家中的氛围因此悄然改变，长子的名字成了禁语。

母亲坚称哥哥当年是“发了疯病”，若非警察来得及时，恐怕病弱的次子也会遭其毒手；父亲则哀叹家门不幸，自己一身医术无人继承，大抵天才多怪癖，过人的智慧会侵吞掉常人的感情。

他们的小儿子亦是受惊过度，一度深陷噩梦，直到成年之前都会频繁梦见哥哥站在床前，对手无缚鸡之力的他举起屠刀。心软的母亲听不得这话，每次都安慰他：“别怕，他走就走了，不回来也罢。爸爸妈妈会保护你的。伤害你的人，再不能踏入家门一步。”

那就好。

得到许诺的“19”便安然沉入流沙般的枕头。

这样一来，唯一知晓“替身”的实情且有权指控他罪行的证人，已经在这场游戏里彻底失了势。

毕竟谁会相信疯子的话？

谁又会对一个下了床只能靠轮椅行动的病人设防呢？

“我刚才睡着了吗？”

在他床边“打了个盹”的父亲悠然醒转，接过他递来的眼镜，并未察觉记忆缺失了短短三分钟。三分钟，足以删除异化指数检测仪的鉴定结果，手动录入新的数值。

机器不会欺骗，人类却会。

“抱歉啊，爸……和我说话就会被催眠。”懂事的小儿子赧然一笑，“妈也经常在做家务时突然睡着呢。”

“19”想隐瞒自己的“双重异化”，需要动点儿脑筋，但绝不难办。这要感谢父亲利用了他的职务之便。“19”年幼时因体质虚弱，出行不利，作为医生的父亲便向遗迹医院申请，每个季度的异化指数再鉴定由监护人负责，亲自在家为儿子做复查，届时再将结果上报。这对他是天赐的良机。

“数字没有变吧？”

“没有。”

“新的异化……算了，亿分之一的概率。”

父亲粗略地扫了一眼仪器的显示屏，在表格中“无病变／发病情况”一栏后的空白处打上对勾，“一切正常”，又在监护人署名处签好字，草草点击发送邮件。

“好了。我得回去值班了，你看书吧。”

“真想让爸多睡一会儿。”

“那可不行，会耽误工作的。”

临走前，父亲亲手替他更换了枕巾，换得不如母亲熨帖，却有一种笨拙的温柔。

“我将来也要做医生。”他说。

父亲笑了：“为了什么？”

“治好所有人的病。”

第十三章

19

天堂大学医学院教师宿舍一楼，走廊尽头朝阳的房间也被用作办公室和聊天室。没有课的时候，他都会在这里等人。

有些是预约的，有些是临时的。踏进这扇门的人，十之有九都会在见到他本人的时候，发出短促的感叹。

“请问您就是……啊。”

“很意外吗？”

倘若他趁势追问，九个人中就会有四个摇头，三个尴尬地笑“有点儿”，两个诚实地表明“您的样子和我想象的不同”。

“我应该是什么样子？”

十六岁修完大学课程，自学药理和心理学，二十岁拿到双学位，成为天堂大学最年轻的特聘教授，没有依仗父辈的背景而是靠自身实力接到遗迹公司抛出的橄榄枝……若非亲眼所见，没人会相信取得如此傲人成就的是个日常百分之八十的时间躺卧在床的病秧子。

“太厉害了。”人们总是会问，“怎么做到的？”

智力、意志，医学的天资、冷静的疯狂，“那个人”有的，他也全部有。就这么简单。

但还有一件，只有他能做到的事。

“我真的很崇拜您，每次心烦意乱，琐事缠身的时候，能偷闲来您这里歇息一会儿，和您倾吐心声，对我来说是莫大的治愈。”

“您可能不信，您就像是避风港一样，很多学生都这么说。能跟您说说话，许多茅塞都会憬然开悟。”

“您说这是催眠的后遗症？怪不得我醒来的时候人已经在公司了，同事们一个个都呆若木鸡地看着我，说我把老板给打了！天哪，我怎么敢？”

“性骚扰……我以前都不敢反抗，我也不知道自己是怎么动的手……把他的脑袋砸开了花，哈哈哈，他活该！”

“我总算摆脱他们了。”

“我一直没有勇气和她告白，这次却说出来了！”

“工作丢了……我怎么会那么冲动？我完全想不起当时的情况，我……失忆了吗？”

“啊……这么说……是我的潜意识指使我这么干的？我的内心深处……其实一直压抑着真实的自我？”

“但是好畅快。老师，像做梦一样，我从没这么畅快过。”

“我忍了多少年，不敢相信，这次真的说出来了。我变得勇敢了。”

“谢谢，谢谢。”

“谢谢您的入梦疗法。”

六十分钟的梦境里，他会借他们的身体出走。

他征用他们，扮演他们，短暂地成为他们，假如将这份能力发挥到极致，或许能彻底取代他们。

有些是迷茫的大学生，有些是暗地里妒忌他的同行，每周都来给他送教案的助教，面临中年危机又夫妻不睦的教工前辈，向他讨教医学难题的实习大夫……他体验他们的生活，借他们的感官来感知这个世界，设身处地，以己度人，唯有如此，才算真正“理解”他们。

理解病因，找到病灶，直捣病根，方可病除。

“真稀奇，您自己不也是个病人吗？”

通过网络虚拟社区与他结识并相约见面的非常人女孩儿，坐在他对面，美得像一颗早熟的浆果。

“那个账号不是您的？那和我聊天的是谁？哦，无所谓。至少我们聊得挺开心。”

女孩儿没上过学，十七岁半，七级异化“腐烂”，一头乌发编成麻花辫，社交平台上的每张照片都化着浓妆，施厚厚的粉掩盖病容和对万物的厌倦。

“同人不同命啊。您是天才、医生、教师，还做什么心理辅导……而我，只是个没人点的陪酒小姐罢了。”

她刻意坐得离他远些，怕弄脏他的躺椅，套着彩色长袜的腿摇来晃去。

“还是最低档的那种，站在街边的。”

她做了个粗俗不堪的手势，表情却无半点儿羞耻：“非常人嘛。我够便宜了，脸蛋也不算丑吧？但就是赚不到钱。客人嫌我脏，怕我的病会传染给他们。”

每隔几分钟，女孩儿就掏出一只粉盒补妆，用粉扑把脸上、脖子上溃烂的皮肤遮住，目光看似散漫，却不时瞟向他放日用药的床头柜里和葡萄糖摆在一起的抗生素。天堂市每家药店都供货的基础药，在黑巷却物以稀为贵，价格越炒越高，舍得花钱长期购买的人少之又少。

他冲女孩儿点了点头，带着应允和纵容的意味：“非做这行不可吗？”

她踌躇了会儿，但没过太久她便站起来，飞速拉开柜子的门，抓起两盒没开封的抗生素塞进背包，又抱着包坐回原处。

“我爸欠了赌债，把我抵押给店里替他还账。老板答应我，做够一百单，他就放我走。”她玩弄着自己毛糙的发辫，“我知道他骗我。一旦踏进泥潭，哪能全身而退啊？”

他皱眉的模样有种欲说还休的意味，却饱含柔情：“你觉得有什么方法能打破当下的困境？”

“除非他死喽。”少女娇艳的红唇玩闹般吐出阴冷的字眼，说完惨淡一笑，“否则就是我们被打死，得病，然后病死……随便啦，反正我也没妄想过长命百岁……那能不能让他先出门被车撞死啊？还有我爸那种男人……”

“要不要我替你去？”

女孩儿的嘴角凝住。

“哎？”

“这是一种新型疗法，还在试验阶段，或许能解决你的问题。”

“靠什么？”

“靠你自己。”

他在有限的活动范围内伸出手，递给她一本睡前读物，《克拉拉与太阳》，湖泊般宁静的眸中映着她愣怔的脸。

“就当作休假，睡个好觉吧。”

当晚，女孩儿回到打工的店铺，用一把红酒起子捅穿了老板的肚子。

灯影缭乱，客人们惊叫着四散奔逃，毫无防备的中年男人双膝跪地，拼命按住伤口，仰望着他面前初生的魔女。

妖异的光落了她满身，她脸仍是笑的，神态与平时无异却又有哪里异样。

这个人还是她吗？

“我不再怕疼了。”她低垂着眼眸，嗓音娇憨而沙哑，“你应该怕我呀。”

养在店里的打手们闻讯赶来时，老板已经倒在血泊中断了气。暴怒的他们制伏了女孩儿，割断了她的喉管。弥留之际，她用指尖蘸了自己的血，在胸前写下鲜红的数字——19。

女孩儿是第一次死，“19”是第二次。人一生只能死一次，而他会死许多次，许多次。

翌日，当他换了“替身”再次去到那家黑店，却发现那里已经被人砸得烂碎。光天化日之下，一群年纪相仿，浓妆艳抹的女孩儿拎着铁管、撬棍、金属球棒，把店招牌拆下来，你一脚，我一脚地踩扁，丢进店内，泼上成桶的汽油。

没人阻止这场喜悦的狂欢。

女孩儿们大笑着，尖叫着，摘掉头上的假发扔向燃烧的沙发，庆祝即日起，为期一生的自由。“19”站在驻足观望的路人之中，淋了满身的雨。

几天后，死去女孩儿的账号竟又亮了起来，像是有人披上了她的皮囊。

“您好，我是……的朋友，相信您已得知了她的死讯，还请节哀顺变。

“我吗？是个黑客，通过不正当的小手段复原了您和她的会话记录，得到了一些‘内情’。但请您放心，我也不干净，不是来勒索的。

“只是想对您说声谢谢。谢谢您对我们的帮助。

“如果我肯保密，您愿意和我见一面吗？”

女孩儿们像重获自由的鸟儿飞出了黑店，将“19”视为她们的恩人，发誓对他的“秘密”守口如瓶。获得她们的信任并非难事，在正义经常缺席的黑巷，女孩儿们更想要一种信念，一种未必磊落却能将自己和同伴紧紧维系的羁绊。

她们中的某些人并未亲眼见过“19”，却都从他那里拿到过应急的药品，听到过疗伤的话语。“19”，这数字像一个暗语，一串密码，一句必将兑现的誓言。她们深信，他的精神会依附、陪伴着她们，只要他开口，她们就能感知到他的存在，如同追随着牧人的羊群。

她们敬重他，又对他那副病躯怀有母性的爱怜，尊称他为“先生”，乐于将自己借给他做“替身”，使他得以短暂脱离那张囚困他多年的病榻，穿行于她们眼中并不美好的人世间。她们愿为他做任何事。

她们皲手茧足、抵死谩生地活着，那样靡丽而易碎。

她们终将死去。

“您会为哪些事物感到悲哀？”

“我生活的这个世界。”

“那您又会为哪些事物感到失望？”

“我生活的这个世界。”

悲哀的是，他发现无论自己救助她们多少次，她们还是会被驱逐，被蒙骗，被贩卖，被包裹着糖衣的恶意所伤，被扒光衣服抛尸在暗巷里。

失望的是，不管他爬升到多高的地位，发表过多少篇论文，常人们依然固守着既得的利益，不肯对底层的非常人施舍一分一毫的同情。

纵然他有学识，有眼界，有清醒的头脑和高超的医术，却治不好他们的病，救不了他们的命。

“病”不只在人体内，也在人心中，在本性里。

常言道“神明自有安排”，上天馈赠他两种能力，则必有行使它们的一日。他始终坚信着。

后来他才恍然大悟：兄长早已教给他。

“所以，老师，您如何看待常人与非常人之间的关系？我们作为不同的个体，能够达成真正的理解和感同身受吗？”

“我认为能。”

“以何种方式呢？”

“疼痛。”

人和人真正理解对方的时刻，就是被同一把刀洞穿的瞬间。

“19”从床上坐起，下半身仍裹在蚕茧似的棉被里，四肢在延宕的刺痛中震颤。他吃力地捞过床边的垃圾桶，一手握拳抵住腹部，轮番吐出酸的胃液和苦的胆汁，另一只手抽来纸巾，抹去眼角与唇边的狼狈，然后揉成一团，丢到床下。

纸团滚到床底，停在悬挂的尿袋旁边。

床头的台灯根据环境光自行调低了亮度，照着他摊开在膝头的电子记录簿，最新建立的文档页眉处标注着“实验样本 S1”。

身体素质：弱。

精神状态：差。

异化等级：未知。

融合用时：15—20分钟。

试验结果：……

“19”的笔尖停顿下来，戳在墨水屏的空白区域，激起一圈圈电流的涟漪。他算了算，手头的“试剂”共有八十九种，来自八十九位自愿或非自愿的“供者”；“样本”一百三十个，失败六十七个，有待观察的十五个。其中四个是八级以上的非常人，受药后无一例外非死即疯，凌忍是他们之中唯一一个在“融合”后没有当场失智或暴毙的样本。这是试验持续一年，破天荒的首例。

一年前的夏天，那个自称黑客的女孩儿怀揣着死神的判决书来到他面前，便是一切的开端。

“能拜托您帮我个忙吗？

“嗯，最后一次了。”

黑客女孩儿裹着圆滚滚的棉袄，脸蛋也圆圆的，像一朵白云，手中反复折叠着一份医院的诊断书：“我想把我的肝脏移植给我男朋友。”

“我知道很唐突，有点儿冒犯您，但思来想去，这事不能托付给别人。您懂医术，和黑巷那些人不是一类人，我信得过您。您一定会尊重我的遗愿。”

女孩儿咧开干裂的嘴唇，故作轻松地笑了笑：“没什么能报答您的，真对不起啊。只剩这副身子还值点儿钱，可它已经无药可救了。”

“是的，绝症。治下去也无非是往河里丢石头，所以我不治了。趁癌细胞扩散之前，我想把肝脏捐赠给我的男朋友，他肝不好。其他的，还请您帮帮忙，让它们在那些需要它们的人身上继续发挥余热，钱就转交给我的父母吧，这些年他们为我花掉太多钱了。”

她深吸一口气，眼泪落下来，就如同云里滴下雨来：“我无意让您当恶人，弄脏您的手……”

但她相信，不管多脏，只要她们伸出手去，“19”就会牢牢握住，绝不辜负。

“好。”“19”说，“交给我吧。”

“19”从他的“门客”中挑选了一位体力、专注力乃至肌肉的控制力等各方面都适任的人，替他完成这场意义非凡的手术。

绿头发的外籍男性，是非常人，名叫欧文，身材高大，站在手术台前高度适当，手却很细，据说从前是个牙医，因病人在拔牙时突发心脏病而被家属追责，抵押了自己的房产做赔偿，如今沦落到给黑巷的黑帮看管仓库、赃物和人质，异化能力为“束缚”，本人却是虔诚的教徒、非暴力主义者和一个濒临灭绝的游牧民族的末裔。

他不是本地人，为数不多的血脉相连的族人们都在天灾中丧生，留下他一人，却仍固执地使用那晦涩拗口却又弥足珍贵的部族语言。“19”翻遍了浩如烟海的文献才习得些许日常用语与他交流，诚恳地征求他的意见：“我要借你的身体去做一件事。”

“什么事？”欧文问。

“给一个得了绝症的女孩儿做手术。”

“一件善事。”欧文点头应允。

手术在租用来的仓库进行。他们倾尽物力为女孩儿提供了最好的医疗设备和卫生环境，没有煎熬，只有体面。手术顺利得超乎了“19”的预想，足见他在这方面的才能并不比兄长逊色。

术后，他谨遵女孩儿的遗愿，将她的肝脏转交给她的男友，一个名叫季四的货运司机。

季四二十来岁，常年熬夜，人看上去不太靠谱，戴着一副怪模怪样的耳罩。女友的不辞而别使他备受打击，但她留下了一封像是遗书的信。信中告知了他两件事，一是自己的病，二是请他到黑巷某个仓库去找代号叫“19”的人，她留了份遗物给他——一块鲜活红润的肝脏。

见到女友的“遗物”时，季四差点儿当场崩溃：“你杀了她！你是个杀人犯！”

“19”是何许人也，季四既不认识，也没见过，只知道凶手就在他面前。绿发外籍男人身穿带血的手术服，铝制吊灯在满地碎砖烂瓦上投下摇曳的暗影。

“我不信……她是我最爱的人，我要的是她这个人啊！”

他扑上去就要以命相搏，无奈身量相差悬殊，男人轻易将他掼到地上，他的耳罩都摔掉了，疯狗似的喘气。

“她的遗书里写得很清楚。是她委托我解剖她，取出她的肝脏赠予你，我只负责执行。”

男人长了张西式面孔，却说得一口流利的本地话：“你可以选择接受，我们马上准备手术。时间很紧，还有五十五分钟。”他瞟了一眼手表，口吻不算悠闲，态度却从容淡然，“你也可以选择离开这里。但我建议你接受，因为……”

“你的异化并发症病灶在肝上，如果不换掉，撑不到明年。”他说。

季四汗湿的手倏然攥紧：“你到底是谁？！”

“这无关紧要。”皮囊下的“19”向他投去一瞥，目光微暗，“别辜负她对你的爱。”

爱。

“19”被女孩儿的那份爱打动，决心剖开她的身体，而季四为了延续那份爱，也同意做换肝手术。没有更好的选择了。他深信他爱的人不会害他。

“可我不想要她的肝脏，我想要她活着，和我一起……”

哭哭啼啼的小伙子还没从痛失女友的重大打击里回过神来，人已半推半就地上了手术床，躺在无影灯下，目光犹疑地打量着为他做术前准备的男人：“你就是‘19’？你到底是人是鬼？”

“为什么这么问？”

“红灯区的人都说，‘19’是死去的妓女的冤魂，会附在有怨气的女孩儿身上。”

“这样啊？”“19”没有正面回答，过了会儿才轻笑一声，“她们希望我是谁，我就是谁。我为她们存在，她们使我存在。”

季四听得云里雾里：“所以你能‘魂穿’别人，利用别人的身体为所欲为？他们不反对吗？没人出卖你吗？”

“要开刀了。请保持肃静。”

“等等！”季四也不知是害怕动刀还是神经大条，连连打岔，“你给我做这个手术，我是不是还得付钱给你？”

“不必。”

这是他在麻药起效前听见的最后一句话。

“这又不是买卖。”

真正的买卖在后面。

“既然是她的遗愿，我作为男友也想出一份力……这样吧，至于其他的，等我能下地了就去帮你联络。我跑货运的，这方面有门路。”

手术在预期时限内堪堪完成，对“19”这种实操经验不足的新手来说，只能说他运气够好，操作够快，季四的命够大。离替身失效还有三分钟的余暇，他也没有浪费，争分夺秒地调制了两瓶药液给对方挂点滴，随口问道：“这门生意在黑巷很普遍？”

“那还用说？老板，你不了解行情。黑巷这边但凡有“货源”，那都是抢着要，紧俏得不得了。半死不活的人多了去了，这个衰竭，那个不全，都等着换源续命呢。人造的买不起，只能捡‘二手货’。”

刚做完手术的季四病恹恹地靠在床头长吁短叹：“大家都懂彼此的难处，没人告发，自然就没人管……得了，这事包在我身上，我拉个朋友一块儿帮忙。阿镜最近挺缺钱的……”

“我有‘眼睛’会盯着你，别耍花招。”“19”再次提醒，“事成之后，记得把钱转交给她父母。”

“您真是活菩萨。”

“那么，”他指着盛装在器皿里的，女孩的“遗物”，“我先买一份吧。”

灭菌灯的暖光穿过有些浑浊的浸泡液，折射出层层变幻的异彩。

“有个研究课题想做。”他说。

电子记录簿右上角的时钟数字已从“0”跳到了“1”，屏幕前的青年却无一丝睡意。他用笔尖点开桌面左侧的隐藏菜单，任务栏中弹出一封已读邮件。

亲爱的Dr.Chang（常博士）：

遗迹药业新型药物开发团队向您致以最诚挚的问候。

由您参与研发的一类药品（四种）将于下月获批上市。

另，我们对您递交的新复方制剂项目提案很感兴趣，特为您提供为期三年的硬件设备支持，以及启动资金拾万元整。请于本月十五日前至遗迹药物研究中心办理相关手续。

感谢您对全人类的医疗事业做出的卓越贡献。

期待与您的进一步合作！

遗迹，被你铭记。

落款是“@Vestiges（遗迹）”。

官方回函，也有可能是AI代写的，不过没关系，“19”只在乎遗迹公司对他研究项目的资助，就像遗迹也只关心他所取得研究成果能否带给他们长远的，宏观的利益。

雄厚的资本肯张开羽翼为他荫蔽，即使只有一根翎毛，于他们而言并不足惜，对“19”来说，却是可靠的依傍。

不到两年，以人脉广大的陪酒女孩儿为根须、驻扎并铺展开来的人际网，成了“19”在黑巷发展这一非法贸易的基底。有人信赖他的诚意，有人信赖他的酬劳，毕竟这里的人既没有信仰，也没有钱，而他恰好视金钱为粪土，又与生俱来一般巧言善辩。

他善于说服别人，煽动感情，他爱每一个人，并让他们对此深信不疑。他救助他们又差遣他们，万不得已时也“牺牲”他们，献出他们的身与心，像一种古老而庄重的仪式。

他自知还不具备与死神抗衡的力量，那就不妨用一些人的死，去换取另一些人的生。

再给他点儿时间，待他破解异化的奥秘，找到那把“刀”，通过疼痛教会所有人谅解和移情，那时的他，也将焕然新生，在公正、和平的“乌托邦”里，有尊严地活下去。

“咚咚”。

“19”从敲门声中回神，往昔消散如雾。兴许是常年被失眠困扰的母亲在又一个难挨的长夜游荡到了他房间外，见门缝中有灯光透出，便叩了两下。

“没睡？”

他顿了顿，应道：“没有呢，还醒着。”

女人这才推门而入，半白头发绊在耳后，围着条羊毛披肩，关切地问他：“怎么了？”

他便揉揉酸胀的眼睛，佯装合上读了一半的电子书，笑容像尘埃一样轻柔而落寞：“我又梦到哥哥了。”

女人的目光暗淡下来，背对他掩上门，侧身坐在床沿。他伸出手，覆上女人失温的掌心。

“没事的，我并不痛苦。”他温声说，像个过早懂事的孩童，“只是有点儿孤独。”

女人抚摸他的面庞，指尖描摹着年轻的轮廓线，怜惜这大好年华却只能囿于病榻的身躯。她别开脸，不愿自己的脆弱暴露在孩子的目光之下：“对不起，妈妈什么都做不了。”

本季度的异化指数再鉴定中，她的小儿子被查出体内多个器官有早衰征兆，病因成谜。丈夫特意请来专科同事为他诊断，那位医生坦言，他余下的寿命最多不超过三年。

“求求老天爷……”

她俯下身子，额头抵着他的手背，溷溷热泪淌进指缝，如沸水浇在他心头：“求求你活下去……”

“我会的。”他也依偎过去，舒展双臂，拢住母亲窄小的肩膀，“别为我哭。”

“做个好梦吧，妈妈。”

他埋首在女人的颈间，双眼圆睁，像死后仍不肯瞑目的亡灵。

——我的刀，我的火，我的黑山羊。

“老板？我……死了？！死了！”

——生而为刃，你必将被人所用。

“快拦住他！阿镜！阿镜救我！啊！！！”

——我爱你和你的苦痛，点燃它们，你便以燎原之势，烧尽我们眼前的藩篱和荆棘，让他们流血，让他们敬畏。

“我们不想害你……我们都是为他做事的……别……”

——抱歉了，亲爱的朋友们。有人新生，即会有人消亡，活着的人会悼念你们，提前抵达真正的“天堂”。

黏稠的血浆倒挂在厢式车的后视镜上，掩盖了地狱的缩影。

来，把门打开吧。

第十四章

恶变

无人驾驶的厢式车冲出山洞，像被激怒的斗牛一样毫无章法地扭摆，任凭轮毂与地面擦出火花，烧胎的焦煳味越来越浓，尾翼腾起弥空的白烟。从天而降的红发女孩儿见势不妙，脸上醉意全消，当即收住了往下跳的预备动作，扭头就喊："予若，拉我回去！"

观火弟弟今年十七岁，身高一米八零，八级异化，名为"冰冻"，并发症为重度焦虑和双相障碍，啃指甲一直啃到昨晚睡前。他身上具备却两个尤为突出的优点，一个是只听她的话，一个是不爱问为什么，二者结合，常有奇效。

观火的话出口不到一秒，"冰桥"便从中断裂，载着她的后半截"冰桥"飞速撤退，前半截失去支撑，向下坠落，还未触及地面就被疾驰而来的厢式车撞成了漫天抛洒的冰花，跟碎玻璃合二为一，一刹那间，场面甚至有些壮阔。轧到引线的厢式车前轮腾空，被电流织就的网兜住，蓝紫色电光劈开低悬的浓云，发出箭矢破空之声，她钻进弟弟适时张开的外套里，两个人将头蒙住，躲过暴风骤雨般袭来的冰碴和玻璃碴。

"呜哇，好险！"

等"噼里啪啦"的杂声淡了，姐弟俩才探出头，抖掉衣服褶皱里的碎屑，望向百米外那团间或闪动的电光。

熄火的厢式车横躺在那里，成为被"电笼"俘获的猎物，磨损严重的轮胎空转着，坑洼变形的车身仍在不死心地晃动，想必是呼吸被麻痹的乘客们在挣扎求生。

她想，管他呢。

接下来只需抢在市局之前回收猎物，任务就算完成了。"捡人头"这种行径虽胜之不武，但只要能交差，用怎样的手段都无所谓吧？

"帮我搭个新的'桥'。"

她下达了新的指示，顺手挠挠弟弟的下巴，安抚这头躁动又敏感的小动物，也安抚自己，不去纠结心中的疑窦：老袁让她劫的"镖"，到底是什么？

重要到值得市局亲自前来捉拿？

观火朝雷区靠近，左手攥拳朝外甩出，烈焰包裹整只手掌，火舌吞吐，烧尽她周身的黑暗。她的右手在裤兜里摸，掏出终端机，调出电子证件，放大投影举到空中，富有节奏地摆动。

“哟嚯，有人吗？”她拖长了声音，吊儿郎当的，喝没喝酒都是这么个调调，“这里是黑巷治安分局的观火，请问需要帮——”

“助”字还没出口，两道交叉的远光灯光便把她劫持住了。

她不动了，像聚光灯下的女明星那样停了半晌才转过身来，冲弟弟予若做了个鬼脸，惋惜快到嘴边又被夺走的肉。

赶早不如赶巧，总局的人来了。

武装过的警用越野车头漆着耀眼的警徽，分了东北两路，轰轰烈烈开到她面前，形成夹击之势，她双拳难敌数不清多少只手，索性就死了那条夺食的心，从善如流地缩回胳膊，举到耳边以示投降：“分局的，自己人。”

然而并没有人理她。

车在她面前停稳了，四门大开，两队荷枪实弹的警员鱼贯而出，作战人员打头，技术人员断后，都是常人，沉默，整肃，训练有素。他们绕开她，像激流绕开兀立在海里的礁石。她呆了呆，忍不住回头看他们背后印着的市治安局行动队的队标，一串反光的银色字母缩写，全称怎么念来着？

观火的后脑勺忽然挨了一巴掌，她捂着脑袋骂骂咧咧地回头，待看清了来人是谁，气焰还没来得及嚣张起来就委顿了下去。

“老袁！”

袁疏那闪着寒光的机械手臂还想再给她脑门来一下子，没打中，落在了她那“连体婴”弟弟的后背上。他护着她，朝所有对她不利的人和物展露獠牙。观火撸了把弟弟的头发，有恃无恐地冲袁疏一乐：“不好意思，舍弟让您见笑了。”

“他病得太重，离了我就活不成呀。”

此刻的袁疏却没心情跟她唠家常：“‘镖’没劫到，等着看吧，要么我们都失业，要么分局名存实亡，往后给市局当碎催的。”

“是吗？”她像是根本没在听，手指有一下没一下地犁着弟弟带着冰碴的冰蓝色头发，“我无所谓，有钱喝酒就行。”

“没心肝的丫头。”袁疏嗤之以鼻。

“实习工资开了再骂我吧！”

她双臂抱在胸前，一副看好戏的作态：“那人贩子也算是撞枪口上了，市局可不会心慈手软。等着重判吧，王八蛋。”

正说着，靠左停的警车驾驶座的门开了，钻出个身轻体捷的女人，三十岁上下，黑发，猫眼，眉尖一颗小痣生得灵巧。她往这边看过来，桀然一笑，气度非凡：“袁局，你的人？”

观火认得她。

或者说，全黑巷的人都认得她，敌视她，道她身为非常人，却去给常人卖命，是忘本的“叛徒”。大家不拿她当自己人，观火自然也不例外，闻言退后半步，冷眼相视，鼓起一张婴儿肥的脸，心中的天平却在对立与倒戈间摆动。

因为……因为她很漂亮耶。

这世上有谁会真正地仇恨美女呢？

“啊，是！”

美色当前，观火很快就毅然决然地抛弃了无用的立场问题，转而投向温柔的大姐姐：“您好！是毓队吧！久仰久仰！我是您的颜粉……”观火摇头晃脑的，像条小火龙，争当常伴美女身侧的毛茸茸吉祥物，刚想上去套套近乎，求抱抱的手却戛然一止，僵在那里。

不只是她。

予若、毓如琢、袁疏，包括尤透，在场的每一个非常人都感觉到了。

一股骇人的邪气，自雷区中心喷薄而出，蠢蠢涌动。

“哦，忘了告诉你们。”观火说，“那辆车可不是我掀的。”

“里面在起内讧？它自己翻了。”

侧翻的厢式车露出了铁青色的底盘，像一头倒在荒原上的水牛。待到发电装置解除，它却还在动弹，似乎并未死透。车胎与轮毂的缝隙里往外逸出白色的烟雾，细如丝缕，幽魂一般逃往黑夜之中。

“天堂市治安局行动队！放下武器！双手抱头，走到光圈里来！”

打头阵的行动队员全副武装，左手反握着强光手电，架在持枪的右手腕上，一步步向车身接近的同时朝左右两边配合包抄的队友打手势。十人一组，呈扇形阵列，以车子为中心从各个角度靠拢。

“你们已经被包围了！”领头的队员重复了一遍，“放下武器，双手抱头，走到光圈里来！”

倒数五秒，五，四，三，二……半径一米的光圈内却始终不见人影，无论是活的还是死的，是整的还是零的。

领头的队员屏息凝神，手举在空中不急于收回，正欲发号施令，荒野中忽然传来笑声。

确实是笑声。男人的，嘶哑，衰弱却又高亢，入魔似的。

“哈哈哈……怪物……孩子他妈，我们真的生了个怪物！”

之后是女人的哭声。哭声和笑声首尾相接，渐渐重合，直至浑然一体，成为同一个声道，继而齐齐终止，像遽然切断的信号。

“咣当”，车又翻了一次。这次是底盘朝天，顶棚着地，前车厢被压扁了，挤出一个人来。

领队一开始没看出那是个人。

圆圆的头颅夹在自己的腋窝里，耳朵上仍戴着黑色的耳罩，颈部的切口呈近乎完美的平面，血无穷无尽似的涌出来，黑如石油，在地上拓展它的疆域，蔓延到一双雪白的赤脚边。

脚的主人站在车的另一侧，小腿以上大半的身体被车头遮住，那应该是双小孩子的脚。脚踝细瘦伶仃，赤脚踩在碎玻璃上，没有痛觉似的。

“嘿。”

领队吞了一口口水，牢记毓如琢在作战会议上嘱咐过的，“避免激怒当事人”“弄清楚他的异化类别之前，不要发生正面冲突，以保证自身安全为先”“别小看他，他很危险”，他尽可能地放轻语气：“别害怕，我们是来营救你的，孩子。”他说，“过来，走到光圈里。”

那双白白的脚便动起来，向前迈出一步，两步，旋即没了踪影。

人呢？

夜视镜后的眼睛骤然睁大，冷汗自紧绷的面皮渗出，他连自己的眼见都无法断定真伪——一道白光从面前闪过，位于他右侧与他仅有几米之隔的队友仍维持着半屈膝的姿势，双眼圆瞪着，半点儿动静都未发出，便已中弹倒地。

他目光搜寻放枪的人，视线刚移开半米，左边的队友表情呆滞地伸手摸向自己腹部突兀冒出的血洞，身体像崩坏的积木一样颓然坍塌。更远处的队友和他同时目睹了这诡异的一幕，与他视线相接，似乎想提示他什么，但没来及说出口，就被一把血刃刺穿了肋下，双膝跪地，显露出身后少年鬼魅般的剪影。

五秒钟，是他解决三个成年人的用时。

领队失声叫了出来，可那少年两手空空，没有枪，也没有刀，身板单薄得像一件随时会被风吹走的衣服。他光裸的脚丫沾满污泥，瞳孔些微外扩，平直伸出的右手食指朝前，拇指朝上，模拟出枪的形态，对准了他。

“别过来！”

他开了枪。子弹应声出膛，却悬停在枪口之外，动能被瓦解，卡在了被念力改变成固态的空气里。开这一枪仿佛已耗尽了他所有的力气。他一屁股坐在地上，扣扳机的那只手抖个不停，好像他面对的不是一个十六岁的孩子，而是一种不可名状的强烈杀意。

仍在冒烟的枪口前方，一个女人背对着他，站在他和少年之间，头微微往左偏斜了几度，右手举在耳边，攥握的拳头松开，两枚被拦截下来的子弹相继落地。

一枚有形，一枚无形。

“我说过，我们还会见面的。”毓如琢脱下被子弹的高温燎掉了一层外皮的防护手套，摇着头说，“但不是以这种方式。”

“你知道你做了什么吗？”

面对她的质问，少年却置若罔闻，仍拖着那副恹恹的病躯，脚步虚浮，东倒西歪地从几步之外蹒跚而来，旋即突然以不逊于那一枪的速度朝毓如琢猛扑了过来！

“砰”！

毓如琢却寸步不移，始终站在原处，看少年像他打出的那颗子弹一样被她身前的一道弧光弹飞回去，贴着地皮滑出老远。

“喂，看得见吗？”

她对着耳麦讲话，抬起手，指尖缓慢旋动扣在左眼上的单边眼镜，将模式调整为“共享视觉”，对焦，着重拍摄了地上的两枚子弹和少年发动攻击的瞬间。近距离特写下，少年充血的眼球已分不出黑与白的边界，如同重生的魔鬼。

“他的样子怪怪的。”她对眼镜的另一位持有者说，“和我第一次见到的……差别很大。”

“没搞错人？”对面问。

“的确是他。”她“啧”了一声，“但又好像不是。”

“反对在这种关头讨论哲学问题！反对！”

同一副眼镜的另外一只，此刻正戴在尤透的右眼上，使毓如琢得以借他的眼睛远程使用“透视”来观察这位异化类型、等级皆为不明的非常人少年。

“临场后援”尤透盘腿坐在警车后座里，一手捂住自己左眼，暂时封闭了听觉、嗅觉与触觉，调动全身的感官力量聚合于右眼，比这世上任何构造物都要精密和复杂的人体便如拆解过后的零件一般，巨细靡遗地铺陈在他面前，输出为海量的高光谱数据。

“他能凭空发射子弹？是拟态‘枪’一类的异化吗？好家伙，还有冷兵器……太酷了……”他念念有词，像个刚发现新大陆的探险家，注意力越集中，瞳孔颜色轮转得越快，太阳穴附近的血管也跟着隆起，模样有些狰狞。然而须臾之后，那份激动却渐趋冷却，转为不可思议的低语。

“怎么会这样……”

在“透视眼”下一览无余的少年，骨骼年龄已满十六周岁，身体机能的各项指标却都远低于这个年纪应达到的水准，长期缺乏维生素导致免疫力低下，肝肺功能不全，恶疾的种子早已在他的各类脏器上生根发芽。如此一具纸糊的肉体，其神经元却兴奋得近乎狂暴，心跳像一匹驰骋了万里的疯马，脉搏乱得一塌糊涂，代谢速度快得骇人，数以亿计的细胞在他体内撕咬，分裂，消亡又重生，上演着争夺主权的鏖战。

“毓队……你听我说，”所见太过惊人，让他一时不知该怎么措辞，“一般的非常人我能直接从体象看出异化类型来，可是他……”

“他的体内好像有另一个人存在。两种不同的体象重合，好比双重人格，两性畸形……”他接下来的话像在毓如琢耳边丢下了一颗重磅炸弹，“或许……你见过双重或多重异化者吗？”

“他是双重？！”

毓如琢惊呆了。前方是她用念力筑造的防护罩，其密度之大连炮弹都打不穿，更遑论那孩子孱弱不堪的躯体。可他一次次撞上去，被自己释出的力反弹出去，摔得极其惨痛，鼻血都飚到半空，动作也丝毫没有减缓，又爬起来继续向她扑去，继续撞击。“砰砰砰”，他用肩膀，用额头，用他那禁锢着成千上万的亡灵一般，喷涌着恶意与怨毒的眼神。

尤透冷不防和他对上眼，如遭蛇咬，一头撞在车顶棚上，撞得头晕目眩，喉咙里腥雾弥漫。

“不，他的情况还要特殊。”尤透抹了把额上的汗，“双重或多重异化者身上二到多种体象是共生一体的，它们并存不悖，绝不可能彼此排斥。因此我有两种推测：“一种是他先天缺陷，生来就是这种体质，病理干涉了生理和心理；另一种就是……”

他深吸了一口气，道出或许是最荒谬的真相：“他的身体被人动了手脚，强行植入了第二种异化，否则不会有这么剧烈的排异反应，好比给白血病人植入不配型的骨髓。”

“什么？”毓如琢神色一厉，“异化是可以通过药物或手术人为添加的？”

“呃，目前只有这一种解释讲得通。虽然我也觉得它听起来很扯淡……”尤透苦笑，“但我觉得这不是你现在该担心的。”

你该担心的是你自己。

“……”

毓如琢向少年走近，手附在念力的壁垒上，掌下是被反复的撞击砸出的一簇小小的，绒花般的裂纹。

“不记得我了？”

他的状态不对。鲜明的敌意和暴虐的杀气，让她感觉得到，他和上次见到的，藏在地底下听雨的男孩儿，简直判若两个人。

可她不想放弃。

“那些人对你做了什么吗？”

“醒醒。”她的嘴角扯出一个牵强的笑容，“看看我啊。”

裂纹变成了蛛网。

“躲开！”尤透的声音都变了调，“快躲开！”

在她无坚可摧的意念力平生第一次被物理暴力击溃的前一秒，弧形的微光呈辐射状扩散，如水银泻地，将她吞没。这异乎寻常的波动让在场的所有人都产生了持续三四秒的耳鸣。

正带领小队从雷区后方迂回过去的迟洲泉也捂住了耳朵，霎时间只听见自己的心跳声，穿插着眼前的画面，在凝固的虹膜上鼓动。

翻倒的厢式车里，一共八人，无一存活。

“死了。”他谨慎地上前查看血泊中失温的尸体，“全部死了。”他又问其他队友，“还有活着的吗？”

“没有。”

队里的有个将紫色波浪长发梳成高马尾的女孩儿，是反恐部门的新人，月初刚转正，手脚麻利得很，应声时已上去挨个检查过一遍，末了跟迟洲泉摇摇头：“不行了。”

“先确认他们的身份。”

吩咐完队友，迟洲泉自己也戴好了手套，蹲下身来，先从面前这具男尸看起。这是个穿着连体防护服的人，中等身量，趴在地上，肚子底下隆起一大块，似乎压着什么东西。他小心地将死人翻了个身，发现此人居然配备了武器，既非军方也非警方制式的轻型武装，由一个匣子折叠收纳，枪支和刀具多半都已受损，无法继续使用，弹夹是打空的，说明他们在此之前就与什么人或团体交过火。他又着重翻看了尸体的衣领、袖口、口袋的镶边，以期找到任何证明尸体所属机构的字样或编码，而对方显然早就考虑到这一点，那些按照行业规定必须被打上钢印的边角早就被剪除，使之不可溯源。

更让他感到古怪的是，尸体耳垂芯片的扫描结果显示，此人早在上个月就被官方登记为“已死亡”。一般情况下，为防止有误，居民被官方登记死亡后，其芯片三个月后才会消磁、自动注销该居民的身份。

迟洲泉反复比对死者和身份芯片上扫出的照片，终端机的人脸识别是绝不可能出错的：三十五岁，退伍兵，曾在遗迹生物科技有限公司安保部门就职……

遗迹？

“洲……洲泉，”队友迟疑地喊他，“这边有个人，他是个死人……不是，不是刚才死的，是几个月前就死了……”

同样“死而复生”的人那边还有一位。

“这里有三个非常人，还有一个常人小孩！”

“常人？也是人质？”他皱起眉。

“报告副队，发现一只空的手提箱，看海绵的形状似乎是针剂。”又有人喊。

“那就找找附近有没有碎片！”

他暂且按下心头冒出的种种猜疑，突然间，耳机“滋啦滋啦”地响起来，是切断的信号被修复并重新连接完毕的提示音，接着就是仇千里嘶哑的笑声。

“啊……憋死老子了。”

“……”

只不过断线了二十分钟，感觉却像是阔别了二十年。迟洲泉攒了一肚子的脏话，想骂对方“胡来”“神经病”“死了不亏”，话到嘴边却变成了一句软塌塌的“没事就好”。

“死不了。”仇千里边咳嗽边吸氧，“我整顿一下组员，马上过去跟你们会合。孩子救到了吗？”

“怎么跟你说呢……”

迟洲泉低头看着脚边一排裹尸袋，还没组织好语言来描述，心脏陡地一沉。

“毓如琢……”

尤透捂着鼻子，猛地折下了腰，殷红的血从指缝间漫出来，是能力使用过度的警报。

“喂！”站在车后门边的袁疏就近扶住了他，一颗饱浸汗水的脑袋瓜抵在袁疏肚子上，揩鼻血的手举起来晃了晃，示意自己还撑得住。

“头儿，你这腹肌练得不错呀……”

命都快没了也不忘贫嘴，袁疏狠剜了他一眼，伸手就要抠下他的单边眼镜，他连连往后躲：“别！再让我看看！”

在共享视觉模式下，以第一人称视角体验对方之所见，强烈的代入感让他头皮发麻，可他又不想错过这场难得一见的对决。

和毓如琢交锋的少年俨然是不能够归为人类范畴的生物了，而她也不是花拳绣腿，近身作战水平相当了得，出招迅猛，不急不躁，以稳见长，唯一的弱项大概就是手下留了情，意图十分明显：她不想杀那孩子。

那孩子则不然。与她缠斗时，招招直取要害，杀意外露，却透着一种无的放矢的迷惘，好像一只被关在笼子里折磨多年后，又被遽然放归了野外的饿狼，仅仅凭借兽性本能在扑杀视线所及范围内的活物，咬死也未必会吃，只为发泄暴虐的兽性。

要命的碰上不要命的，一时间竟难分高下，尤透享受着全方位沉浸式观影体验，看得心梗都快犯了：毓如琢再不肯下死手，搞不好真会被那个发了疯的小鬼杀掉。

“不行，我不能袖手旁观！”

观火女士人如其名，性急似火，报告也不打，登时大腿一拍，便要上前线：“我要去帮美女的忙。予若，走！”

“给我站住！”

得亏袁疏手疾眼快，一把捏住了她纹着数字“8”的后脖子，逮猫似的把姐弟俩提溜回来：“你们别去碍事。你们跟她是同一个量级吗？”

观火的脸皱成一团：“那怎么办？！”

“听好了，你们去外围支援那些笨手笨脚的常人，把这块地圈起来，千万别让那小孩儿跑出去。”袁疏眉头紧锁，声色渐冷，“这要逃到外面，可不是死两三个人就能了事的。”

耳机里的毓如琢听上去已经有点儿喘了。

“有点儿失算……但尚且在计划之内。”

几步开外，穿睡衣的少年单腿跪地，五片指甲悉数崩裂。他抬起渗血的手，握了握，如同在确认那股不可名状的渴望释放的“力量”。

然而眼前虚晃了晃，残影叠连，他发现自己的手还是从前那双——孱弱无力，日复一日地抓着窗栏……

打破它不是易如反掌吗？

为什么不呢？

因为这么做……会失去爸爸妈妈的爱。

“他的情绪出现波动了！”尤透大声说，“趁现在拿下他！”

毓如琢喘了一口气，缓缓起身，和少年身后稍远处，正徐步包抄过来的队友们比了个手势，一寸寸缩小防护罩的面积，将人困在其中。双方协调好动手时机，几针物理麻醉就能搞定——计划在她的脑海中已排演了无数遍。

一手擒拿住少年的颈项，将人面朝下按倒在尘土中的时候，他却全无抵抗之意，喉咙里挤出一声变了调的哭腔：“妈妈……”

他仿佛是“醒了”过来，认出了她，哭得像个小孩，清凉的泪水淌过带血的嘴角。

“为什么不爱我……”

毓如琢的瞳孔骤然紧缩。

指尖刚有一丝松懈，整个人就如同狂风中的树叶，被一股不可抗力抡飞了出去。

“队长！！！”

尖叫过后，四周枪声如雨。

“迟副队，迟副队？”

紫发高马尾的女孩儿连喊了两声，迟洲泉仍没有反应，回过神后又猛扑过来，一把按下她的后脑勺：“当心！！”

无人驾驶的厢式车突然像活了似的朝他们碾过来，他、女孩儿和其他躲避不及的队友都被翻腾的车体掼到在地上。

迟洲泉反应快，匍匐着掩护住女孩儿，旋即撑起手臂，让女孩儿先爬出去，两个人合力抬起已经看不出原貌的车架。还没使上劲，一条机械手臂替他做了“千斤顶”，单手便托住整个车底盘。手上骤然一轻，他对不知从哪里冒出来的袁疏说：“谢谢。”

“还谢呢？”袁疏拉住一个又一个人往车外拖，没好气地说，“你老婆被人打了！”

“啊？”

“没事！”毓如琢从罐头盖似的车顶棚上探出头来，朝他比大拇指，爽朗得眼角能飞出星星，“挨揍了！”

迟洲泉脸都吓变色了：“真没事？？”

“嗯！”她从车厢侧面被自己的身体砸出的大坑里跳出来，活动了一下肩膀和脖颈，将脱臼的关节复位，“倒不如说……情况变得更棘手了。”

他们的枪全部空放。少年依旧站在那里，周身逸散着灰色的硝烟。

“糟糕了呀……”

他抖抖破了洞的睡衣，子弹丁零咣当掉了一地，他捏起一枚随便对准一个人。

“砰”。

那人应声倒地。

尤透觉得再看下去就是恐怖片了。

“这小孩进化了。”

他把地上所有的子弹都捡起来，捧成一捧，信手往空中一抛，狂蜂一般密集而迅猛的弹雨便无差别发射，倾泻在一座拔地而起的冰峭上。

弹壳削得冰晶飞散，形如乱雪，冰峭后方，一个口吐寒烟的少年站在侥幸逃过一劫的人群中。他一年四季都裹着厚实的棉衣，眉毛上结着冰霜，总和操控火焰的姐姐形影不离。

“臭小鬼！”观火踩着弟弟的肩膀，攀上冰峭顶端，坐下来低头打量快被打成蜂巢的冰面，“没轻没重的。熊孩子，不知道对别人开枪是不对的吗？”

凌忍仰头看她，目光阴骘。

“哦，原来家里没大人管啊。”她赤色的发梢无风自动，末端燃起熊熊烈火，“那姐姐就来教教你吧！”

“眼下坏就坏在，他一点儿一点儿地悟出他的能力该如何运用了。”尤透的笑声逐渐干巴。

如果说十分钟前他还是个意外拿到了一把真枪的幼童，那么现在的他，已经摸索出这把枪有多少种用法了。

“不仅是枪。再给他一点儿时间，他会意识到他还能‘变出’刀，‘变出’装甲、对空导弹、高爆炸药、蜂巢火箭，他一个人就是一挺装了穿甲弹的重机枪，干翻我们所有人也不在话下。”

尤透的眼球已经完全充血，红得像一颗鸽血石，他往自己腿上扎了一针肾上腺素，叫道：“毓队，杀了他吧。”

“这就是你们黑巷的行事风格吗？”

毓如琢也笑了一下，他们都没料到对方在这种关头还笑得出来。

“对啊，”尤透吸吸鼻子，“假如是我们先发现他，都不至于惊动你们，直接杀掉。他活着也迟早会成祸患，不是吗？”

“是啊。”她说不出反驳的话，“他已经开始伤害平民了。这是不争的事实。”

起因有千百种，过程有无穷个，但唯独“结果”，有且仅有一个。

“虽然可惜，但这种能力是把双刃剑，落到黑帮或者非法武装手里，后果会更不堪设想。”她说。

尤透深表赞同：“所以趁早掐断苗头……”

所以有人生来就是恶的，这样的人要被裁决。

对吗？

她屏息凝神，瞬时移动到了冰峭那边，刚好接住被击退的观火，把她交还给同行的男孩儿。观火被架着胳膊还在弟弟怀里叫嚣：“等我再喝一瓶就回来捶爆你个小崽子！予若，撒开我！”

“你叫予若吗？很好听的名字。”毓如琢指指少年背后那扇造型别致的人造冰面，“这个能借我用用不？”

予若不习惯跟她姐以外的女人搭话，只点点头。

“谢谢。”毓如琢冲他笑了笑，又说，“拜托你们把受伤的人带走，离这边远一点儿。”

“快。

“好了吗？”

说完她咬破自己右手的食指，指向整堵曲面的冰墙，犹如隔空“抓”住了它，搬起冰山的一角，然后用力朝下挥掌。

“抱歉了。”

我还是只能做“对”的事……吗？

冰峭隆然砸下，雪块崩塌，将少年的身影掩埋。

妈妈偶尔心情好了，会放他出来看电视。

家里的电视机是二十年前的老款，还能开机已是万幸，再去计较能收到几个台是极不识好歹的。而对他来说，能坐在破旧但松软的沙发上，挨着母亲的裙角，便是不可多得的奢求。

他那时最常看的是一档拍摄大自然和动物的半纪实节目。之所以叫半纪实，是因为里面讲到的动物们都已在“天灾”中灭绝，如今呈现在银幕中的形象多是早年存留的影像记录辅以当下的合成修复技术，看上去和真的没差别，却再也摸不到那柔软的皮毛和灵巧的尾巴。它们还在，只是不在这个世界上了。

真让人伤心。

他记得有一种动物叫“熊”。传说在几千年前，人类仍以部落形式生存的时代，原始人靠捕猎为生，常斩下猎物的头颅作为战利品，以彰显自己的强大。头上插着羽毛，脸上涂着油彩的人们在他眼里是另一种动物，他们说着难懂的语言，叫嚣着围猎一头才刚结束冬眠的熊。

那是一场残暴的剿杀。他整个人缩在沙发一角，掉帧的画面丝毫不影响激烈战况和血腥程度，即使已出于“人道主义”做过了删减和美化，他还是看得心惊肉跳，想偎近妈妈。而妈妈只是木然地呆坐着，双眼圆睁，屏幕的反光在她静止不动的脸上抽搐，摇晃。

他想，人们为什么要杀熊呢？熊一冬天都躲在山洞里睡觉，没有践踏过他们的房屋，也没偷窃过他们的粮食或掠夺过他们的孩子。熊只是熊而已。

它没有做错任何事。

壮硕的、魁梧的、脚步笨重的熊，沉默地穿行在丛林间。

他流下了眼泪。为什么非杀它不可呢？

熊被人们用箭刺伤，发出沉浑的吼声，濒死之际奔向幼崽，用身躯护住它的那头母熊，它像是在哭。

听起来好绝望。

因为它比人类体形庞大？因为它的利爪和獠牙可以轻易撕开人的皮肉？因为它会吃人的肉？因为它不具备智慧，行为难以捉摸，所以被视为不安定因素？

因为它的存在本身，就对人类构成了威胁。

这就是它的“错”。

所以要杀掉它，砍下它的爪子，剥掉它的毛皮，巩固自己居于食物链顶端的地位，证明征服，证明“权力”。

证明即使是弱小的人类，也能战胜比自己强大数倍的生物。

这样的证明有何意义？明明是弱小的人类……

妈妈“啪”地关掉了电视机：“滚回你的房间里去。”

因为洞穴外面，没有人欢迎它。

好冷啊。

好难过。

碎冰如瀑，将毓如琢的脸映照得十分苍白。她问尤透：“他还活着吗？”

“是的。”肾上腺素开始生效，尤透又打起了精神，甚至有点儿飘飘然，他旋动镜片查看，“还有心跳。等等……”

药物带来的亢奋迅速退却，他瞳色发生了巨变：“不太对劲。”

信号很差。另一只耳机“沙沙”响了许久，迟洲泉的声道才接进来：“这儿的环境太恶劣了……我们做了初步痕检，回头再告诉你结果。你的几个头部队员都救到了，受的不是致命伤，别担心……你做得已经够好了。”

“不要勉强。”他又补了一句。

不要勉强。是她太强了，还是不够强？他总是跟她说，不必太过努力，不必做得太好，这不是她身为“最强”必须要背负的责任或义务。人不是靠这些东西活着的。

“你要把自己当作一个常人。”他说，“和我一样的普通人。”

会懊悔，会后怕，会小心眼，会赌气，洗完澡也懒得吹头发。

是这样吗？

可她明白，当年少的她站在那间充斥着剧毒气体的实验室的门前，一切就不能回头了。

那是她选的路。成了“另一种人”，就注定要过另一种人生。

“毓队，毓队！”尤透猛然跳下车大吼道。

他惊慌失措的模样把一旁正指挥着救助伤员的袁疏都吓着了："你又干吗啊？"

"他的身体里出现了能量反应堆……"

"你说什么？"袁疏觉得自己的听力和理解能力肯定有一方面出现了误差，"反应堆……"

反光的镜片映出少年的身影。他从成堆的碎冰中撑起胳臂，摇摇欲倒的身体隐隐透出光亮。簇拥着他的那些冰块被短时内急速飙升的体温熏蒸成水，洇湿了周遭的地面。

"是核反应堆……"

在场的所有人都看向了这边。那个字眼如死神的咒语般传进每一只耳朵里。

"他把自己化身成了一个核反应堆。"

侧脸长着四颗痣的青年像被抽干了力气一样双膝跪地，前所未有的恐惧彻底支配了他，压垮了他，像天塌下来砸死一只蝼蚁。

"他要自爆了……"

毓如琢愣愣地望着冰窟中发光的少年。须臾，她解除了共享视觉，摘下单边眼镜，丢进了沙堆里。

"总指挥。"迟洲泉在那端叫她，"毓如琢？"

他甩了甩绑在手腕上的终端机。不知何故，一向以皮实和耐摔打著称的联络设备罕见地出了故障，屏幕在爆亮之后完全瞎了，后盖烫得像块烙铁。附近是有什么辐射源在干扰信号吗？

他脱下护腕朝人群走去。

"老袁……快，快想想办法……"尤透拽住袁疏的机械手臂，声嘶力竭地哭了起来，"怎么办啊？快做点儿什么！！！跑，跑也来不及了……我们全部……整个黑巷都要给他陪葬！！！"

“后援到了是吧？先回收尸体，再查查那辆车。医疗组就位了吗？那个小孩大概需要医生……”迟洲泉边往毓如琢这边走边安排后续各项工作，忽然就无法前进了。

他们都被念力挡在了雷区外面。

“怎么了？”他问身旁发着呆的人们，“发生什么了？”

骚动与混乱中，他看见毓如琢，他的妻子，他最忠诚的战友和最亲密的爱人。那时的情形多年后仍徘徊在他记忆深处：明明没有风，她的头发却四散飞扬。她脸上有块污渍，不知是脏了还是受伤了，也不知道疼不疼，怪碍眼的。待会儿去帮她擦掉好了，他想。

刚冒出这念头，毓如琢就像有所感应似的朝他这边扭过了头，眼睛亮晶晶的，遥遥望过来。

这一眼好漫长，仿佛能跨过岁月和生死，一直看到生命的尽头。

她用唇语说了句什么。

但离得这么远，怎么听得见？

少年没有再尝试站起来。他坐下去，弓起后背，抱住了自己的膝盖。

这似乎是他最擅长的姿势。一系列动作连贯而熟稔。他的身体灼烧成了琥珀般透亮的橙色，像冻结的火焰。

“真漂亮啊。”在意识到那代表着什么之前，毓如琢已脱口而出，“那就是不甘的心吗？”

光阴倒转，实验室的门再次在她面前敞开。黄绿色的毒雾翻涌其间，父母相继倒在工作台上，转瞬就被毒气吞没。

她不应该进去的。她进去也是死，开门时的摩擦有可能会引发范围更广的爆炸。逃走才是“对”的。

惩恶扬善，救死扶伤，珍爱生命，顾全大局。

萧婵说：“你是这个城市的英雄，你的每个举动都有万钧之力，要时时自省，端正自己。你要选‘对’的那边。”

一个生命出生在这个世界上是对的吗？

他想活下去是对的吗？

我希望他活下去，是对的吗？

没有什么对不对的。

只有——我想让他活下去。

“凌忍！”她朝少年伸出了手，“我来接你了，没有食言吧？”

一颗流星冲破火光与烟幕，她吻了吻无名指上的戒指。

世界寂静得像陷入了沉睡，凌忍却从梦中醒来。

天地间空无一物，只有一片雪白无垠的荒原，没有风，也没有太阳，但是明亮异常。和先前不同，他喜欢这白色，洁净，健康，令他有种焕然如新的感觉。

他并不是孤身一人。他在一个女人怀里。女人揽着他，哄小孩似的微微摇晃，口中哼唱着催眠曲，手掌应和节奏，一下一下拍他的后背。未曾听过的歌谣，将时间的指针调拨回他遗失的童年。

他分明醒了，却不愿放开她，仿佛除了她这里便无处可去，直到泪水洇晕，在她心窝里湿成一朵云。

见他哭了，她反倒笑起来，大喇喇得像个小女孩儿。她说：“你怎么回事？你是个男子汉呀，都十六岁了，不该为这种事情掉眼泪。

“你去为理想哭，为爱情哭，为世间所有的绝望和坚强哭，但不要为死亡哭。

“因为死亡和活着一样，是方向，是归宿。”

“我听不懂。”他张嘴说话，他想起来他是会说话的，“我不懂这个，我听不懂啊。”

“你不要……走。”他期期艾艾道，不知该如何挽留她，只知低微地哀求，“别走。求你。”

“求求你不要走。

“对不起，是我做错了。我承认我的罪过。我听你的话，不要不爱我。不要丢下我。”他说，“我会回到山洞里去，拔掉自己的牙齿，磨平自己的爪子，我……”

她摇摇头。

“你不能这么活。”她弹了一指他的额头，“你看看我！”

“我这辈子可幸运啦。

“有人爱我，珍视我，尊重我，善待我，听起来棒极了，是不是？

“活着就是这么棒的一件事。所以，还有这样的机会，我想把它留给你。”

她握住他的手，像从没受过伤；亲吻他的指尖，愿他能将未来抓牢。

“当然遗憾嘛，肯定还是有。

“如果有来生，希望你能做我的孩子。”

凌忍的身体被一股强劲的气流撞飞出去，轻如一粒尘埃。

离天空最近的那一刻，他忽然想明白了，哦，原来人类生着双臂是为了拥抱。

原来人的心脏长在左侧是为了让他们拥抱的同时也能感受对方的心跳。

——原来我活着。原来我会痛。

他重重地坠至地面，身体被惯性驱使着滚动，翻了好几圈才停止。四肢以奇怪的角度拧转，折断的肋骨刺向肺叶，甜腥的液体瞬间盈满喉头和鼻腔，半边脸孔被粗粝的砂石磨得血肉模糊，双眼却仍倔强地瞠着，眸中映出女人星星般陨落的身影。

他要记住她。不能做她的孩子，那就做她的墓碑。

第十五章

牺牲

每当迟洲泉在记忆的长河中回溯，都觉得自己陷入了梦魇的旋涡。他游不出去，也等不到救援，只能一圈圈打转，看同样的剧情重演。

他梦到过千百次毓如琢的脸。他双膝跪地，把她从地上小心地托起来，揽在怀中，扶正她因失去生气，总偏往一侧的脑袋，摸了一手的血。

“有人吗？”他朝四周发问。

到处都是人，他们自发地把迟洲泉和毓如琢围在中间，俯视着他，脸上的悲恸和怜悯令他费解，继而是烦躁——案发现场事务繁杂，活儿多得干不完，这帮人是怎么了？一个个都要死不活的。救援呢？

救援到了。两拨人，一拨是遗迹医院的，将已彻底丧失行动能力，但一息尚存的凌忍五花大绑后抬进救护车；另一拨是法医，尸检中心的同事，对他点头致意。

人墙外传来了压抑的呜咽声和抽泣声。

他们在干什么？

“鞠躬！”

不知谁哑着嗓子喊了一声。肃立的人们齐齐退后半步，单手握拳横于胸前，虎口朝内，俯身向毓如琢致哀。像层层枯萎的花瓣朝内弯曲，露出头顶泥浆般的天空。

长夜将尽，破晓后乌云便会散去，但每个人都心知肚明，有的人再也等不到黎明。

几架用于勘察现场，记录并摄像的无人机飞了过来，悬浮式电子眼到处拍照，闪光灯下的人都闷头做事，机器痕检，搜集物证，像在逃避着什么。

迟洲泉呆坐着，及至人墙自动劈开一道缝隙，仇千里走进来，每一步都艰难得像是把腿从水泥里拔出来。他在他身后蹲下，手臂横到他胸前，手扣住肩膀那块骨头，把他按实了，法医团队才一拥而上，把毓如琢尚有余温的身躯从他怀中剥离，封装进尸体袋。

那是她的脸吗？消失在一寸寸并拢的拉链内，沉睡般恬静的面孔，几分钟前还在对他微笑，一转眼却已混入数个样貌相同的黑色袋子之中，找寻不见了。原来这就是死亡。死亡是黑色的裹尸袋，在人眼前拉上拉链，“唰”的一下。

脚自己动了，迟洲泉从泥地里爬起来，又被拽回去，试了几次，仇千里都不撒手。

“洲泉。”

他不停眨眼，下颌间或抽动，语气有种近乎麻痹的镇定：“我陪如琢过去，你去医院，那孩子还活着。他——”

“洲泉。”

“让医生给他上约束衣。醒了的话，打两针局部麻醉，但是务必别给他机会寻死。他一死就完了，他是我们唯一的机会。找人看住他，后面还有事情要盘——”

“洲泉。”

迟洲泉的双颊被人狠狠按住。他终于无法再回避，对上一双被泪水浸得血红的眼睛。

“她不在了。”

他这才醒了。

他已永失所爱。

尸检安排在二十四小时后。

迟洲泉已经在停尸房外待了一天一夜，窗外本来是亮的，黑了，又亮了。他坐在走廊的长凳上，一动也不动，监控拍到的都是静态画面。

他不吃不喝，不眠不休，眼球布满血丝，唯有服务机器人尽职尽责地守在身旁，为他热着咖啡，等他按下呼叫或求助键，他一直也没按。

期间只有两个人和他说了话，第一个是仇千里。对方从医院打来电话，简略地告知了他那个叫凌忍的少年的状况：深度昏迷，反射基本消失，转入隔离病房，派了专人看守，目前体检报告还没出来。由于是未登记在案的全新异化种类，院方提取了他的血液样本，专门成立了临时专家组，彻查引发其失控的原因。初步推测与滥用药物有关。

“出结果了我直接同步给你一份，现在……我得回去跟萧婵复命。”听筒里传出的嗓音喑哑疲惫，想象得出那人烟味浓重，“我不知道怎么跟她交代……”

迟洲泉也不知道。沉默片刻，仇千里低低地劝他：“回来睡一觉吧，你该撑不住了。”

“不用。”他这才出了声，粘连的嘴皮撕裂开，“我等尸检结果。”

“不是，你这样不行——”

“嘀”的一声，终端机电量耗尽，自动关机了。迟洲泉久久盯着变灰的显示屏，心中竟有离奇的获释感。

第二个和他说话的是法医室主任胡洞庭，他的老熟人。对方从解剖室出来，在他空了半边的条凳上坐下。胡洞庭个子很高，一米九几，有点儿驼背，常用偏分的黑发遮掩略显狰狞的左脸，眼眶里填充的是非球体电子义眼，支持生态视觉和电磁视觉两种模式，日常状态下是一颗间歇闪烁的红点。

他坐下来说的第一句话是：“没想到有一天我打开门会看见你坐在这里。”

是啊。迟洲泉也没想到。

他曾在这扇门前扶起过无数肝肠寸断，伏地大哭的父母、子女、痛失至亲的未亡人，苦难压在人身上，扶起来有千钧重。如今轮到他了，死亡却仍不具实感，像是从别人那共情来，租借来的东西。

“接下来打算怎么办？”胡洞庭又问。

“不知道。”他说。

他还能去哪儿呢？

他在门外，他的爱人在门里，门划分出阴阳两界。她再不会从里面出来，伸个大大的懒腰，对他说“回家吧”。

她是他的家。

如今却沦为几页扁平的数据，刺目的照片，直白残忍的文字和第三人称的转述。

“尸检结果出来了。我想你可能不愿意看，因此由我来口述给你。”

胡洞庭红色的义眼闪了一闪，对他说：“毓如琢的死因，经过二次、三次鉴定以及法医科全体成员的会议讨论，我们认定为‘非他杀’。”

“结合无人机拍摄到的影像记录，那个孩子身上开始出现能量聚变反应的时候，毓如琢冲上去抱住了他，相当于抱住了一个倒计时的炸弹。”胡洞庭说，“你可以理解为，毓如琢用念力转移和吸收了那些能量，但很显然，那远远超过了她肉体可承载的最大负荷。

“她的上肢、主干完全粉碎，内脏全部当场融化，无一幸免，有些蒸发成了雾状，一肚子血水，腹腔内壁挂的全是积液，外伤反而不重，这一点恰恰佐证了我们的结论：她并非外力致死，而是没能消解的力量从内部把她击溃了。”

走廊如同无人之境。

“那孩子还留了半条命，毋庸置疑，是毓如琢用自己的命换来的。”胡洞庭背靠在墙壁上，完好的那只眼转向另一边，“她想让他活。”

迟洲泉始终一言不发，低下头，盯着一片空空的掌心。

所以他抱住她的时候，觉得她软绵绵的，轻得像一场梦。

胡洞庭从衣兜里掏出一个用证物袋封装着的物件，放进他手里。

“她之所以选择用这种方式挡在那孩子身前，除了不想让你们开枪，我想还有另一层用意。

“就是保护你们。”

她背后是他们，是黑巷，是她拼上性命守护的城市，和酣睡之中，对死神高悬于空中的镰刀浑然不知的民众。

她死在他们梦里，像月亮的一次震动。多浪漫啊。迟洲泉想，确实像她会做的事。

因为想救那个孩子，想改变现状，想保护大家。

她就是这样的人。

他的眼帘像书本一样合拢。

一想到她，他就不自觉地笑起来，泪水却汹涌而出，打湿躺在手心里的戒指，旧旧的一个空心的圆。

胡洞庭拍拍他的背："节哀。"

迟洲泉不记得自己是怎么离开遗体鉴定中心，回到家门外的。

抬起手来开锁已经耗尽了他仅剩的气力，人脸识别系统扫描仅需五秒，他在门口站了五分钟，他逼自己接受她不在里面的现实。

她在"门"的另一边。

没有她的家只是个空壳，他真正的生活已经分崩离析。屋中一片死寂，绿油油的光束穿透沉闷的空气，投射在惨白的墙壁上。离家未归期间，人工智能代他接收了三四十通未接来电，有治安局的、电视台的、记者的、父母的。光是他站在这儿愣神的工夫，数据还在像病毒一样繁衍和增殖。

它们一刻不停地追问他，逼他亲口承认。

她真的……死了吗？

他耳鸣得厉害，心脏像一颗正在倒计时的炸弹，每一下跳动都撞击着鼓膜。眼前开始出现重影，想吐，他去沙发上摸遥控器，操控光标依次跳过那些疯狂滚动的名片，最后猛地一甩手，遥控器飞向墙壁，撞得四分五裂，崩坏的零件到处飞溅，弹向墙角的音响。

人工智能管家适时地打开扬声器，声音永远柔和谦逊："欢迎回来，先生。经系统检测，您的体温已达三十九摄氏度，心率每分钟一百七十次，健康状况不佳，请及时就医。先生，请服药休息……"

他需要休息。

对。他得睡一觉。

这念头像一根救命稻草，被他紧紧抓着。他拨开眼前的魔障，踉跄着冲进浴室，搡倒了壁橱里一排的瓶瓶罐罐。他挨个抓起药瓶来看贴标，读说明书，终于找到一瓶快过期的安眠药，拧开盖子就往嘴里倒。

混着自来水吞下近二十片后，他觉得饱了。他感觉很好。他爬进浴缸里躺平，揭起地上的一块毡垫盖在身上，闭紧双眼。

客厅里，电话铃还在不断地响。

再后来，什么都听不见了。

……

半小时后，梦境被一道耳熟的咆哮劈成两段，他被破门而入的仇千里揪住头发拖出了家，送去医院洗胃。

“你干什么！！！”

深不见底的沉睡之中，他没能听到月亮的震动，只听见昔日挚友在压抑中爆发的怒吼。

“如果我是你，我不会死，也不会让她死！！！”

迟洲泉躺在病床上，像一件被人脱下的脏衣服，扁平地铺开来，左半边脸沾着混合了呕吐物的胃酸干涸后的污渍，右半边脸挨了仇千里一拳，从牙龈迸出来的血滋了满嘴，腮帮子肿起老高，像含着两个凝固的铅块。

病房里没开灯，很暗，一眼望去晨昏不辨，某种正在运作的仪器发出“嘀，嘀，嘀”的轻响，和他回归稳定的心率同步，持续了两天一夜。

他的床边坐着个年轻男孩儿，一头乱中有序的卷发，脸有点儿婴儿肥，脖子上挂着耳麦，见他醒了赶紧摘下，揉了揉哭红的眼睛和鼻子，把一块六七寸的手写屏举到他脸前，上面写着：“你还好吗？”

迟洲泉木然地看着他。

迟洲泉呼吸，极力排出肺里的浊气，再呼吸，胳膊像根棒槌似的垂下去，砸了一下床头柜，最上层内嵌式的抽屉应声弹出，巴掌大的小格子里温着一杯维生素水。他端起水，一股脑灌进干涸的喉管。

"我还好吗？"他问自己。

今年三十二岁，刚攒下结婚用的钱，老婆没了，被最好的朋友照脸揍了一拳，二十片安眠药竟也没带走他，死神高抬贵手，留他半条残命，让他活着受罪。

"好极了。"

他从没觉得自己这么好过。

水是甜的，腻得他犯恶心，剩下三分之一杯用来漱口，他的脑袋一仰一俯，把红得发黑的浊液吐回一次性杯子里，右手摁上左手背，猛地拔掉输液针头，一排细小的血点喷出，洒下弧形的抛物轨迹。

卷发男孩儿怯生生的，不敢阻拦，看他掀开被子下床，趿着拖鞋往病房自带的厕所走，忙小步追随上去。

迟洲泉没有驱赶他。他像毓如琢捡回家来的一只小奶狗。女主人不在了，他只能跟着他。

"小哑巴。"

他叫小狗。小狗很乖，不会吠，唯唯诺诺，瑟瑟缩缩，不知道是生性如此还是怕激怒他，被再次丢弃。

他拧开水龙头，掬了捧冷水泼在自己的脸上，在清洗的间隙中含混发问："你叫什么？"

男孩儿咬着下嘴唇犹豫再三，还是"唰唰"落笔写下三个字："孔未眠。"

"真就不睡觉啊？"他笑了两声，自己也知道不好笑，"你打算怎么办？"

水流到他的脖子里，他双手撑着池子边缘，望向镜子里的男人。那是一张死过一次的人的脸。他说："她死了，你不再是线人了。感谢你过去的付出，过两天记得回局里把档案注销掉。

"那么，我们就此别过。"

小哑巴不说话。

他等了半天才想起“小哑巴”不能说话。

“哦，”他补充了一句，“谢谢你来看我。”

再也无话可说。他用袖子擦干脸，回到床边掀了铺盖，找出自己的终端机、证件，一一检查后揣回身上。扭头一看，孔未眠依然跟着他，在手写屏上打字，密密麻麻打了一堆，又删了个精光，改成一句：“我不走。”

见迟洲泉要走，孔未眠绕到他前面，拦住他的去路，抗议似的举着那块屏：“我得替她照看好你。”

那个把他从三十平方米的小单间里带出来的女人，生命的讯号已彻底断绝，他手里还抓着那截残断的红线，另一端已是无处可寻。他再也追踪不到她了。

而面前的这个男人，是她留在这世上唯一的“遗物”。

“你不要死。”他在屏幕上一笔一画地写道，“也不要躲起来。我会去找你的。不管你在哪儿，我都能找到，我会这个，我只会干这个。”

“我只会干这个……”

他的脖颈纤细，像个脆弱的把柄。

“别赶我走。”

他深埋着头，不敢抬起来，怕看到一双死灰般的眼睛，怕那干裂失色的嘴唇说出决绝的话来。

许久，那男人垮下了肩膀，一缕叹息拂过他头顶。

“那你跟着我吧。”

原来，我们都是被抛下的人。

毓如琢死后的第四天，官方宣布了她的死讯，像往滚油里弹入一滴水，顷刻间炸了锅，引发全天堂市近千万人的关注与讨论。她传奇般短暂而璀璨的人生和壮烈又戏剧化的死亡令人唏嘘，媒体蜂拥而至，几乎要踏平迟洲泉家的门槛，几拨人没日没夜地换班蹲守，却连个人影都没捞着。

第五天，为避风头躲回了父母家的迟洲泉接到了停职通知，由天堂市治安局局长萧婵亲自下发。他的电子ID和个人认证已于当日零点被治安系统云锁定，冻结期间无法参与任何案件的侦办和协作，不允许查阅档案和卷宗；限三日内由本人到市治安局交还证件和配枪，并领取一张心理咨询师的名片，预约排程表已发送至他的个人邮箱，每周至少两次心理辅导；即日起开始为期十二周的休假，可酌情中止或延长，直到他身心状况好转为止。

第六天，凌忍苏醒，在“英雄之死”尚未熄灭的余烬上引燃了新的热点。畸形的家庭与恶变的亲情，骇人听闻的新型药物，屡禁不绝的人口贩卖终于招致反噬，将犯罪者引向灭亡。

有人唏嘘，有人觉得快意。而身处风暴之眼的那位年仅十六岁的非常人少年前途未卜，可以确定的是他面临多项罪名指控，个别定罪尚存争议，还需相关部门结合案情、舆情进一步探讨。

第七天，迟洲泉只身去往遗迹医院，一身黑衣黑裤，左上臂挂着黑纱。

那天是毓如琢的头七。

他的警官证尚未归还给治安局，拿来忽悠医院的工作人员再好不过。只需简单出示一下，佐以一句万能的“治安局，执行公务”，好心又胆小的护士便会主动配合，为他引路，在每一处需要进出许可的关卡替他刷下自己的身份证件，还会宽慰两句：“我看新闻啦……抱歉，迟警官，请您节哀顺变。”

他想不到该怎么回复，一路阴沉缄默。

他要去的地方半独立于院区主体之外，按职能来划分，是专为非常人开设的附属区域，对外称“非常人专科分院（Unusual Branch）”。两区间隔一座占地千余平方米的人造花园，里面珍藏着许多早在二十年前就灭绝的植物种类，是利用遗迹生物科学研究所最新开发的复刻技术完美还原的活标本。蓊蓊郁郁、浓淡相宜的绿色海浪中有一条通体透明的拱形隧道贯穿而过，曲径蜿蜒，使人得以在通行时饱览两旁景色，满目葱茏，相当养眼。

迟洲泉陪毓如琢来做过定期体检，每次来都像观光。

迟洲泉跟着护士踏上匀速前行的传送带，沿路不时有人对迟洲泉行注目礼，毕竟他是当下的话题中心。也有人没认出他来，因为他在短短七天内暴瘦了十二斤，脸型都变了，两颊凹陷，眼眶乌青，更衬得他神色阴郁，颓丧，像是早早呈现出十年后乃至临死前的样貌，且毫无疑问会带着这张脸埋入坟冢。

护士不再多言，尽心尽责将他送到隔离病房所在的楼层。

电梯停稳，迟洲泉冲对方颔首致谢：“有劳了。”

再一抬眼，正对上轿厢外抱臂而立，眉头紧锁的仇千里。他同样穿着一身黑。

“你怎么来了？”

饶是多年老友，仇千里第一眼也没敢认迟洲泉——杂乱的头发遮挡着脸，只显出胡子拉碴的下巴，经过他身边时嘴巴动了动：“我来见当事人。”

仇千里皱眉：“等等。”

这层楼比其他楼层都更冷清，也更喧哗。因为许多人在，不只医院专家组和警方，还有非监局和非常人权益保护协会的人——由于案件涉及未成年非常人，需要他们介入代为维权。各方人马齐聚在隔离病房船舱一样的弧面视窗前，水蓝色荧光映得他们面孔森冷，近乎漠然。

“已经停职了，不是吗？”

他站定了，身后传来仇千里平心静气的声音：“别插手了，听萧局的话，回家去休养一阵吧，案子我会好好收尾的。你相信我。”

他转过身，看着那张与他一样的疲乏、颓唐的脸，仿佛一片雪花落下来都能将其压垮。他能想象得到仇千里被迫出面召开记者会时的模样：

每一个举起话筒提问的人都是他的仇敌，他对着长枪短炮怒吼，在萧婵的办公室里砸碎茶杯，最后被赶出去。

毓如琢死了，而他们之中没有赢家。

所以这一刻，他们都想将恩怨放下。

“死的那一车人身份都查明了吧？”

以迟洲泉当前的身份，他是没资格过问案情细节的，但这里只有他们，没有闲人耳目，仇千里“啧”了一声，便说了下去：“除了凌忍的父母，还有四个常人和三个非常人。这三个非常人里，脖子被人从后面勒断连着一层皮的，叫季四，我就记得他的名字了，能力是‘听敏’，他的听力是我们普通人的十倍。他是黑巷本地一个货运公司的司机，方向盘上扫描出来的指纹是他的。也就是说，他负责开车，同时通过听音辨位和我们周旋。太阳穴被打了个对穿的那位，能力是‘放大’，当时我遇上的那股巨浪铁定就是出自他手。他姑且算尸体最完整的。”

“尸体损坏最严重的，绿头发的外籍男人，两只手轰得稀烂，炸碎伤。当胸一个窟窿，他的能力是‘束缚’，限制人的肢体活动。不用说也知道他负责干什么吧？”仇千里比画了个双手抱圆的动作，“他和小孩有直接身体接触，后来手废了。”

“被挣脱了。”迟洲泉用手比画，“那他应该是坐在凌忍的正后方。季四脖子从前往后断，是坐在凌忍的正前方。”

“太阳穴被打穿那个，坐斜前方。我记得记录仪修复数据后还原出来的图样上显示，车子的右外后视镜上有个弹孔。”

仇千里听得一愣，继而咋舌：“我忘记关同步了。”

他隔着裤兜捏了捏自己的终端机。他跟迟洲泉共享一个加密邮箱，迟洲泉停职后，不用登录也还是能查阅他收到的案卷和照片，能看的都看了。

“你不都看完了？还有什么疑问？”他问。

“剩下四个常人里，死亡时间最靠前，第一个被杀的，”迟洲泉提到了一个人，“是个跟凌忍同岁的小孩儿，他的身份查明了吗？”

那是一车人里他觉得最具违和感的一个。眉清目朗的少年，看上去和当事人凌忍年纪相若，高中生的模样，脸长得很不错。

“他叫姚雀。他家人第二天下午来认的尸，你当时不在……啊，大闹了一场。”

“家属闹了？”

仇千里敲了敲额头，单凭口述根本没法让不在场的迟洲泉亲历市局那天的混乱：“这小孩是常人，在东区一所私立贵族高中就读，家境殷实，名副其实的小少爷，父母一个经商，一个拍电影，都是有钱有势的人，对儿子也宠爱有加。小少爷总体来说没什么恶习，顶多周末爱跟同校那些富二代朋友出去通宵。你想想，一帮半大孩子，手头不缺钱，贪玩儿也正常，父母都没太在意，甚至没打电话催他回家。后来就打不通了。

“打不通就查定位。家庭网络的安保系统连接着孩子的手机，往常姚雀外宿或不接电话他们都查得到他在哪儿，索性就不管他。

“可唯独那天姚雀关了机。”

迟洲泉出现了两次频率不一样的眨眼：“听起来像绑票。”

“而姚家父母在他失联的十八个小时内都没有接到任何绑匪索要赎金的来电或邮件。”

不是绑架？

他的眉心一紧。常人，身家优越，不出格的富二代……他梳理着思绪，像拨弄一颗颗念珠，试图摸出那根将它们串连在一起的线。

姚雀这样的小孩出现在的车里，从头到脚都透着突兀。

身为第一个被害人，死因是爆头，子弹从下颌射入，直贯颅顶，头盖骨崩得像睡了几十年的海绵床垫，且身上没有其他打斗痕迹，一击即死。这说明了两点：一是出于信任或疏忽对袭击毫无防备，二是离得太近，来不及反应。

在车里紧挨着凌忍坐的人，要么同为肉票，要么……

“仇副队！”另一道声音介入进来，两个人默契地同时闭了嘴。

走廊那端，一位警员小跑过来，到了跟前见迟洲泉也在，想敬个礼，又觉得这人好像不应该在，手抬到耳际，要放不放的。

“怎么了？”

仇千里问他，他才磕绊着说：“那孩子……好像疯了。”

冷不丁听见这么一句，迟洲泉的第一反应不是惊讶或质疑，而是“疯了意味着什么”。

对警方来说，它意味着“10·13”绑架反杀案里唯一的幸存者，凌忍，其供词将不具有法律效力，发生在那个深秋夜晚的那辆黑色小厢型车里的真相和罪恶也将随逝者一并埋入坟茔，永无大白之日。

而对迟洲泉来说，它意味着这个毓如琢赌上性命救下来的孩子，终究未能摆脱厄运。

是什么把他逼疯了？

迟洲泉和仇千里跟随警员来到隔离病房门外。站得太远，看不清里面；站得近了，塑料膜般的白光就蒙上他的脸，让他变得和周围那些窃窃私语的人一样，神情阴鸷。

他努力不去听他们口中吐露出的那些字眼：十级，武器，现存最高危险级别，自爆的威力足以击沉一座八万平方千米的岛屿，无罪，自卫过当，终生监禁，安乐死……

他想把耳朵堵上，胃又开始隐隐作痛。

“从他的血液样本中提取到了药物残留，但由于一部分和血液发生了融合，没法进行提纯，不能断定具体是哪种成分伤到了他的大脑，让他产生了变异。”仇千里说，“只能暂时把他的血样保存入库，等待下一步分析。”

“人的前额上部掌管情感，后脑下部指挥运动，他的情况就是‘偏科’。”仇千里指指自己的头，“他的前额受了重创，有发炎的症状，后脑却高度亢奋，这也是他的体能较之常人和成年人要强好几倍的原因。”

“而目前可以认定的是，他是无主观意识犯罪。”

言外之意便是——不用负刑事责任。

“我也是私底下才敢跟你这么说……那帮人丧尽天良，这回全军覆没，是报应不爽。”仇千里和迟洲泉并排站着，小声地说话，一只手拇指和食指分开来按摩着满是血丝的眼睛，“就是这小疯子有点儿难搞……早上，医生去检查他的绑缚部位有没有受伤，被他一头撞晕过去，不得已又让他老实了一会儿。他睡着会好些，醒来就是发狂，会无差别攻击试图靠近他的人。”

“怎么让他老实？”迟洲泉问。

“麻醉或者电击。”

他那口吻轻巧得像一记耳光，照着迟洲泉的脸扇过来。

“他都那样了……你们还电他？”

仇千里没吭声。

“我去试试。”

迟洲泉转身就走，丢下这么一句没头没尾的话。

“什么？”仇千里追过去，想抓他的手，但没来得及，它已经抬起来，放在隔离病房门边凸起的传唤铃上，不假思索地按下去。

“我去和他谈谈。”迟洲泉说。

他要跟那害死毓如琢的小疯子谈？

“谈什么？！”

仇千里也恼了。他已连续熬夜一星期的脸色越发难看，被对方一而再再而三“没有常识”的“无理要求”磨光了本就所剩无几的耐性。

“洲泉，事到如今，你就听我一句劝……回去吧，案子转到我手上你总信得过吧？算我求你了，我顾不上你，你就别在这儿添乱了……”他急得口不择言，说完也觉得这话刺耳，于是改口道，“我担心你在这种状态下面对他……”

他没说下去。

因为迟洲泉忽然冲他笑了一下，笑里有种徒然。他才明白，这一刻起，有些事已不可逆转，并非死亡从中作梗，也无关谁对谁的背弃，不过是最基础的选择题，而选择往往是最大的问题。

“我们都有病，”迟洲泉说，“不是吗？”

门开了，压缩的空气膨出来，十年的老友擦肩而过，朝着与他全然相反的方向走去。

隔离病房比一般规格的病房要宽绰，设备齐全，虽没有窗户，却亮得过分，十几盏灯照得人无处遁形，没有半点儿隐私。

室内正中央摆着一张约束床，身穿拘束衣的少年被绑缚带固定在床板上，双手交叉在胸前，腿捆得直直的，旁边围着几个神色凝重的大夫和一圈迟洲泉见都没见过的，张牙舞爪的仪器。

见有人私自闯进来，一位医护人员慌忙上前，拦住他：“先生，先生……无意妨碍您执行公务，可是他……”

他把那手拂开，径自走到凌刃的床前站定。

屋里、屋外，一干人等全静下来，十几双眼盯住他，而他则盯住床上的少年。

那晚兵荒马乱，他没心思关注这孩子的样貌，此刻看来，石膏像般的面孔，眸子像两颗凿进眼洞的铁钉——不过是个普通男孩儿。还比别人家十六岁男孩儿瘦小、孱弱，皮肉俨然是糊在骷髅上的一张纸，又薄又脆。

他病症发作，咆哮着挣扎的时候，像要把这层皮撕碎，挣不脱束缚，就挣断自己的手和脚，大不了鱼死网破。

确实疯了。仇千里说得没错。他但凡醒着就会歇斯底里地尖叫，有明显攻击行为和自残倾向，让人近不了身。迟洲泉听不懂他在哭喊什么，乞求些什么，站在他碰不到的地方，心情却出奇地平静。

他以为自己恨他，像仇千里担心的那样，恨这少年带来死亡，害死妻子，毁掉他原本顺遂美满的人生，面对杀妻仇人只想千方百计让他偿命，可到了跟前，听着那惨叫声，他只是心疼。

他提高一点音量，呼唤那孩子的名字："凌忍。"

没有回应。

许是他连自己的名字都忘了，只剩下语焉不详的嘶吼。那孩子挛缩的身体带得动上百斤的约束床，像要把钉死在地上的四条床腿连根拔起。两个医生急忙上前，一个扶着床头，一个举高胳膊，拉下天花板上吊下的一条医用多功能机械操作臂，打算采取强制措施，固定住凌忍的头部、从颈部进行注射。

针筒中已注满药剂，剂量足够让少年一觉睡到明天，迟洲泉却恳求他们："请等一下。"

"凌忍。"

少年闭着眼尖叫。

"凌忍，"他说，"我来这儿是为了告诉你。"

她用自己的命换回了你的命。

"你得活着。"

所以拜托你，带着她的那份活下去。

"我需要你。"

然后他俯下身，不顾旁人的惊呼和劝阻，抱住了少年，像他妻子那样。

如同拥抱住死亡。

彼此胸膛抵近，头颈相依，任凭应激过度的少年张开嘴一口咬在他的左肩上。

耳边响起人们恐慌的高呼——

"快阻止他！！！"

"快把他们分开！！！"

迟洲泉的脊背明显因剧痛抽搐了一下，手臂却依然平伸，朝外张开五根指头，示意一旁手持电击器扑过来的医生以及拔出配枪闯入病房的仇千里，所有人都别靠近。

让他叫醒他。

齿尖没入肌肉，切开皮下组织，还随着不断收紧的嘴巴掘得更深，鲜血漫溢出来，一条湿暖的虚线顺着肩胛往下延伸，爬过盾一样的脊背。

迟洲泉动了动，胳膊往回收，掌心按住颈边那颗乱动的脑袋，嘴唇颤抖着。用尽毕生力气，说下去，即使不被听见。

“我想知道。”

直至疼痛消散，伤口弥合。

“她最后拥抱你是什么感觉。”

和血一起淌下来的，还有两行滚热的眼泪。

“他认得你？”

“应该是不认得。”

“这会儿是好像正常了。他刚才哭了，你看到了吗？那小孩竟然哭了。”

“他没疯。我确定。”

“你清醒点儿。你的意见并不足以作为参考，懂吗？他必须安乐死。”

“这不符合法律。我要给他申请法援。”

“你不想让他偿命？”

“……”

“你想保他？”

“是毓如琢想。而我有义务实现她的遗愿。”

“……”

“我相信她。”

“我看你也疯了。”

隔离病房隔壁，平日用作收纳和储备药品的小单间里，两个男人的对话到此为止。迟洲泉坐在临时搬来的办公椅上，面无表情地歪着头，挺直后背，以便手脚麻利的女医生为他处理伤口。

他刚被那个疯孩子咬了一口，衬衣黏在身上，左侧领子连带着肩膀的布料均被鲜血浸湿，黑衬衫上洇出一大片诡异的绛紫色，说话时仍在不断加深，扩散。

“咬得可真够狠的……”女医生啧啧有声，“再深可得缝针了。”

“要打狂犬疫苗吗？”

仇千里话说得刻薄，其实也不忍直视那一块几乎被剜下来的肉，皱着眉转过脸去，避开逸散的血腥味。

女医生无暇回答他，正专注地用订书钉形状的小条把崩裂的伤口对齐、粘贴并固定好，接着快速往表面上喷洒了一层“空气绷带”——学名凝血喷雾。这是一种新型应急外用药，由遗迹药研所独立研发生产，止血速度超过目前市面上所有同类药物，堪称立竿见影，与普通绷带相比，操作更为便捷、卫生，雾状粉末覆盖面积更广，兼具抗感染功效，问世半年，市场占有率却不高，用的人也不多，因为它有一项致命短板：疼痛。

太疼了。

如果让仇千里来形容它那要命的使用感，就两个字：折寿。几个月前，他在一次抓捕行动中堵截歹徒，对方狗急跳墙，将他挂在车底盘上贴地拖行数十米，后背剐得皮开肉绽，血和泥土混凝成一堵污垢墙，被胡洞庭像剥衣服一样剥下来，他连眉头都没皱一下。

哪知胡大夫轻飘飘说了句“忍住啊”，抄起一瓶当时还没普及的稀罕物件，捏着鼻子往他背后纵情喷洒，挥斥方遒，未几，他发出了迟洲泉自与他相识以来听到过最壮烈的惨叫。

对此他只发表了两句感言，第一句是“胡洞庭，我跟你有仇吗？”，第二句是“你不如直接开车碾死我”。

那种感觉像是把人全身每个细胞都搅碎，腐蚀，溶解，代谢，字面意思上的死去活来。他这辈子都忘不了。

如今他面前的迟洲泉却半点儿反应也无，那张脸平静得像一座新坟，眼睛始终没看这边，不知在看哪边，也可能什么都没看。

仇千里不甘心，追着他的视线想要一探究竟，却发现视线尽头是一片虚无，没有原因，没有解释，也没有意义。

他们已经不再看着同一个方向了。

“我不明白你为什么想要他活着，你在指望什么？”他说，“我只想说，你做不到。”

他太了解迟洲泉了。

“我能。”迟洲泉道。

迟洲泉被“请”出了医院，以“案件无关人员”的身份，是仇千里的命令。

他没有埋怨，自知情分与本分的区别，何况对方也是按规矩办事，兄弟们仍对他好言相劝，他识相地选择了配合。

他默默穿好染血的衬衫，道了声再见。经过隔离病房时，他又按捺不住地往里看。被唤醒的孩子已再度沉入无止境的睡眠，由于“出口伤人”，被看管人员戴上了类似口笼的防咬面罩，黑色皮带扎得紧紧的，勒进头皮里。他的一半脸被遮挡，另一半脸被打结的黑发盖住，看不清楚，可他分明感觉到了两道灼灼的视线，与他遥遥相对。

可他什么都做不了。一个道貌岸然的油头男人用恰好能使匆匆经过的他听到的音量，大谈“人权”，说“没有一群人能决定另一群人的人生”。他却不能揪住对方质问：“你觉不觉得你很可笑？你明明都懂，又为什么会站在这里高谈阔论，而不是尽你所能去改变不公和偏见？非常人权益保护协会究竟保护了谁？一帮废物，连走进去被咬一口的勇气都没有。”

最可笑的却是他自己。

他来到电梯门外，按下按钮。

回去的路与来时的一样，他乘传送带经过这座城市最大、最瑰丽的人造花园，心里荒草蔓生。

他的舌头干得像砂纸，刚才医生喂他吃的抗感染药是三天内他唯一摄入口中的东西，药片有石灰般的口感，沾了唾液就化成一摊甜甜的泥浆。或许是被久违的甘甜刺激到萎靡的味蕾，他感到失却已久的食欲正从远方迢迢赶来，要将他拯救。

孔未眠正在医院大门口等他。

外面又下雨了，这个年纪小他一轮的男孩儿举着一把黑色的伞，像那个关于幻想症的笑话里，把自己当成香菇的病人。

浑浊的雨珠敲打着伞布，随着孔未眠奔跑的动作飞溅四散，湿了迟洲泉一头一脸。

他揉着眼睛往伞下看，差点儿以为孔未眠哭了——那张年轻的脸因担忧和惶恐涨得通红，无声地张着嘴，连比画带口型地问他："怎么搞的？！"

迟洲泉想解释，又觉得没必要。几不可见地弯了弯眼角，从对方手中接过带着体温的伞柄，一步步迈下低矮的楼梯。

"回去吧。"

彼时彼刻，他确信自己不会再死了。他没有告诉孔未眠，他在那个刹那决定活下去，因为有人在雨里等他。他躲不掉，也逃不开，只要他存在于世，孔未眠一定能找到他，哪怕掘地三尺。

这个人拼命拉住了在悬崖边摇摇欲坠的他，将亡人断掉的那根线系在他手上。

他将它攥紧了。

第十六章

残局

迟洲泉回到原本的家，在年迈的父母身边，他久违地饱餐一顿，尽管吃完就抱着马桶吐了个干干净净。他吞下新的药片，倒在幼时那独木舟一样的小床上睡足八小时，直到第二天早晨。没有人叫醒他，像是有所预感，怕他从今往后再也无法安眠。

头发花白的母亲在床边守了他一夜，不敢当面提毓如琢的名字，只默默把他染血的衣服拿去洗，边洗边掉泪；父亲则一改往日严苛冷硬的作风，布满老茧的手拉着他坐下，以近于哀求的语气，说："辞掉这份工作吧。

"当文员，考公职，怎样都好，只要别做警察，只要别再失去什么。你已年届而立，人生度过三分之一，在命运的赌局上输掉了最珍重的宝物，你的筹码所剩无几。

"你是普通人，那就去做个普通人吧。我们不想你白天享尽荣光与赞誉，夜里却辗转难眠，我们不要你孤身一人。"

他无言以对，抬头时视线正好穿过老屋的窄门，觑见母亲佝偻的背影，随着用力搓洗衣物的动作，像风里的枯叶一样颤抖。先前在医院里没能感到的疼痛这才如延迟发作的剧毒深入五脏六腑，将他整个摧毁。

"可是爸爸，我不能后退。"他说。

"我不能让她白死。"

他钻进自己的房间，反锁了门。屋里有点儿乱，囤积着许多在毓如琢葬礼上收到的慰问品，一些是他收到的，另一些是未能亲自交于他手因而托他的母亲代为转赠的。

葬礼当日受邀出席的同事、亲友，加上此后几天陆续自发前来吊唁的市民有近万人，确切的数字并不知晓，脑子就像变质的水果，被刀剜去了腐坏的部分，只记得那天晴空万里，他站在咄咄逼人的太阳下，面朝众人读着写给妻子的悼词，喉咙被利剑般的阳光捅穿了一样疼。

读到最末那句"你与黎明同在"时，全场鸦雀无声，每个人心中却似涌起滔天的巨浪，久久不能平息。他与墓碑上的黑白照片相对，在心中默念："亲爱的，亲爱的，我怎么办？我该如何熬过黑夜？"

但他必须前进，哪怕道阻且长，孤掌难鸣。

第二天，他单独去了趟死者姚雀的家。

这城市最顶尖的花园式洋房别墅山庄，偌大的豪宅里却只有憔悴的姚母独坐于窗边，痴痴望着自家的温室，背影消瘦而固执，仿佛心爱的儿子还在里面荡秋千，弹钢琴。

迟洲泉的造访无情地拆穿了她编织的幻梦，就像是是特意来告知她，儿子就那样不明不白地死了，他被一群穷凶极恶的匪徒挟持，一颗子弹打穿了他的颅骨……无能的治安局却连这颗子弹的实物都找不着，连个说法都给不了她！

"请回吧，我对治安局的办案效率不抱希望了，我自己雇私家侦探调查我儿子的死因，再也不会指望你们，别再来骚扰我了……没听到吗？我不见客！不要不识好歹！"

"姚太太。"

可当她看到被用人们挡在门外仍不肯退却的男人，看着那一张和她一样痛失所爱的脸，她在玄关后踌躇片晌，还是请他进来了。

"我先生的剧组已经停工，一些后续事宜还需处理，很忙，估计明晚才能回家。你想问什么？"

"姚雀的人际关系。"

姚母招用人过来沏茶的手顿了一顿："他的手机、电脑、所有和实名关联的社交账号我不都交给你们调查了吗？"

话是这么说的没错。

迟洲泉想起仇千里那边同步过来的材料，有钱人家小少爷的生活的确乏善可陈。周一至周五在学校；周六、周日有时去撞球馆，电影院，有时去歌剧院、钢琴房，有时还跑去天堂大学听讲座，听影视行业相关的公开课，表达出子承父业的意向。偶尔偷偷去市里比较有名的几家夜店"放肆"一下，喝两杯含酒精的饮料，姚父都采取怀柔政策。

“店老板或多或少都和孩子他爸有点儿交情，至少在影视圈的社交场上混了个脸熟，打点过都会帮忙照看着，从没出过事情。”姚母说着，眼圈又红了，“我家小孩绝不是那种乱来的孩子。你看他平时去的地方就这些，再就是他那些同学和朋友家，我们家长之间也都有私交，有些是生意上的伙伴……他……他都没出过天堂市……哪有机会去结识那些不三不四的人？肯定是那些人……见过他，觊觎他，对他生了歹念！他也是被绑架的受害者啊！”

夜店、大学、歌剧院、撞球馆，在天堂市，这些都是有一定的学历、身价和社会地位的人才能出入的场所，别说结识了，那些前科累累的绑匪压根儿迈不进这些地方的门槛。

“假如是绑架，您和您先生从始至终都没接收到通知你们赎人的电话或文字信息，不是吗？”

“不是绑架……”姚母的嘴唇轻颤，“你是什么意思？”

“首先，”迟洲泉吸了一口气，“姚雀的手机是指纹解锁，这表明只能他自行关机，解除安保系统的追踪定位；其次，假使他被胁迫，被人盯着进行操作，按快捷报警键也花不了半秒钟。因此，我倾向熟人作案这种可能，绑架他的人深得他的信任，他对他言听计从，自己关了手机。

“最后一点，他身上除了那个弹孔，没有任何损伤、殴打或被捆绑、被胁迫的痕迹。”

“因此，”他看向姚母的脸，眼底无波无澜，“我倾向于认为他是诱饵或者共犯。”

“什么？！”

女人突然起身，刚倒好的茶被她碰洒了，滚烫的茶汤泼了一桌子，也许下一杯就会泼到迟洲泉脸上。

“你知道你在说什么吗？！”

迟洲泉纹丝未动：“这不是定论，也不是指控，只是我的推测，所以我才来到这里，向您打听姚雀的社交关系。

"他的手机系统被复原之后，我们查到了几条执行'永久删除'命令的痕迹，永久删除是无法被撤销的指令，可见他刻意隐瞒了一些东西，不想被查到。"

"那就来问我吗？即使是做父母的，也不可能连儿子每天见过谁都了如指掌吧？！"姚母彻底失去冷静。她情绪激动，音量也拔高了，"有人让我问了吗？我儿子，他就这么白白死了？我向谁去追讨？你们说，是那个和他一起被绑架的小孩动的手……那就让他负责啊！只有他，只有他活下来了，还不足以证明他有嫌疑吗？"

她一把拽住迟洲泉的衣袖，眼底血丝密布："对，就是那个孩子有问题！他连累了我儿子……他才是害死我儿子的元凶！"

"可他也是被绑架的受害者啊。"迟洲泉淡淡地复述她的话。

姚母哑口无言。怔了半晌，她颓然坐下来，精致的盘发也散开了，仿佛一瞬之间老了十岁。

她以手掩面，失声恸哭："到底是为什么……"

到底也没问出什么。迟洲泉在姚家待了一个小时便起身告辞。临走时两位用人来送客，他从他们身体的间隙里觑见客厅的一隅，姚母仍坐在那里，不打算送他，也不再看窗外了。她的目光涣散，面朝着一片虚无。

"姚太太，案子我会继续跟的。"他对她说。

"不用了。"她不看他，"过个半年……不，三个月，你就会淡忘的。"

"所有人都会淡忘的。"

"不。"迟洲泉穿好鞋，背对着她，"我会查下去的。"

他离开了。

三天后，他接到了一通意想不到的来电。

"请问是迟警……迟先生吗？

"很抱歉打扰您，我们是非常人权益保护协会。

"可否约您见面详谈？很急。"

大抵人生的本质就是巧合与循环。几天前才刚被医院下了逐客令的迟洲泉，几天后又被另一拨人原封不动地请了回去。

他颇感讶异，但他没有犹豫，挂了电话就下楼等。对方答应开车来接，半支烟的工夫就赶到了，也不管他还穿着睡袍、拖鞋，胡楂都快连到鬓角，像个穿越来现代社会的原始人，载上他就飚去了医院。

“凌忍的案子下周二开庭。”甫一上车，司机便对他道，“我们时间不多了。”

迟洲泉凭嗓音认出了他，正是电话里的男人，被非常人权益保护协会指派跟进和处理凌忍相关事件的负责人。上次应该在医院见过，但他没什么印象，多半是因为此人长了张大众脸，半永久似的油头，没什么辨识度。

对方边轰油门边和他说明情况：“我们权保会的工作原则就是对被援助者的每一项正当权利提供应有的保障，因此专门为他聘请了一名律师，协助他走接下来的司法程序。

“目前面临的最大困难是……我们没法和他沟通。他拒绝交流，谁都不理。”

到达医院，负责人刹了车，低声下气道：“希望迟先生能够协助我们。”

迟洲泉下了车，耳朵嗡鸣，手里还捏着烟盒，纸壳已经变形，浸满了咸津津的汗水。负责人在前面带路，见他走得慢只得硬着头皮等，给足了求人办事的诚意：“我们能想的办法都想了，事情迟迟仍旧没有进展，基层部门的难处您能体谅吧？除去硬性指标不谈，我们也真是想解决问题。”

上了楼，排场更大，乌泱泱一群人等他一个，像极了葬礼那天他在台上读悼词时的场面。他想起来就反胃，低头一看，发现自己穿的拖鞋还不是同一双，一只蓝，一只灰。

“所以就想起那天在病房里，您是唯一和他有交集的人，觉得他至少认得您。”负责人又鞠躬，“拜托了。”

人群自动分列两旁，为迟洲泉让开一条路。受雇的律师也在其中，戴着碎了半边的框架眼镜向他致意，笑容世故精明，然而形容狼狈，显然已经见识过自己接的“山芋”有多烫手了。

视窗的另一侧，和约束椅合为一体的少年正端坐在那里。胳膊反拧在身后，骨骼嶙峋可怖，额发下的双眸混沌不清，唯有眼球凸面上一点儿幽微的水光，让人知道他是醒着的。

被注射了太多麻醉剂，他已出现反应钝化的迹象，即使剂量还在安全数值以内，如此频繁使用也会伤及大脑神经。

迟洲泉看着他，不禁感慨：这孩子居然活了下来。

被昔日种种折磨之后的“活着”，还像从前那样珍重吗？

这样的“活着”，难道比死亡更有价值吗？

生者与逝者，究竟哪一方更不幸呢？

“喂。”

他弯下腰，和少年视线持平，确保自己能被看见，旋即用指关节敲了敲加固的双层玻璃，敲得很响，带着回音。

“醒醒。”

等了一会儿，枯树般的脖子直立起来。身后一片哗然，他用另一只手示意他们安静。他早就想这么干了，让这些没用的家伙闭嘴。

“还记得我吗？”他说。

迟洲泉的手掌贴上视窗，覆盖住反光镜面中的影子。那是他自己，已经邋遢、颓废到像是另一个人。干裂的嘴角挂着一丝不期然的微笑，他开始后悔出门前忘刮胡子，难为这仅有两面之缘的孩子能认出他来。

“嗯，是我。”

迟洲泉的手晃一晃，凌忍的眼珠便随之而动，不晃了，对面也就跟着停止，像逗猫似的。他懂了，他就是为此而笑的。

“好了，听我说。”

他指着旁边瞠目结舌的律师，放慢语速，一字一句地说：“我会陪你一起，跟这边这位叔叔聊聊。”他用手比画，模仿写字和盖章的动作，

“然后签几份合同，看不懂的我念给你听，不会签名就按手印。你配合我，我会带你离开这里，好吗？”

“……”

“懂了就眨两下眼。”

凌忍还是不应，也不理会一旁皱着脸强笑的律师。

他是太饿了，还是太痛了？以至于出现了幻觉，看见女人白色的魂灵从天而降，落在玻璃外的男人身上，像雨水回到大地。

虚与实的边界模糊了，生者与逝者的身影渐渐重合，融为一体，手臂穿过透明的铁壁，抚摸他的头顶。

“听话。”

好温暖。

……

迟洲泉回过头，跟负责人示意：“好了。”

身后一帮人你看我，我看你，似乎仍然不敢确信。半晌，两位孔武有力的男护士壮着胆子，摆出赴死之势进了病房，准备给凌忍打一针营养素。

康复期间，他能摄入的食物种类十分有限，稍微粗一点儿的纤维都消化不了，多数是靠这种方式补充身体的基本所需。

当护士战战兢兢地卷起他空荡的衣袖时，迟洲泉放在窗前的那只手打了两下响指：“看这边。”

少年的注意力果然被引开。趁此机会，护士一鼓作气地将针头斜着刺入他被固定在座椅上的手臂，一寸寸推进皮下，注入针管内的液体。

“不痛的。”迟洲泉低声道，为一个不属于自己的孩子，念诵驱散恐惧的咒语，“马上就好了。马上就不痛了。”

少年的眼眸被消毒灯管映成冰川般的蓝色。迟洲泉看着那片蓝色中的自己，说：“别怕。”

别怕。

他的背后，律师装模作样地推了一下变形的镜架，手握成拳，抵在唇边咳嗽一声：“请问您是委托人的……”

“什么都不是。”迟洲泉没有回头，手抄在睡衣兜里，将烟盒捏得更紧几分，又如释重负般松开，“他杀了我老婆。”

“呃……”律师的表情一僵，讪讪地压低了嗓门，“说来有点儿对不住您，但我毕竟是他的辩护律师，他这种情况属于‘无刑事责任能力’，罪不至死。至于判决方面，还要听取陪审团和法院的意见，暂时没法就结果跟您承诺些什么……司法这边呢，暂且没有未成年人判死刑的先例。不过可以延期，也就是缓刑两年，等他成年后执行。”

律师又凑近了些：“您看……”

言下之意是，只要迟洲泉想，还有其他手段，能让这少年偿命。

想要他命的人多的是。

“我无所谓啊。”

胡子拉碴的邋遢男人搓搓自己后颈，似乎不打算再参与后续的事情来。他该回去了。

“该怎么判就怎么判吧。我尊重法律。”

“哎！”律师使了个眼色，“我的意思是……”

“我懂。”他做了个“打住”的手势，“我并不想要他的命。倒不如说——我比谁都希望他活下来。”

凌忍的案子开庭当日，大半个天堂市的市民都观看了庭审实录。

有条件的去现场围观，没条件的看线上转播，市政厅官方网站的直播间点击率在当天破了网络收视记录，直逼那段时间最火的黄金档电视剧。

对此漠不关注的，只有黑巷最穷，最偏僻，连网络信号都覆盖不住的死角，和苟活在那里，无暇关注自己以外的生命存亡的底层人。

以及迟洲泉。

他坐在一扇屏风的外面，手中捧一盏热茶，茶水清湛，不含一丝杂质，一缕轻烟袅袅上升，如同屏风另一端女人的轻语。

“为什么不去呢？”

他闭上眼聆听那声音，就像人在出生与辞世前，最先与最后听到的声音，就如鸿蒙初开，万物复苏，天国之门缓缓开启，从那凡人不敢妄自踏入的门里传来的声音。

“你明明很担心。”

“我不想去。”他说。

“那就睡一觉。”女人柔柔地劝，“你需要休息。”

他望着杯中摇曳的残影。

“现在还不行。”

“我这里很安全。”她说。

他知道她没错，她总是对的。她的话不是命令，而是谶语，是必将成真的预言，是永不失误的判定。

“不会再有人来打扰你，指责你，威胁你。”她的吐息空灵，带有催人入眠的暗示，“可以睡到自然醒。”

可他睡着了，灵魂还醒着；催眠了灵魂，记忆还醒着。

他说：“我不能睡。”

女人幽幽地叹息。

“你知道我的决定从来不会出错。”

琥珀色的茶水动荡起来，漾出极细的波纹。他的下巴颤抖，牙齿锲进唇肉，几乎要咬死自己。

“连她的死也是吗？”

回答他的只有静默。室内只剩下空气净化仪和除菌加湿器运作的低噪声，它们昼夜无休，确保这间位于市局大楼最高层的办公室像层流洁净室一般拥有一百级的洁净度。唯有如此，才能让里面的女人存活下去，不被正常人打个喷嚏那种程度的微量细菌和空气中的颗粒物夺取性命。

外面的世界和人类，对她来说都太脏了，脏到不能触碰。好在作为治安总局局长，她只需负责决策和部署，不必抛头露脸，平时通过传声器和内线电话与人交谈，开会，主持每年年初与年末治安局的纳新会和年会，是精神领袖式的存在。

诚然，想见她本人也并非难事，只须在她办公室外进行过工序繁复而严格的全身杀菌，确保不会危及她的健康和安全，便可与她会面，她是很欢迎的。若有闲暇，还可以在她的办公室里小坐片刻，喝一杯她亲手冲泡的安神茶。她泡的茶堪称一绝。

自萧婵任局长以来，私下议论有之，当面诘问有之，后来都平息了。所有人都被她独特的人格魅力征服。她平等地善待每一个人，不论职位高低、身份贵贱。若能和她聊上几句，亲耳听听她那比从耳机和扩音器里听到的，更磁性、更灵透的声音，就能忘却烦恼，一整天都神清气爽。

没人知道局长萧婵究竟长什么样，年龄几何，即使是生前与她最为亲近的毓如琢也不曾一睹屏风后的真容。他们只信奉她的能力，她的地位，以及她为他们和全天堂市带来的和平。

被公认和默认的事实是，她的决策总是对的，从未有过误判。正如神话中左手持天平的正义女神，蒙着眼睛也能称量出真理。

毓如琢则是她右手上的宝剑。

“我的难过不亚于你，洲泉。”女人轻声说，“可这是她选择的‘正确’，我尊重她和她的意愿，以及早已铸就的未来。”

屏风外无人应声，只剩下潜滋暗长的缄默。迟洲泉端起茶送到嘴边，干裂的唇衔住杯沿小喝了一口，不烫。被悉心过滤后的液体芬芳澄清，入口的温热涓流化作藤蔓，包扎住他跳动的心脏。

的确是好茶。

“所以这一次，”他说，“你会站在我这边，对吗？”

自打踏入这间屋子，他第一次望向屏风和屏风后端坐的女人。她脊背挺直，长发垂至腰际，随优雅的动作轻摆，剪影秀美如一排扇骨。

“我永远只站在对的那一边。”

他放下茶盏，欲起身告辞，又听她道：“对了，忘记告诉你，千里也来过这儿。”

他的脚步顿住。

他背影颀长，像一棵树。萧婵想，树能活很久，比人活得久。就算心已被虫蛀空，也依然会保持着强韧的外形，站得笔直，任凭风吹雨打。就算枯死了，外在也同活着时一样，空心的树干来年春天也能开出野花。

“他这暴脾气呀……茶都没喝完，被我气跑了。”她谈起仇千里时的口吻像一位慈祥的长者，用词却是少女式的活泼，“我告诉他，小琢留下的东西嘛，肯定有用。我选择‘正确’的，是因为‘正确’本就存在，假如不存在，那就让我们的选择成为‘正确’的。”

她跪坐在小几边，指尖挽起耳际滑落的鬓发，双手复又交叠安放在膝盖上。

“没事多来找我解闷啊。小琢这一走，我可寂寞了。”

她并不挽留。迟洲泉走到门口，闻言又回过身，朝薄青色的屏风鞠了一躬：“谢谢。”

那之后便是没完没了的官司。

一审判决下来，应了律师的话，凌刃被判无期，以死者姚雀的母亲为首的反对者不服判决，上诉。

二审，被判死刑立即执行，不出所料地引爆了舆论狂潮，引发示威游行和抗议集会。有市民在法院门口挂起横幅，每日宣讲，大声疾呼：此举是对少数群体的公然歧视和打压。犯人亦是被害人，尚未成年，防卫过当属过失杀人，本当从轻判决，却因其非常人的特殊身份而遭另眼相待，甚至破格执行死刑，判决目无法纪，也枉顾情理，冒天下之大不韪。倘若主角换成“多数人”，绝非如此下场。如此言论切中了积怨已深的社会矛盾，进而激化，发酵，一跃上升至阶级层面，“非”“常”双方对立情绪暴涨，蝴蝶效应一发不可收拾，接下来就是罢工，交通瘫痪，骂战持续一月不止。

三审便是顶着这样的压力开庭，陪审团都吓跑了一批，换了批新的，法官半白的头发愁成了全白，最终改判：死刑缓期执行。

万能的“死缓”。

这下，集会的人散了，演讲的人回家了，罢工的人也回到岗位，权当白放了几天假，留下各部门面面相觑——你们的政治是正确了，我们的风险谁来担？

于是，迟洲泉又去萧婵那儿喝了杯茶，顺便签了份机密协议。他前脚刚走，后脚市长和司法局长也去了，说是给萧局长拿点儿当季的新茶。纯天然土壤种植的茶叶已是稀罕物件，可追溯到上个世纪的压茶工艺更是尤物中的尤物，怎能不让行家来泡？三位老同学难得聚首，叙了一下午旧。

没人知道的是，黑巷治安分局局长袁疏也拨冗来了趟市里，但并没有知会迟洲泉。他去了毓如琢墓前献花，改良的白色马蹄莲。葬礼过后，墓园化作一片烂漫的花海，成了这个超级都市的新风景，每位路过的天堂市民都会忍不住驻足流连。

再后来，凌忍就被押送了回来。

那天也是晴天，这样的好日子一年到头也没有几回。阳光慷慨盛大，洗净城市每一处阴霾，不过气温有小幅度下降，体感还是偏冷。迟洲泉便多穿了一件，又额外带了件外套，装在提包里，左手拎着，右手给父母打电话，打了好几通，都是拒接。

他们还是无法理解。

宽恕杀死自己妻子的凶手，一般人都无法理解。

上午十点，迟洲泉与两位押运人员见了面。押送特殊犯人采用的是一种全封闭的胶囊舱，投送至约定地点后，由专人完成交接和收监。他依次出示了自己的临时身份证明、委托书、授权书和萧婵的亲笔签名，对方逐一过目，一位如流水线作业一般在每份文件最下方盖激光章，另一位当面向当事人宣读“委托收监”后的种种注意事项：“在押期内，犯人不得离开收容机构；不得私自摘除约束用具，或根据犯人定期考察状况逐个摘除，委托人及相关机构将负全责；委托人必须每周递交观察报告，如实上报犯人健康状况；定期为犯人体检，做异化指数再鉴定；犯人每天有两小时自由活动时间，活动范围仅限于收容机构内。鉴于犯人未成年，表现良好可酌情减刑……”

再后面的他已听不见了。

舱门在他面前缓缓抬起，升高，露出戴着镣铐的手脚。风如潮涌，吹动单薄的囚衣，好像挂在躯干上的一张渔网，蔓延的日光浸没少年的每一寸肌肤。他在出庭前剃光了头发，颅顶只剩一层薄薄的青茬，失去遮挡的后颈补上了独一无二的刺青——10。

他仰起头，睁大眼睛直视着苍穹。

被照亮的躯壳之中，如同长出了一颗全新的心脏。他将蜕下旧的皮囊，连同过往的褴褛，一并丢弃在不见天日的地底。

他走到这世界里来，即使这里只剩一个人在等待。

“嗨。”

迟洲泉上前，抖开厚实的外衣，披在他身上。

“怎么样？我没骗你吧？”

少年被面罩挡住的嘴一张一合：“对不起。”

他讨厌自己从小到大都只会说这一句。所以为了这天的相见，他好好练习了另一句：“谢……谢。”

“从那以后，我成了凌忍——现在叫凌刃，实质意义上的‘监护人’。

“事实上，按规定，监护人应具备的两条资质我都不达标。你知道的，我和你不一样。首先，我是常人；其次，我和当事人非血亲。老仇的预言应验了。他在我们决定去营救之前就料到了最坏的结果，但没料到如琢会死，而萧婵会选择站在我这边，以组织和机构的名义提交了代为监管的申请，拿到了‘特批许可’。

“整件事就是一笔糊涂账，名不正，言不顺，只是数个巧合的叠加，没法细究。我猜想，上面的人也巴不得早点儿把凌刃发落出去，而我是掣肘他的最佳人选，所以每个环节都拧松了一颗螺丝，给我们放了行。

“我一次心理辅导都没去。那段时间，我所有的精力都投注在凌刃身上，我把和他相处的过程当成了一种治疗。

“说得难听点儿，我也在‘利用’他。

“你没见过凌刃刚来时的样子，就像是一个婴儿，像某种动物的幼崽。怕人，喜欢咬东西，只会说对不起，把他丢进浴缸里都不知道自己洗，一下午傻坐在那儿，水漫出来也没反应，眼睁睁地看着它流。他听我的话，并且只听我的话。我将它理解成一种雏鸟行为，幼鸟会将破壳而出时看到的第一个人认作自己的母亲。就是这样。

“他的大脑因为药物损伤落下了后遗症，记忆方面也出现了残缺和错乱的症状，我找医生给他看过，说他是选择性失忆，是人为了规避痛苦，减轻心理压力而自发产生的一种自保行为。所以那个夜晚之前的事，包括父母对他做过什么，他都选择性地遗忘了。我觉得是好事，他忘了更好。至于这个案子，哪怕我用别的方法继续追查，也不想逼迫他去回忆。

“但有那么一次，他看见我手机里毓如琢的照片，指着说他认识，他记得这个女人因他而死。那时我才明白，他把自己完全交予我支配，是为了赎罪。

“他记得她，记得他杀死了我最爱的人。

“可我看着他的时候，常会产生一种错觉：他就是我的孩子，我和如琢的孩子。我以为此生都无缘得到的东西，其实早就以另一种形式，从另一个世界来到了我身边。如琢把他留给我，然后去了那个世界，这不是死亡，而是交换。

“我的爱人用生命交换生命，目的不是让我用死亡交换死亡，那对她是一种辜负。

“所以我像对待自己的孩子一样，陪他读书、写字、看电影、听音乐、锻炼身体。那段时间我记忆最深的是，有一天我们在外面放风……你知道太阳一年到头也出来不了几次，多数时候是阴天或下雨，只要雨不太大，我会都陪他在训练场上慢跑。市局后身的这块地只有我们爷俩，平时没有别人出入，关押他的白色小楼最初是作为临时避难所建的，后来一直没用得上。我有时候不回家就住在里面，夜里隔着牢门读书给他听，到他睡着为止。

“那天放风时间已经结束，装在他脚铐上的监测仪一直提示我们该回去了，可我看他不太甘心，当时也不知怎么想的，就和他说，我们跑吧。于是，我们一起朝放光的那片云彩跑去。我很多年没做过这样的事了，跟着一个孩子去追太阳，事后想想，真够傻的。如果不是他，我可能一辈子都不会这么干。

“他跑得很快，但不是想逃，我能看出来，他大概是和我一样，从来没见过那样的天空。那时的风声时隔两年依然会在我耳边回响。我跑得腿都快断了，嗓子充血，眼睛还舍不得闭上，直到监测仪检测到囚犯的活动即将超出受限范围，发起电击，把他电倒在地上。他一边抽搐，一边还在笑。

“我把他从地上抱起来，背回牢房，第二天收到一份连带责任警告。没办法，我也录了视频检讨上交给领导，但我满脑子想的都是他笑的样子，那是我第一次看见他笑。

“我教过他，不必事事都顺从我，不是他的真实想法，我也不会高兴，要学会对我生气。他问我什么情况下可以生气，我说当他不喜欢，不愿意，不想要的时候。结果从那以后，他就天天对我生气。我给他什么，他都假装不喜欢，不愿意，不想要。他把我教他的那些都搞错了，弄混了。我明明告诉过他如何对人表达喜悦、接纳、感激，他却至今都没学会。

“他怕亏欠我，怕和人产生联系，用拒绝表示渴望，用愤怒代指羞耻，抵触别人靠近，因为他认为这样会招致不幸，会让人落得和毓如琢相同的下场。甚至我都原谅他了，他还不肯原谅自己。

“但我原谅了他吗？我觉得也没有。小鹿，我们认识的第一天我就跟你说过，我是个常人，普通人，没什么本事，烟瘾很大，坏习惯一堆，三十多岁了还不会照顾自己，玩儿命地透支身体，毫无生活热情。你让我明天去死也可以，我的墓地已经买好，就在我老婆旁边，只等人躺进去，一把火烧干净。毕竟相比于活着，死要简单得多，容易得多。

“所以我不怕你知道，我那时力排众议，一定要凌刃活下来，一方面是不甘心我老婆用生命换来的生命就这样轻易消失，我不能让她的努力白费；另一方面，我不想独活，我要拖一个人垫背，我要他陪我收拾残局。

“我并不伟大，我自私，懦弱，用宽恕的表象来粉饰内心的阴暗。有段时间我到处演讲，以烈士家属的身份，每次大家鼓掌，都像是扇在我脸上的耳光。可我又比谁都希望凌刃能幸福，希望他平安长大。我想尽自己所能修补他缺憾的人生，把他当成我对这个世界最后的寄托。

“我矛盾吗？卑鄙吗？每天晚上失眠，我翻来覆去想的就是这些，我才意识到，我盖着这床被子已经太久了。

“我太累了。

“去年的除夕夜，我煮了饺子从家里带来，和凌刃一起跨年。我让他许一个新年愿望，他说他想换个名字，他不喜欢‘忍’，换成刀刃的‘刃’，更符合他。今后作为一把刀生存下去，斩断过去。

“我觉得这寓意不错，他是向死而生的，每个人都向死而生，一辈子可长可短，充满变数，那不妨就快意恩仇，活得洒脱一些。

“可我忘了问他，你把‘忍’下面的‘心’摘掉了，是打算连自己的心也一并舍弃吗？你知道，有些话从孩子嘴里说出来，只有大人会感到悲伤。他们的纯真还没有被剥夺，而我们没有权利剥夺。我的揣测是对他的不尊重，我有自己分内的事。

“那就是在他成为一把刀的时候，替他保管好那颗心。”

“我讲完了。”迟洲泉说。

天不知是何时黑的。夜色无边，霓虹像穿引其间的线，将整个城市折叠，缝合。汽车远光灯照到他们脚边，照出一地散乱的烟头。

光阴似箭，从两年前呼啸而来，刺穿鹿谜的胸膛。她夹在指尖的烟蒂早已燃尽，灼烧着绷带下的薄茧，及至从故事里抽身，回过神来，她才发现自己在抖。

“我失言了。不应该跟你说这些。”沉默片刻后，迟洲泉用鞋底把烟头踱了，低下头笑了笑，话里有几分过意不去，“一时没收住，抱歉。”

她摇摇头，眼神发直。体内好似生出一股飓风，把她的五脏六腑通通搅碎，而她沉浸在比之更为庞大和浩瀚的席卷之中，什么都感觉不到，嘴唇轻颤着，仰望她仰望过千万次的苍穹。

两年前的那个夜晚……

远处车灯闪了两下，是别意打的，催促他们回来的信号。迟洲泉看到了，转头朝那边摆手示意，问鹿谜：“回去吗？”

而她似乎仍在神游，半晌才说：“我打个电话。”

迟洲泉便识趣地先走了。

她望着他远去，背影瘦削，切开夜色一角，但肩膀似乎没他们刚认识时那么佝偻了，如同卸下了几十斤的负重。

两年前的，那个夜晚。

她拨通了鹿岩的号码。

等待音绝不会超过三声，这是唯一的亲人给她的承诺。浑厚的嗓音仿佛随时静候在身旁那般沉沉响起，映衬着酒馆暖人的热闹。

“喂？女儿？”

“爸。”

她叫他，只是叫他而已。哪知这当爸的禁不住一点儿风吹草动，听筒那端一阵丁铃当啷，好像把什么东西打翻了。

“怎么了？！宝贝女儿，爸爸在这儿，出什么事了？爸马上过去啊，你在哪儿呢？别哭啊，我的乖乖……喂？喂？！”

听到他难掩慌乱的声音，以及那个只在酒醉时才叫得出口的昵称，她不禁笑起来，夹带着微不可闻的哽咽。

“你还记得两年前……有一天晚上，我把你叫醒，说我看到了极光。”

“嗯？记得啊，怎么突然提起这个？”

“我今天才知道。”她攥住衣领，手越抓越紧，“有一个女人，在那天夜里……变成了星星。”

第十七章

开放日

当晚的回程异常安静。

别意开车，刚想打开车载广播，余光从后视镜瞥见蜷着身子打盹的凌刃，伸出去的手便中途折返，收回到方向盘上。

“先送师弟、师妹回去吧。”

明知这话不会得到回应，他还是说了。他的指尖沿方向盘锃亮的皮套滑了半圈，落向中控台最下方的按钮，将四面车窗都稍微降下一节指头的宽度。微湿的夜风涌进车内这一小片暂时被沉默割据的领地，代替音乐冲淡此间稍显滞涩的空气。凌刃倚靠的那一侧他留的缝隙更窄，仅能纳入一线飞掠而过的路灯光芒——风太大了师弟会吹感冒。

他总能第一时间关注到并以最妥善的方式照顾到这些细微末节，像抚平一件起静电的毛衣。毕竟“善解人意”是他的专长。

他喜欢在不触及更深层的前提下，点到即止地读取人们出于各种缘由没有说出口的小小心愿，然后实现它们，以换得同样不会说出口的惊喜和感激。

他知道很多事。知道迟洲泉和鹿谜聊了什么，这番谈话如此漫长和沉重的原因，知道迟洲泉已经把自己后半生要说的话都说尽，今夜或许得以安眠；知道鹿谜为何缄默不语，她抽了太多烟，缭绕的雾气像是附在她身上的另一个魂灵；他同样知道，自己必将和他们站在一起，共同保护那个沉睡的男孩儿，不让他再一次落入魔爪。

“到了。”

他把车泊在一户门牌格式与左邻右舍都不同的二层独栋公寓门口，弹开后座的防护锁，朝后座的女孩儿弯了弯他迷人的绿眼睛：“晚安。”

鹿谜想把凌刃叫醒，手还没碰到他的衣角，他就自顾自下了车，走到公寓前的门廊里，接受监控设备的全身扫描。

没了拘束衣，他的手都不知该往哪里放，畏寒似的夹着双臂。引擎声自身后远去，鹿谜在风里站了一会儿，叫他：“凌刃。”

她差点儿叫成“凌忍”，两个字中间有极微的停顿。他没有回头，只问：“他跟你说什么了？”

她张开嘴，却一味地咳嗽，刚刚叫他的那一声好像把力气都用尽了。她的手伸进裤兜里，只摸到变形的空烟盒。和迟洲泉谈话时没留神，把剩下的大半包都抽光了，连头发上都是焦油味。

因外力挤压而变尖锐的边角硌着她的指腹，再用力一点点儿就会坏掉。她必须控制住自己。

“没什么。”

她那一整晚都没碰到凌刃的衣角，也没再和他说上一句话。

难得遇上一月一度的双休时，第二天一大早，凌刃又是先起床的那个。

关于他近乎刻板的规律作息和习惯性拒绝的成因，鹿谜已在昨晚得到了比推想更翔实的答案。这个答案并没有影响她的睡眠，她依然睡得很浅，醒得准时。她捋着睡裙肩带踏出卧室的门，看见对面一窗台前石膏像般的苍白背影。

那背影有时候弓着，有时候扭着，肩膀和腰永远不在一条直线上，像哪个抽象派大师的雕塑作品。

凌刃在照料他的花。每天早上给它浇水，陪伴它，像小王子守护着星球上唯一的玫瑰。

起初鹿谜像平时那样遵循放养规则，对他视若无睹，照例先去忙自己的事情，洗漱更衣，准备早餐，直到叫他来吃饭时才察觉到异样——那背影今日似乎格外消沉。

“怎么了？”

她问，手往空中一划拉，将人工智能投影在她面前的虚拟显示屏推开。晨间新闻恰巧播到昨日发生在地铁站的案件，屋里只有女主持人被修音器美化过的婉转声线，她并未听见任何来自凌刃的回应。

于是她拍了拍手上的松饼渣，顺脚踩住路过的扫地机器人，像滑滑板一样移动到他身后去，叫道：“小祖宗。”

没有反应。

听见她新起的绰号也不为所动。她十分诧异，深感事态之严重，探头往窗台上一看，大叫一声：“啊。”

另一边，身处城市彼端的迟洲泉才刚拿起电话准备拨号，通话对象就打了过来，吓得他手一哆嗦，胡乱按下接听键。

“刚想打给你。”他说。

他昨晚在沙发上睡着了，衣服都没换。难得踏实的一觉，睡到自然醒。醒时浑身乏力，伸手去茶几上摸，没有水杯，只有烟和安眠药。

“帮我烧壶水。”他扯开嗓子，朝冷清的客厅上空喊话。人工智能的电子眼眨巴两下：“真是的，下次记得提前预设好时间，这样醒来才好喝热的嘛。”

安装了毓如琢的语音包后，连语气都能模仿得与她相差无几。

“知道了。”他不知是对着哪里笑，“谢谢老婆。”

听到厨房传来“嘀”的一声，他才重新凑近话筒，问：“怎么了？”

“早安，队长。”

那头是中规中矩的问候，女孩儿音域偏低却又不失妩媚的烟嗓此时不知为何压得更低了，离话筒还很近，听起来鬼鬼祟祟的。

她问：“我们家有盆昙花，是您给置办的吗？”

“对啊。”

水很快烧开了，壶嘴喷出蒸汽，烘托得室内热烘烘的，令人感到些许暖意。迟洲泉趿拉着拖鞋走去厨房，用肩膀夹着听筒：“凌刃很少表现出特别偏好什么东西……花花草草算是一样，我就寻思着……”

说到这里他悬崖勒马，把险些脱口而出那句“我看过一本育儿教材上面说种植花草或饲养宠物有益于丰富孩子的情感，提升他们的共情能力，使他们学会耐心和等待，耕耘和收获”给咽了回去，自觉爹味浓度过高，自作多情得实在丢脸，遂临时改了口：“给他培养点儿人类的爱好。”

“您也真是。”

对面叽叽咕咕了一长串：“这玩意儿太娇贵了，又娇又贵。不能买个电子宠物让他陶冶情操吗？那多抗造，弄坏了再买也不心疼……”

“花怎么了？”他打了个哈欠，往杯子里注开水，“养死了？”

那头“嘘”了一声，接着“嗒嗒”的脚步声响起，鹿谜好像抱着话机跑到了另一个地方，有“哒哒哒”的脚步声，过了一会儿才她道：“快……不行了。”

迟洲泉感到好魔幻。

堂堂九级非常人，连续四年蝉联地下拳场冠军的黑巷一姐，吓得连“死”字都不敢说，一反常态地支吾着。

“我今天带他去市里一趟吧，买点儿营养土和肥料试着抢救一下，兴许还能活。”

鹿谜嘴里叼着牙签，表情还是很冷艳，半边眉毛却不由自主地抽搐了一下：“他……”

“看起来好像很难过。”她用手虚掩住话筒，鬼鬼祟祟地说，“要哭了。”

“伤心得人设都崩了啊！”

“咕噜噜”的倒水声止住，迟洲泉端起杯子，白水在嘴里滚过一圈，良久，竟咂出一丝淡淡的人情味来。

“唉——”

昨晚那番长谈过后，他似乎跟这位表面客气实则拒人千里的女下属拉近了寸许距离，从对话能感觉到，言语间少了些顾忌。看来“分享过秘密和痛苦的人都会成为同党”，此话并非虚言。

他几乎能想象听筒那端，不施粉黛的年轻女孩儿皱着眉头一脸不耐的样子，明明十分担心那孩子，嘴却硬得紧。

“我可不想惹小孩子哭。”她轻嗤一声，生怕自己这份“监护人的分内关照”被曲解，“我懒得哄。”

迟洲泉只回：“嗯，嗯，嗯。好，好，好，懂。”

他忍不住腹诽，什么小孩子？才差了三岁怎么跟差三十岁似的？你们在我面前哪个不是小孩儿？

“想买就买吧，但今天不行。”他话题一转道，“我正准备给你打电话，你跟阿刃得来加个班。”

“嗯？”

她抬了一下眉毛，再次查看人工智能的日程表：“加班我是没意见……但今天不是休假吗？每个月唯一的一次双休。”

“晚一天也无妨。”迟洲泉提示道，“你看看今天是什么日子。”

鹿谜点开日历。当天的数字显示为彩色，背景加了节日特有的烟花特效。

她恍然大悟，原来这天是“开放日”。

“开放日”并非法定节日，却自设立时起，就得到官方和民间的双重重视，对天堂市来说，有其必须存在的意义。

所谓“开放”是指在节日当天，全市所有公共设施无条件面向所有人开放，针对非常人的安检关卡将全体关闭二十四个小时，出入不设限。两边的居民可以互通往来，畅通无阻，部分指定景点和主题公园的门票全免，有些卖场还会推出限定当日的商品半价折扣活动来吸引客流，广告一打出去，各行各业纷纷效仿，搞得如火如荼，几年操办下来，弄得还真挺像个节日。

鹿谜头一回听说这个日子的时候，还是个白天在家备考治安局岗位，夜晚去擂台上舒筋减压的暴躁女孩儿，除了台下的美貌和台上的输赢不在乎任何事，对此等被消费主义包装的虚假“传统”更是不屑一顾。

而得知相当一部分黑巷居民嘴上说着“最讨厌这些空喊着平等、包容，实则一副施舍嘴脸的常人了”，却还是会在那天兴冲冲地跑去市里购物、游玩。她坐在难得清闲的酒馆里重温看过不下百遍的上世纪经典动画电影《攻壳机动队》，边吃水果边对鹿岩翻白眼道：“一群没骨气的。”

“有什么意思？一年里就这么一天向你示好，敞开怀抱欢迎你，接纳你，拥抱你，第二天故态复萌，该看不起你还是看不起你，典型的形式主义，既得利益者思维，明眼人都看得出来吧。”

电影里的义体人女主角朝敌人打出一梭子弹，她嘴里也机关枪似的“突突突”吐出一串葡萄籽。

“还有那个‘非常人骄傲大游行’‘我不同，我自豪’，阴阳怪气。一帮人涂着油彩，举着标语招摇过市，讽刺谁呢？剩下的三百六十四天，真的为自己的身份感到过骄傲吗？”

“有啊。”鹿岩剥着橘子皮，笑得憨实而宠溺，“爸爸就特别为你骄傲。”

“……”

跟太感性的男人就没法聊。鹿谜暗忖，鹿岩确实应该当妈，男妈妈。

但随着年龄的增长，看待世事的角度发生转变，尤其成人之后涉足社会，她渐渐也懂得了一些潜规则和“表面功夫”的必要性。

“别管底下的人怎么想，官方至少要亮明自己的立场：我们支持平等，我们愿意开放，给予你们足够的关注和尊重，甚至专门为此设立一个节日。不要小看态度的力量。”这是鹿岩的原话。

可惜凌刃就像当年的鹿谜，不管别人为什么非得兴师动众地过这个破节，他只认准一件事——说好去买营养土和肥料，又爽约了。

女人都是骗子！

“抱歉，我也不想答应了你又食言。”挂断上司的电话后，鹿谜虽为难，却不得不婉转地向她的监护对象表达歉意，“明天吧，再等一天，好吗？”

他不理她。

“我们得出趟外勤。”

“为什么？”

“今天是开放日，南区有个游行活动，我、你、别师兄和孔师兄，我们四个要去那边值一天班。迟队不去，因为他是常人。”

她的能动性一向高，说干什么立刻就干，一边和他转达任务一边套上外衣，手从袖里子穿出来后，绕到颈后绾起乌黑的发。

“主要工作是维护治安，处理一些有可能出现的突发事件，说白了就是在治安岗坐一天。你不愿意就睡一觉，眼睛一闭一睁，一天就过去了。”

凌刃终于把目光从那盆奄奄一息的昙花上移开，转向她。不知是将这番已经足够浅显的说明解读成了何等血腥的含义，他用手指沿着脖颈画了半圈，做了个斩首的动作，目露凶光道：“把他们都干掉能提前走吗？”

鹿谜感到一丝眩晕。

“不是让你……算了。”她放弃了解释，“换衣服出门吧。我们去跟师兄他们会合。”

鹿谜好说歹说，生拉硬拽，像牵一头出栏的斗牛似的，终于把凌刃强塞进出租车，运去了南区。跟别意他们在约定地点碰头的时候，他还在生闷气。

别意见他就乐：“师弟这眉头能拧螺丝了。”

鹿谜想不通她师兄到底哪儿来的热忱，促使他一次次朝凌刃飞蛾扑火。按说他这种体质，性格该是最薄凉的，因为世人在他眼中皆是全无美化和矫饰的赤裸、虚伪、市侩、两面三刀，一切本可掩藏的阴暗面毕露无遗。换了她，要么早就疯了，要么选择离群索居，尽量避免与人来往。

可别意就像个不知疲惫的再生机器，粉碎丑陋，合成善意，他对每个人都温柔，自然得像呼吸。

“今天就我们四个，两两一组搭档。治安岗我待会儿带你们过去，还有一个分局同事在那边，你们可以聊聊天打发时间。”

别意四下张望一圈，手臂搭在孔未眠的肩上，与之对视一眼，接着说：“是啊，这对我们来说就是放假啦。”

他大概是唯一一个能和孔未眠实现无障碍、无时差对话的人，“小哑巴”无须开口就能将心声传达给他。美中不足的是，这种单向聊天模式在外人看来比较惊悚，总感觉聊的不是阳间内容。

“迟队？他不来。他有正事。”他又笑得像个后妈，会买堆成山的蛋糕、冰激凌和玩具收买原配小孩那种，“托我们师妹的福，那个能力是‘障’的，叫韩典对吗？他和两年前的案子有关。”

孔未眠的后背明显僵了一下。鹿谜也看向他，面色一沉。他却浑不在意，只瞄着凌刃。

凌刃望向的则是另一边。

他们约定碰面的地点是一家沉浸式剧院，装修成古罗马风格的大理石台阶上坐满了身着文化衫的年轻人。三五成群或是戴着VR眼镜打联机游戏，或是卷起衣袖，露出身上的4D刺青自拍合影。离他们最近的是一家三口，双手牵着父母的小孩仰着头向剧院入口处的虚拟人形向导问路。向导是个装束前卫的赛博朋克风美少女，嗓音磁性而不失甜美，声情并茂地向游客预告这天独家放映的剧目。小孩高兴得蹦蹦跳跳，把爸妈的手甩来甩去，随即注意到了十步开外这个穿着奇特，目不转睛看着他的少年，笑容戛然而止，怯生生地瑟缩了一下。

凌刃倏然转开了脸。

鹿谜和别意对视一眼，摸了摸自己的手环，没有反应。于是稍稍松了口气。

“了解。结束后我们重新回这里集合？”

孔未眠比出“OK”的手势。别意则抛了个媚眼：“师妹晚上有空要跟我约会吗？”

鹿谜闻声回头，没表情地盯着人的时候，眼底像藏着针，然后忽地一笑，针就弯成了绕指柔："介意我多带个人吗？"

八点，快到游行开始的时间了，四人分为两路，朝各自的治安岗赶去。

人。

凌刃活了十八年，第一次见到这么多人。

他彳亍在人的汪洋里，人的丛林中，人的荆棘间，四面都是人的气息、人的温度、人的声音、人的肢体，如一根根竖起的刺，尖朝着他，寒光凛凛。

它们拥向他，挤压他，碰撞他，但都不会真正伤到他。因为走在前面的女孩儿为他开了一条路，拨开海浪，砍断树枝与荆棘，送来鲜活的氧气和凉爽的风。

只要看着她的背影，周围一切就都还能忍受。

鹿谜第二次来南区，得以再度欣赏这里奔放又胡来的建筑风格，看惯了灰头土脸的黑巷，到了这边，视神经被各种鲜丽明艳的色彩所滋养，真有种眼前一亮的感觉。

为了与街区的整体风格协调，此处的治安岗长得也十分俏皮，被设计成鱼雷的形状，外部绘满花纹，用色狂放，像哪位艺术家喝高了的杰作，右下角有龙飞凤舞的签名，签名后面还跟着一句脏话。鹿谜第一眼愣是没认出来是什么设施，以为卖棉花糖的，还想问凌刃吃不吃。她现在有个毛病，见着新鲜玩意儿就想给他买。

屋里依稀可见一道穿制服的人影，坐在满墙壁的监视屏前摇头晃脑，好像在哼歌。她试探性地敲了三下打开的门，那人"噌"地跳起，走到明处来。对方瘦高的个子，穿着紧身裤，一头艳粉色短发，嘴上打了唇钉，见了她就嚷嚷："你好，是市局来的……呀，姐妹！你的口红颜色真好看！"

看脸是芭比娃娃，嗓音却是个纯爷们儿，威武雄壮，把凌刃吓得躲到了鹿谜身后，逗得这位同事掩面娇笑：“哎哟，失态了，我这个人见了帅哥就容易把持不住，姐妹，叫我莫妮卡就好啦。”

“鹿谜。”鹿谜指指自己，再指指背后那坨自闭帅哥，“凌刃。”

被指到的人巴不得原地隐身，可惜她的身高并不足以为他提供庇护，他的脑袋和脖子还露在外面，那片的皮肤汗毛支棱，像新割过的草坪。

莫妮卡越是探头探脑，凌刃的头便埋得越低，都快长到鹿谜后背上了，磕磕巴巴地小声问：“他……她……这……是谁？”

“他愿意是谁就是谁咯。”

鹿谜耸一耸肩，跟这位热力四射的南区分局同事说明了来意，依旧没有握手，随后跟着莫妮卡进了门。

一上午时间，三个人坐在监视屏前都没挪过地儿，弧形墙壁被均匀切割成十六块动态影像屏，每一块的画面都不一样，又都雷同。

不一样的是街景，南区十六条街每条都设有全景拍摄的移动摄像头。雷同的是，每个角落里都有边唱歌边游行的人群。他们鱼贯前行，像新鲜的血液注满整座城市的血管。他们往空中发射电子烟花，磁光在无数仰起的面孔上方绽放，每个人颈后都纹了数字，有“99”，有“666”，还有纹负数的，一看就是胡闹。他们冲着电视台进行实况直播的无人机摆出各种造型抢镜，好不开心。

“假的啦。”

分局同事莫妮卡，胸前别着和他们同款不同色的工作牌，官方性别为男，二十五岁。他边涂指甲油边朝一脸疑惑的她笑，解释道：“跟你们那种植入的不一样，这些都是贴的或染的，也有一次性的，赶时髦呗。”

“前阵子我也想文一个来着，我妈非不同意，说不是什么光荣的事儿……哦，抱歉。”他吐了一下舌头，用涂好的那只手轻拍鹿谜的胳膊，希望没有冒犯到她，“老太太思想老旧，别跟她一般见识。我们这代人好多啦。”

“是吗？”她淡淡地应了一声，仍盯着屏幕，满屏的烟花映照在眼底，火光熄灭后，只剩一层寂寥的冷灰。

莫妮卡在一旁晾着自己涂成彩虹色的指甲，五指在她面前张开：“没人觉得这是病。就算是，又有什么可耻的？”

他抬高下巴，摸了摸自己的喉结。

“谁能选择自己的出生呢。”

凌刃素来没有听人聊天的闲情逸趣，独自在椅子上打盹，练就了不用胳膊保持平衡也能坐得四平八稳的江湖绝技，像一具缠了半截，还没完工的木乃伊。也不知道他哪来那么多瞌睡，莫非还在发育？

中午，鹿谜把他叫醒，三位临时搭伙的同事一起吃了顿友好午餐：蔬菜味代餐棒、烤牛肉干和玉米蘑菇汤。饭后莫妮卡主动提出请客吃冰激凌，问凌刃要什么口味，干等半天不见张嘴，鹿谜用胳膊肘捅了他一下，他才老大不情愿地从面罩底下咕哝出一句：“酸奶。”

“哦哟！”莫妮卡笑得花枝乱颤，“弟弟还是个宝宝呢！”

“看这一上午闷声不吭的，乖得很。实习生呀？我就听分管领导提了一句，没讲太细，原来年纪这么小啊。你们是搭档？哦，不是男女朋友啊？嘿嘿……等会儿！我总觉得在新闻里见过——”

鹿谜连忙赶在凌刃奓毛之前，把他往门外推。

“认错了吧？”

两个人并未走远，就站在门口，喁喁地低语着，一长一短两道身影，沐浴在白茫茫的天光里。凌刃看不到鹿谜本人，唯见她那头长发不时被风吹进门里，写意地飘扬着，应和着庆典的音乐声，像活的五线谱。

“哦……”他听见那个叫莫妮卡的奇怪男人并不惹人反感的笑声，“是这样啊。”

同一时间的治安局。

迟洲泉差不多有两年没和仇千里并肩而坐了，无论是审讯还是喝酒。

拘留室外摆着两把椅子，扶手并在一块儿，宽度恰好够放一只烟灰缸，仇千里睨了一眼迟洲泉，伸手示意：“坐啊。”

迟洲泉没搭腔，兀自坐下来，从好些天没换的夹克里掏出半包烟，甩出一截过滤嘴，冲着仇千里。

仇千里怔了怔，接过来：“你现在瘾不小。”

烟是毓如琢生前钟爱的牌子，低焦油，乌梅味。迟洲泉又去掏打火机，兜有点儿深，一时间没摸着，嘴边“咔嗒”一声轻响，火光忽闪，映着仇千里微暗的瞳孔，熟悉而又陌生的脸让他有些恍惚，指间洗不净的铅味、血味都被烟丝燎烧。他深深吸一口，头顶排风扇加大马力，吹得眼球发涩。

“眼角开始长皱纹了。”迟洲泉说，不知道是指谁。

迟洲泉给韩典也递了支烟，隔着牢门，从最下方用于传递餐食的矩形窗口中送进去。韩典废了一手一腿，体质与功能上已与常人无异，故羁押在普通牢房里。几平方米的单人间，里面只有一张吊床、一个便池。韩典坐在门前的地板上，盘起那条伤腿，右手固定着夹板，被三角带兜在胸前。

他用左手接过烟，脖子往前探，以一种扭曲又狼狈的姿势借了火。

“谢谢啊。”

被捕之后，他整个人的精神状态反而松缓许多，想来在逃期间日子并不好过，每天提心吊胆，枕戈待旦，不知悬在颈上的铡刀何时会落下。如今终于落下，未尝不是一种解脱。

“死刑嘛，我知道。”他甚至会笑，笑起来挺随和，跟外面随处可见的中年男人无甚区别，“我没什么想争取的，媳妇儿、孩子早就跑了，无牵无挂，死得安心。”

他咬住烟头，挠挠自己那半片耳朵：“所以你们想打听什么，尽管问，我尽力配合。”

迟洲泉和仇千里对视一眼。问：“‘19’是不是还活着？”

“当然。”韩典说。

黑巷北路二段，一家招牌叫作“Limbo”的酒馆，西部牛仔式的自回门被一个穿带帽夹克的矮个子青年撞开，斑驳掉漆的双门像鸟类的双翼忽地展开，复又在他身后收拢。

午后生意清淡，老板也不在，吧台里只有一个半截身子的仿生人酒保在招呼顾客：“您好，欢迎光临。”

青年只顾往里走，绕开仅有一位女性客人的卡座，在最尽头的位子坐下，第一件事是卸掉背上肿瘤似的双肩包，放在身边的空位上。

第二件事是从裤兜里摸出一支手掌长的喷剂，把锥形的尖端捅进自己鼻孔里，先左后右，用力按动两下，然后缩起身体，把脸埋进脏污褪色的衣袖里，使劲抽动鼻子，将抗敏药水吸入鼻腔深处。

十秒钟后药效发挥，他松了一口气，两颊的肌肉依然僵硬，压在帽檐下的眼睛东张西望，如夜行动物般飞速滚动，巡视四周，并未发现耳目，这才要了杯清水，小口小口地啜饮。

隔了五个座位，有位女客趴在桌上，长头发盖着半边脸，伸手拽住仿生人酒保整洁挺括的白衬衫，醉醺醺地开口：“老板什么时候过来？”

“抱歉，女士，”仿生人面带微笑，双手交叠于身前，围裙下的半身是一根钢骨，底座与镶嵌在吧台内侧的滑轨相连接，使他能够灵活优美地移动。他为她递上擦脸的纸巾，“老板并未告知。”

“那他为什么不再婚？”

“抱歉，女士，我无法为您解答这个问题。”

女人的妆花了还在哭，睫毛膏都冲掉了，眼下蜿蜒着两道黑乎乎的泪痕：“他还那么年轻！我不嫌弃他有女儿的！”

“抱歉，女士，这超出了我的知识范畴。”

“他该不会有别的女人吧？”

“抱歉，女士，我是编号6387，愿意倾听您的烦恼。”

“我不想等了！那个女儿控！”

驴唇不对马嘴地瞎聊一通，委实有些强仿生人所难，女人一掌拍在桌上，连带着那头青年的咖啡都随之一震。

杯中液体微颤，又很快静止，青年却如遭雷击，霍然从座位上站起，反把女人吓得够呛，酒都醒了一瞬：“怎……怎么了？”

青年抓起包就走，丢下几张皱巴巴的纸币，好像身后有厉鬼在追，要索他的命。耳朵上的无线耳机晃掉了一只，被他仓皇的脚步踩碎，塑料外壳崩出老远，前一秒里面还有声音。

“别怕，闻笛。”

闻笛冲出自回门，满街的人，该死的开放日。繁杂的气味充斥着他的鼻腔，害得他嗅觉失灵，分不清谁是谁，每张脸都像“他”，拧动着发条般的脖子，环伺着他，眼神温柔慈悲，又刻毒刺骨。

“别怕呀，我又不在那里。”

可“他”无处不在。

豆大的雨滴噼里啪啦地砸在防水布上，闻笛抱头大叫，将受惊的人群撞出一道缺口，撒开腿狂奔，边跑边把另一只耳机也抠出来，扔进泥浊的水坑，喇叭的孔洞里仍有电流滋滋作响。

“快，快躲起来。”

那声音还在笑。

“被他们抓到的话，你就没用了。”

鹿谜对着治安岗的监视屏看了一天她最不屑看的庆典和游行，也没等来一个报警电话。

算好事吗？

对莫妮卡来说算。他一下午坚守岗位的时间加起来也不过上班后和下班前的五分钟。鹿谜主动提出顶替他的工作，说反正只要有人负责接线，几个人都一样，他心花怒放。连着两年都来值这个破班，没干一件实事不说，想玩儿也玩儿不成，今年总算如愿，当即乳燕投林一般飞向外面的花花世界，溜号前给了她一个雄浑而不失娇俏的拥抱表达感激。

她猝不及防被抱住，愕然将他推开：“我不能碰你。”又怕他误解，“这是为了你的安全……”

“记得，记得呢。”他却挤眉弄眼打断她的话，抢着说，“你们都是高危，一个九级，一个十级，没记错吧？”

她无话可说了。他将她缠着绷带的双手捧在掌中，手心贴着她的手背，往中间拢了拢。

“你知道吗？我刚发现，你被吓到的时候，表情还挺丰富呢。”他说，“素颜也应该挺可爱的。”

“多笑一笑，开心点儿呀。”他眨眨眼睛。

她看着莫妮卡。他长得不算好看，小鼻子小眼，颌骨有点儿大，若没有粉发、唇钉和艳丽的指甲，他就是掉进人海中的一滴水，不足以掀起风浪。

可他落在水面时也会有涟漪一圈圈荡开，终会唤醒整片海洋。

“不能碰我的话，我来碰你们就好啦。”

游行活动在傍晚时分步入尾声，浩浩荡荡的队伍一点点儿地缩短，分散，像蒲公英的种子离开它们的母体，最后剩下领头的青年和一帮在热血与理想的召唤下聚集起来的民间志愿者，他们扛着象征平等与包容的旗帜，停留在治安岗门前的广场上。

鹿谜远远扫了一眼，都是和她年纪相仿的年轻人，会在公众场合开怀大笑，会跳舞，会读诗歌，坦率而真挚地互相拥抱，面孔透出未经世事的天真——那是生来就被人无条件爱着，每顿饭都吃饱，没遭受过冷眼，没吃过苦头的面孔。

是这样的人在为他们争取权利吗？

这些人经历过贫困吗？经历过恐惧吗？被当成异类，被审视、排挤，直至自己学会孤立，以此自保，这是怎样一种感觉，他们真的懂吗？

五点值班结束，莫妮卡在临走前软磨硬泡，和鹿谜交换了联系方式。她保存了他的社交账号，翻阅自己短短的通讯录，在末端新添了一个名字，莫妮卡。

她没问他的真名，因为没有必要。假如这是他希望的，她一辈子都可以不问。

分开没多久，她就收到一条打招呼的消息："有空一起逛街呀。"文字后面跟着一个动画人物，是莫妮卡的虚拟形象，长着猫耳和肉垫的兽人少女，用手一点会喵喵叫。

下一条是："谢谢你和我做朋友。"

"也谢谢你。"她回复道。

谢谢你们。

彼时她正和凌刃一前一后穿过广场，她猛然间停住脚步，他险些因惯性撞在她身上。面罩下的脸颊被勒得有些泛红，语气一如既往地呛人："干吗？"

她转过身面对他，直直地张开双臂："要抱一下吗？"

"什么？"

凌刃在那个滑稽的鱼雷里窝了一天，过剩的精力正愁无处宣泄。每当他弄不懂这个女性同类要耍什么花招的时候，他就通通理解成："你想打架？"

"我们是维护治安的，不是制造骚乱的。"

她无可奈何，但并不生气。她昨晚就决定再也不跟这个小孩生气了。

"今天所有人都互相拥抱。"她的手仍张开着，尽管动作暂时还做不到像莫妮卡那样坦荡，"入乡随俗啦。"

毕竟这天过节。她不认为这是撒谎，可又希望能捏造出一点儿高于现实的美好骗骗他，让他相信，哪怕只有几秒钟。

僵持片刻，凌刃向前跨了一步，面罩下传来瓮声瓮气的回答："随你的便吧。”

于是她也向前一步，手臂虚虚绕过他的腰际，留了约一寸的空隙，不敢彻底贴住，手掌也张开着，不自然地晾在半空。

这是他们的第一个拥抱，诚然不算标准，像两个变了形的零件勉强咬合在一起，接榫处不牢靠，甚至有把对方损毁的危险。

即使凌刃的双手还裹在拘束衣里，没办法回报给她同等的拥抱。她只是想让他知道：“别人给了我，所以我给你。”

她仰起脸，下巴颏恰好抵在拘束衣被撑起的斜坡上，向他承诺：“我有的，你也会有。”

她不常笑，总对他摆出年长者的态度，他有时厌烦，有时又享受着她的庇护。浓妆下是怎样一张面容，他从未关注过，也许回去可以看看，女孩子和花究竟有何不同。

然而现在，他一动不能动。由另一个人的臂膀传来的温存未及遍布全身便迅速消退，被后背袭来的寒意赶尽杀绝。

有谁在看着他。

他感觉得到，有两只眼睛。不是摄像头也不是瞄准器，是活着的人类的视线，像抵在后颈的一把刀。他不能回头，一旦回头，刀尖就会对准喉咙。

察觉到他的紧绷，她虽不清楚发生了什么，身体的本能却先大脑一步，提前进入了戒备状态。她维持现有的姿势不动，低低地问：“怎么了？”

“有人在监视我。”他说，“我很不舒服。”

“把我解开。”

他开始挣扎，被她按住：“驳回。”

能让凌刃直觉“很不舒服”，来者必然不善。

“弄清楚情况再动手也不迟。”

她的吐息透过衣服传来，夹在他肋骨两侧的手臂窸窣微动，左手拆下右手的绷带，半张脸掩在他的肩窝处，只露出一双眼睛左右扫视，吐字轻而快地描述他背后的概况："你身后共有五个人，八点钟一个，七点钟两个，六点钟一个，正向五点方向移动，四点钟一个，在广场外，离我们很远。哪个？"

她无法判断。因为以她的视角来看，被列为嫌疑对象的几个路人没有一个在看这边。谈恋爱的谈恋爱，赶空轨的赶空轨，单看外表都很普通，神态、举止也无异样。大都市里最不缺的就是忙人，五个人很快走得只剩四个，凌刃却始终没有回答。

外人眼中，相拥的二人仿佛一对如胶似漆的少年情侣，在分离之际依依惜别。

足有一分钟的静默过后，凌刃才说："他走了。"

"消失了？"鹿谜皱眉，"还是不再盯着你了？"

"感觉不到了。"

"那我们也走。"他刚说完，她立即催促，"离开这儿。"

空阔的广场顷刻间成了没有掩体的战场，四下枪口林立，她一秒钟都不愿多留。她的身子一旋，用那只仍包着绷带的手揽住他，护着他汇入人潮，消失在街头鳞次栉比的楼宇间。

而那个"消失"的人，此刻坐在一棵由粗壮电缆和无数烟花般爆绽的发光二极管组成的人造榕树下面，膝头摊开两片便携式显示屏，正在阅读的书是上个世纪就失传的，黑塞的《悉达多》影印本。

他长久地驻目在某一页上，久到墨水屏幕因无人操作而陷入休眠，变暗的界面上，只剩荧光白色的数字时钟在闪动，映在他无神的瞳孔里。

随着某个时刻的临近，他平息顺气，脊背微微靠向公共长椅的椅背，合起双眼，倒数三秒，两秒，一秒。

时限一到，他像个连接着气泵的气囊一样从座位上弹了起来。

被夺取的神志与知觉回归了他的躯壳，过分猛烈的冲击使他双腿痉挛，通了电似的弹跳不止，电子书被摔落在地，屏幕碎裂了一角。他奋力睁开眼睛，刺目的血从右边的鼻孔里淌下来，一串猩红滴落在衣领上。

短短不过几秒钟时间，他面孔上先前的那份平静已经四分五裂，他变回了他本人——这具身体的原主，一个午睡乍醒的大学生。他捂着鼻子，顶着一头乱发，惶惶然环顾四周，不明白自己为何身在此处。

他不是在学校上课吗？

他慌慌张张捡起电子书，原地打着转，到处寻找临睡前最后一个见到的人。

“老师……”

第十八章

窥伺

别意跟个老母鸡似的，发现清早放出去的鸡崽天黑了没回窝，哪怕只晚了三分钟，他就急得跟孔未眠扑棱翅膀：“快看看他们走到哪儿了。”

孔未眠无语地瞅他一眼。他叹口气，换了个手插兜的站姿，任由过路的女孩儿假装自拍实则偷拍他：“你也知道我是为了什么。”

孔未眠可没有帅哥这份自信，宅男只愿活在电脑屏幕里，一见有人拍照就往别意身后躲，别意倒来了兴致，活捉了矮他一头的无辜同事当摆拍道具，搓圆捏扁，摆出各种暧昧造型，引得姑娘和她的同伴娇笑不止，脸红扑扑的，像两颗熟透的桃子。

“师妹？她看起来成熟，其实城府并不深。”

他向来不介意力所能及地讨女孩儿欢心，自顾自接续着单方面的对话，下巴支在孔未眠那一头卷毛中，抱着人晃晃悠悠，不多时又举高了手，朝着正往这边赶来的一男一女挥动：“这里！可算来了。”

“师兄。”

鹿谜几步登上台阶，到了他们面前先竖起食指做了个制止的手势，示意现在不是聊闲天的时机：“我们可能被人跟踪了。”

“可能？”别意怔了一怔，然而笑意未减，一手一个搂着他们下楼梯，还不忘跟不相识的女孩儿颔首作别，“只是感觉？”

“对。”

鹿谜从衣袋里掏出粉饼，打开盒盖佯装补妆，实则转动角度，用内置的镜子观察身后：“但凌刃是不会撒谎的。”

别意颇有些玩味地看了她一眼：“倒也没错。”

此地不宜久留。遇到这种状况，人海战术自然是上策。几个人随大流来到路口处的候车区排队，排到一辆自动驾驶的出租车，别意将师弟、师妹送上车，道：“安全起见，直接回家。”

“你们呢？”

鹿谜点开中控台的默认界面，在“目的地”一栏输入了他们的住址，按下确认键。别意替她关好车门，面露无奈：“好不容易放一次假，我得回家看看我爸妈。”

“明明住得不远，但是因为忙啊，好久没回去了。”

闻言，孔未眠的视线长久地凝驻在他的脸上，而他不为所动，拍拍车篷，目送出租车载着两人驶向视野之外，手没收回去，紧接着拦住下一辆车，扭头问：“一起去？”

孔未眠想了想，还是钻进后座。

“去市治安总局。”

别意用语音对定位系统下令，待汽车发动后，他长舒一口气，身子塌进座椅。

是挺近的。他想。

自己闭着眼睛都知道路该怎么走，到哪里转弯，几号小区的第几栋别墅。那里曾是全市最昂贵的一块地皮，寸土寸金，只有他父母那种身价的人才买得起。偌大的豪宅却日夜不见灯火，徒有一层华丽的壳，用手敲上一敲，里面空得能听见回音。

他没有一天想要回去。

一回到家，鹿谜把门反锁，脱掉凌刃的拘束衣，对人工智能下令“启动私宅安保系统”。

“主人，确定吗？这是您从未启用过的模式，在此之前，请确保电力充能设备正常运转。”

“确定。”

“好的，十秒后系统将重新启动，请稍后。”

待屋里的灯集体熄灭后复又亮起，鹿谜拿起刚丢到茶几上的终端机给迟洲泉发了条文字信息。

不多时电话回过来，她没有立即接起，而是顺着楼梯的走势望了楼上一眼。凌刃在里面，门牢牢关着，和平时一样。

于是她去了厨房，从冰箱里拎出两袋搭配好的半成品食材当作这天的晚饭，拆开结着白霜的包装袋，把接通的终端机摆在一边。

扩音器里传出迟洲泉的声音。信号不好，有点儿回音，他人不知在哪儿，说话带喘，鼻息粗重，单刀直入地问："具体情况是怎样的？"

"您听起来并不意外。"

鹿谜戴上一次性手套，用流水清洗肉类，冻肉的触感冰冷而滑腻，隔着双层材质，不够真切地传到皮肤上。

迟洲泉的话音也同样不够真切："别意告诉我了。你们当时在哪儿？"

"广场。"她撕开调料包，舔了舔沾到手指上的酱汁，"我在广场上抱了他。"

"啊？"那端是断了线一般的静默，片刻后又是一声，"啊？！"

"这不是重点。"

她拌好两个人的蔬菜沙拉，把挤扁的酱包丢进内置在料理台边的小型垃圾处理器里，眉心微微地收紧了一瞬："什么人会盯上凌刃？"这话像是在问迟洲泉，也像在捋自己的思绪，"他平时在公共场合没少被人盯着看，反应都没今天这么强烈。怎么形容呢？"

她想到一个词："憎恶。"

电话那端传来重物倒地的巨响，接着是男人们的呼喝，隐约夹杂着短而脆的撞击声，他用嗓音把它们都镇压下去："还有其他你觉得不对劲的地方吗？"

鹿谜换了个握刀的手法，回忆当时的每一处细节："他……"

她没能说下去。因为脊背撞上温热人体的触感使她浑身的汗毛都竖立起来，防御机制先于理智一步，她来不及辨别来人是谁，手里银亮的菜刀已经朝身后劈了过去。

"……"

高她一头的少年挡住了直射而来的料理台灯光，影子一般笼住她的全身。他右手斜撑着砧板，左手五指并拢，拇指张开，举在耳朵和肩膀之间的空当，离两边都有一定距离，相当致命的角度。

假使他没接住，此时脖筋已被砍断，血会像喷泉一样冲到天花板上。

但他是凌刃，怎么可能受这种低级的伤？

带着腥气的刀刃落向他左手的虎口处，被他用拇指夹住，“嚓”的一声，仿佛收刀入鞘。

两个人都没说话，面对面僵持着，厨房静得如同墓地，只剩下扬声器里迟洲泉“喂，喂？小鹿？”的喊声。奶锅里正烹煮着浓汤，表面浮了一层白沫，咕嘟咕嘟冒着泡。

“没事。”

过了好久，鹿谜才扬声回道，眼睛不躲不闪地直视着凌刃。而后者仿佛是第一次在如此的近距离之下与她相对，忽然发现她的眼珠不是纯黑色，更似极深的琥珀色，眼形窄长，看人总是懒洋洋的，阴柔中藏着点儿戏弄。

“你是猫科动物吗？走路都没声音。”

少顷，她轻轻把刀从他虎口中抽出，语气稀松，毫无惊骇和愠怒，扬起下巴示意：“手伸开我看看。划伤没有？”

他“哼”了一声，把脸扭向一边：“我会被这玩意儿伤到？”

“没有就没有，不要一边冷笑一边把手伸出来给我看，做个表里如一的人很难吗？”

她从围裙兜里抓出一个小零食袋，放进他摊开的掌中。

“是你先问的吧！这是什么？”

粉色波点包装，里面是烤制成一只端坐的猎犬形状的小点心，朱古力味。

“小狗饼干。”

“你！！！”

“乖，一边玩儿去。别打搅我做饭。”

“……”

迟洲泉都被晾凉了。

该怎么形容这份感动呢？他微笑着，默默挂断电话，发了条文字信息过去：“你先忙吧。周一再说。”

终端机响起信息提示音，鹿谜正忙着起锅，往汤里丢一把芫荽和几片罗勒叶，提鲜又解腻。她盛出蒸熟的米饭，倒扣出碗状的圆形，在洁白饭粒顶端撒下乌黑的芝麻。

“明天还去吗？”她摘下手套，问早已训练有素地坐在餐桌边等待开饭的凌刃。

后者倒撇了撇嘴角，好像她问了个蠢问题：“干吗不去？”

迟洲泉把终端机塞回裤兜，胳膊肘不小心撞到笑嘻嘻凑过来的男青年，说了句“不好意思”。

“没关系，没关系。”

青年长得颇有特点，一侧脸颊生了四颗小痣，从眼尾到嘴角，如星象般排列；双眼在黑夜里也熠熠生辉，一会儿是玫紫色，一会儿是靛蓝色，乍一看有点儿骇人，性格却亲切热情，跟谁都熟，刚认识一下午就跟迟洲泉称兄道弟了。搂着迟洲泉的肩摇头叹气：“兄弟啊，是我们办事不力，哎呀呀，袁局特意差遣我来协助你，却什么忙也没帮上，回去要挨骂了。”

“怎么会？”迟洲泉也客气，“都是脏活、累活，分局肯协助，我已经感激不尽。”

迟洲泉借着电弧刀切割墙体的亮光瞄着他长相，怎么看都觉得面熟：“我们是不是在哪儿见过？”

“好烂的搭讪台词哦！”青年哈哈大笑，没大没小地捶他肩膀，“真是贵人多忘事呢！两年前我们一起合作过嘛！我姓尤！”

“‘游泳’的‘游’？”

“‘尤其’的‘尤’！”青年大窘。

但听远处传来一声巨响，石块倾圮，负责破拆的同事在纷飞的烟尘里喊：“人不在！”

“唉，”姓尤的青年撇撇嘴，无不遗憾地说，“跑了。”

“这个闻笛，是什么异化来着？哦，鼻子灵，老远就能闻到我们的味儿，指定提早开溜了。”

他挠挠脸蛋，跟迟洲泉赔笑：“对不住啊迟队，您也知道我们这儿监控不好使，死角太多。用无人机吧，三天就弄丢，您还抓不着谁干的。”

“算了，没事。”

迟洲泉摇摇头，顺着几许爬到脚边的冷光，踩过满地被电弧刀刃烧得发红的碎石，进入了墙上一人宽的裂口。

防爆门紧锁着，逼得他们不得不出此下策。但哪怕是把墙都豁了个口子，噪音震天，租住在这里的居民们也没有一个出来看热闹的，似乎被“查水表”已然成了一种常态，好像邻家的夫妻拌了两句嘴一样见怪不怪。

嫌疑人闻笛就住在这里，黑巷北路三段25号，一栋连名字都没有的群租房。

“他是我的上家，接头人。据说跟‘19’有直接接触，见过本尊。”韩典在他的供词中说，“谁知道是真是假……我不关心这个，我只想要钱。我们都是。

“事前付三成定金，事成后拿另外七成，三个人平分。他很爽快，当面谈拢，现金交易。他不用电子账户，因为就算销号也会留下操作记录，他防人之心很重。

“特征？有点儿神经质，走路夹着膀子，穿的衣服很贵，但洗得不勤，说是为了巩固自己的‘气味’，免得影响嗅觉。不是戴口罩就是一直往鼻子里喷抗敏药水。他能闻出我从哪儿来，家里几口人，是常人还是非常人，老婆什么工作，孩子多大了，以及做过什么该做或不该做的事。

“他应该听说我被捕了，现在正在逃吧。”

韩典的烟燃到了头，他用指腹将它捻灭：“祝你们在被他闻见之前能将他成功抓获。”

可惜，迟洲泉想，一步之差。

他进入了这间十八平方米的出租屋。有人打开了灯，几名分局警员正在四处搜查取证，铺在地上的白色棉被被踩了好几个黑脚印，翻卷着露出底下的防潮垫。这勉强可视作床位的铺盖旁边摆着一张小几，上面的个人用品明显被清理过，光秃秃的，一目了然。

加上墙角的老式电视机和侧翻在地上的五斗柜，就是整个客厅兼起居室的全貌。巴掌大的地方，不到半分钟就参观完了。趁着其他人在厨房和卫浴翻找的工夫，迟洲泉走到客厅一扇没有玻璃的窗前，透过污垢包浆的护栏朝外望，同类型的十几栋居民楼菌落一般簇拥在一起，对面楼上撑过来的晾衣杆都快戳到他的脑门上来了，两楼间距近乎一臂之遥。

往下看，污水、废水混着泔水、垃圾，在楼与楼的夹缝里淌出了一条泥河；往上看，私拉乱扯的电线将夜空分割成网，再敏捷的鸟儿也难飞出去，令人窒息。

这时，有人扯了扯他的衣角。他回过头，孔未眠抱着一只枕头站在他背后。枕套是大概很久没洗过，中间腻着一团汗渍，灰灰黄黄的。

他冲他打手势：“我找到他了。”

每个月唯一的双休沦为了单休，但总归算一天假，还是要笑纳。

鹿谜一觉睡醒，换个思路再想昨天的事，觉得自己完全是多虑。

首先，她小看了天堂市的治安水平，五步一巡逻车，十步一治安岗的，小情侣急眼了在大街上拌两句嘴，声调还没拔高两度就会被监测到异常的巡查机器人赶过来亲切问候：“您好，请问有什么需要帮助的？寻求支援请按 1，人身保护请按 2，报警请按 3，不需要请按 0。”

再者，她小看了他们自己。目前现存级别最高的两个非常人凑到一块儿，方圆十里都得高能预警，担惊受怕的应该是别人。

总而言之，这天她的心情不错，因为不用穿制服，终于可以换上便装了。她的穿着风格有偏向两极的倾向：一种是原汁原味的男装，跟着单身父亲长大的经历很大程度上影响了她的审美。另一种则是纯女性化，大方展示第二性征美感的衣服。紧身露腰T恤凸显出饱满的胸形和线条完美的“川”字形腹肌，毛边短裤下露出两条肤色微深的大长腿，她喜爱自己的性别，并以此为荣，不放弃一切悦人悦己的机会。

遗憾的是，她十八岁的男性室友开智本就晚，开化也同样晚，刚正不阿，不亲女色，她在他眼里还不如一盆打蔫儿的昙花。如此一来倒是给她提供了便利，索性不把他当作异性处处避嫌，在家还是怎么舒坦怎么来，且从来没产生过被冒犯的不适感。

因为他压根儿就不正眼看她。

虽然如此，但是她跟花争个什么宠呢？

“农作物的营养土和肥料……要到西区的生态体验馆去买。”

她提前查好要去的地点和路线，带他出了门。

西区是商业区，和文化氛围浓厚的南区又不太一样。西区是天堂市的门面，集吃喝玩乐、购物、休闲于一体的主题公园式娱乐中心，是“繁荣”二字的具象化，享乐主义的培养皿，消费时代用金钱堆砌出来的幻景之中，每一缕空气都浸透了钞票的铜臭味。

如果说代表南区的核心关键词是“精神”，代表这里的就是“物质”。只要花钱，没有买不到的快乐，没有实现不了的愿望，没有满足不了的物欲，让人不由得想感谢人类智慧，感谢科技进步，感谢生在这个时代。

而他们要找的那家绿植商店，混在一众时装潮牌、美妆、奢侈品、VR游戏、高新科技产品体验店之间，画风跟整个西区都格格不入。

鹿谜收起电子地图，在一面不起眼的招牌前站定，感到一股清风吹入心田。

这家店的装潢风格相较于前面那些花枝招展的妖艳店铺，清新了不止一点儿。门面简朴，四面墙粉刷成饱和度低的冷调纯色，包围着数个高低错落的手工木架，架子上摆满了大大小小的盆栽。没有当下时兴的悬浮屏幕、8D特效和AI导购，仿佛是从几十年前穿越到现代来的一家老店，遗世而独立在喧嚣的市井中。

金丝楠木柜台倚门而立，里面坐着一位穿旗袍的老人，银白色的长发在脑后盘成髻，用一支黧黑的玳瑁发簪别起，听见有客来访，她按下桌上正在唱昆曲的小收音机，沉陷在皱纹里的清澈双眼从滑下鼻梁的老花镜上方望向他们，嗓音涩得像一味中药："要点儿什么？"

"您好。"见是长辈，鹿谜略一欠身，顺手把凌忍的后脑勺也按下来，"请问有没有种植昙花用的含腐殖质微酸性沙质土？"

老太太的镜片反着光："有。"

能用一个字说完的话，老太太绝不用两个字，仿佛在和鹿谜比谁更酷。说罢，她拢了拢身上的雪貂披肩，摁着水曲柳木椅的扶手缓缓起身，拄着一根黑金手杖，引领他们往花架与花架之间的夹道深处走去。

单看外貌，老太太少说也有七十岁了，耳郭上挂着月牙形的助听器，远看好似一对精美的耳饰，走路的模样却全然不显老态，步伐稳健，只是相对慢些。鹿谜便跟着放慢步速，始终与前方矮自己一头的老人保持稍许间距。凌刃走得更慢，因为忙于左顾右盼——这儿有太多他见所未见的新鲜玩意儿了。

"那个叫绿萝。"

老太太回过头来，见他蹲在一盆绿植前，慢悠悠地介绍："也叫魔鬼藤、黄金葛。天南星科麒麟叶属，喜阴喜湿，浇点儿水就能活，好养。来一盆？"

鹿谜闻言，也扭过头来，耳边传来一句比刚才那声更轻的话语："能给他解开吗？那孩子。"

老太太指的是拘束衣。

"按规定，不能。"鹿谜笑笑，"暂时的。"

"他是你弟弟？"老太太问。

她兀地清了清嗓子，把笑憋回去："算是吧。"

"我不是。"凌刃立即为自己辩护。

“叛逆期。”老太太恍然大悟，“我就寻思你们长得有点儿像。”

哦？

这话迂回地取悦了鹿谜，明知不是真心，走眼或客套的成分更多一些，但身为一个准颜控，被人对标了凌刃的脸，她还是感到与有荣焉。

女人一被夸就容易上头，她掏出终端机看了一眼账户余额，胸中油然生出一股不知哪来的慷慨。

“挑吧，喜欢什么就告诉我，都买，都可以买。”她对着“弟弟”吹了声口哨，“姐姐付钱。”

老太太带他们来到一间没有门的小屋。

屋内明亮，光有暖意，鹿谜甫一踏进去就感觉到了不同：顶灯用的是仿日照紫外线灯。造型酷似太阳的微缩模型，设有几个档位，可进行阴、晴、多云、暴晒等几种拟态。这天是晴天，暖融融的黄光烘烤着一排排码放整齐的保温箱，能透过透明的四壁看见里面松软健康的深褐色土壤，潮湿的空气里氤氲着泥土的味道——加湿器的功劳，不腥，反而挺好闻的。

“什么状况？给我描述描述。”

老太太说完，鹿谜便出示了临出门前为昙花拍的几张高清近照，花、叶、茎的特写。老人端起老花镜，眯缝着眼睛看了半晌，问：“平时室内多少度？”

“恒温二十摄氏度。”

“一天浇几次水？”

凌刃从外面跟进来，和鹿谜对视良久，仿佛在靠脑电波沟通。最后她惭愧地答道：“想起来就浇。”

老太太一脸褶子翻浪。

“夏天应当多浇水，秋冬季节要严格控制，不然容易沤根。”她叹着气，修剪得很圆润的指甲拨弄终端机投影在空中的弹窗，对鹿谜说，“这土看成色就不行，沙化太严重了，毫无营养，别说是花，再好养的庄稼都难成活。”

“我给你盛一份花土，附送两份花肥。把花移栽过来，照常浇水，避光，保温，半个月施一次肥，不用太频繁，半个月一次就行。一个月后，保证重新开花。”

说到这儿，她蓦地盯住凌刃，跟看自己亲孙子似的：“记住了吗？”

凌刃被鹿谜捅了一胳膊肘才反应过来，点点头。

老太太沉着脸端详他们片刻，轻哼一声转过身子，拎起一只装铲子的塑料小桶，走到标签为“微酸性沙质土（含腐殖质）”的箱子前面，一边用铲子往桶里铲土一边絮叨：“我还是个姑娘那会儿啊，哪想过土也有值钱的一天？都是现在的人呀，自私自利，凡事只顾自己，这下好了，遭报应了吧。水脏了，空气臭不可闻，田里颗粒无收，动物灭绝，好好的孩子生下来就有病，归根结底是人类不配。反正老娘活够了，不想做什么劳什子百岁老人，毁灭吧，烦了。”

鹿谜和凌刃：“……”

喷绘着商店标识的小号铁皮桶盛得满满当当，用铲子压实了，足斤足两。老太太过秤后用密封盒装好，悉心地打包，将两小袋粉末状的花肥也塞在里面，递给鹿谜。

鹿谜扫码付钱，肉只疼了几秒，干脆一不做二不休，把绿萝也买了。

“装一块儿吧。”

“对不起，爸爸。我为别的男人花钱了。”她在心里忏悔，脸上还是轻描淡写，朝凌刃摇了摇手里鲜嫩欲滴的绿叶，打趣道，“开心点儿弟弟，你看多绿啊。要想生活过得去……”

神奇的是，凌刃明明听不懂这个低俗的笑话，半遮的脸却像插进了沸水里的温度计一样迅速地红到了顶。

当她收起电子设备走到近处，才听见一句比板凳还僵硬的“谢谢”。

也不知怎的，囤了一肚子要打趣他的话全被这区区二字堵了回去，明明是她教他说的，怎么听起来就那么怪？

鹿谜遂也将头扭到一旁，和他呈反方向，两个人同手同脚、气氛别扭地出了门，去生态体验馆隔壁的酒楼一家赫赫有名的川菜馆吃冒菜。

在外就餐不便的话，打包也行，还能捎带两瓶豆奶、凉虾、红糖糍粑。甜的，凌刃肯定喜欢。

既然花了钱，就索性花个痛快吧。

她左手提着花土，右手抱着绿萝，准备换乘电梯之前特意看了一眼轿厢里的钟表，十一点五十五分。

再过五分钟就是正午十二点。

闻笛已经一天一夜没有进食，怀里抱着已经脏得看不清颜色的背包，坐在一间仓库的死角里。他稍一动弹，屁股底下的旧皮沙发就会发出怪异的尖叫，让他关节打颤，两股战战。他身上被冷汗浸透，又凉又黏。

坐在他对面的，是个样貌还很年轻的男人，似乎午睡刚起，赤着上身，皮肤是不见天日的那种白，裤子也没系扣，门户大敞的，裸露的两条胳膊上扎满了针孔，密密匝匝，他才瞟了一眼就头皮发麻。

“我……我只能来找你了……”他哀求道，只差下跪磕头了，“求你收留我吧……”

男人不予理睬，嘴里叼着一根医用胶管，配合右手，在左手臂中部偏下的位置紧紧打了个结。皮下的血管经挤压而暴突，他从中找到最粗的一条，右手熟练地摆弄注射器，倾斜着刺入针头，缓慢推动活塞，将针管中的药液注入体内，手握成拳，顷而猛地松开，幽幽地叹了一口气。

闻笛抱住自己的头。

“以前都没事的……黑巷这边向来是睁一只眼闭一只眼……不是吗？怎么这次就跟市局联手了？”

他急于辩解，试图将这次“失误”的原因归咎于外部环境的变迁，却没能求来对方的认同。

“对不起，我不该被他们找到……你相信我。”然而错已铸就，他推脱不了，想到暴露行踪后将会招致的后果，他崩溃地哭了，鼻腔、耳道都热烘烘的，“别赶我走，我真的没地方可躲了……”

“是啊。”男人微笑着，浅金色的睫毛垂下来，掩住那双因常年滥用各类药物被交叉感染的污浊眼珠，“只是一次小小的失误。”

黑暗化作无形的巨手，一把擒住了闻笛的咽喉，将其束紧。他的脖筋根根崩起，几乎要误以为坐在面前的正是“19”本尊。实际上并不是，“19”不在这里，他敢肯定，他的鼻子不可能欺骗他。

这里闻不到一丝“19”的气味。

他是唯一一个不会把“19”认错的人，无论“19”化身成谁。单凭这一点，他就是有用的。

所以他绝不会成为弃子。

“可我们都走到这一步了，不能前功尽弃啊。”

闻笛被泪水晕染模糊的视野之中，出现了一双男性的脚，关节粗大，白的缺乏血色，止步在他深埋的头颅下方。

“有他在，你我才能活到今天，是不是？”男人的手背拂过他的脸，“你不想连累他，我也不想。”

闻笛佝偻的身躯为之一震，眼泪滴在男人的脚背上，沿隆起的青筋滑落，后颈的数字“5”被一只枯枝般的手拢住。

“别成为他的累赘，好吗？”

他瞪大了眼睛，最后一滴泪珠跌碎在男人摊开的手心。

“祝你好运，我的朋友。”

男人手心里躺着一支没有标识的赤色针剂。

“我只能帮你到这儿了。”

在那个温凉无雨的秋日夜晚，平生第一次也是最后一次吃川菜的凌刃被辣得涕泗横流，和他的监护人打了一架，打完连干三碗米酒，然后两个人合力把昙花移栽进了新的土壤。

别意从刚认识八个小时的女人的床上醒来，只身来到酒店包房的阳台抽烟，推开窗户，如临深渊，想象着一跃而下的感觉。

迟洲泉把车停在充电站蓄电的时候因过度疲劳不慎睡着，虾米似的蜷缩在车后座上，充电站的员工和孔未眠的来电都没能吵醒他。

几名分局警员造访了鹿岩的酒馆“Limbo”，问他可曾见过一位邋里邋遢，举止怪异，讲话鼻音很重的青年男子。他很诧异，但如实说没有。前一天下午他恰好没来店里，为了躲一位对他穷追猛打的单身女士，时间、人证都对得上，有完美的不在场证明。

而他们倾力搜捕的对象，五级非常人闻笛，跳动了短短二十几年的心脏于新一天的零点来临前终止了跳动。他的腿是活生生跑断的，受一股不属于他的力量驱使，四肢末端的血管曲张得异常，像一条条乌紫的蚯蚓爬满了全身。由于抓地爬行，十根手指的指甲悉数断裂。他用仅剩的力气为自己选好了最后的归宿——一孔窨井，井盖下面是贯通全城的地下排污系统，会将他输送至整个城市最肮脏的核心。

他爬到井口，向下坠落，摔进一摊软烂的淤泥里，手脚没入臭气熏天的秽物当中，乌黑的浆水很快吞没他的颈部，沼气熏得酸泪盈眸。可他还是想笑，怎么都停不下来，像不断涌出鼻腔的鲜血一样。他的出生，他的终末，这个光彩照人又苟延残喘的世界，都令他感到无比滑稽，又无比悲凉。

他的尸首直到三十多个小时后才被挖掘出来，脸仍是笑的，手脚扭曲着，像一个尚未出世就死于母亲腹中的畸胎。